견담[犬談]

# 견담犬談

초판 1쇄 인쇄일 2016년 5월 10일
초판 1쇄 발행일 2016년 5월 13일

지은이 문상훈
펴낸이 양옥매
디자인 황순하
교정 조준경

펴낸곳 도서출판 책과나무
출판등록 제2012-000376
주소 서울특별시 마포구 방울내로 79 이노빌딩 302호
대표전화 02.372.1537  팩스 02.372.1538
이메일 booknamu2007@naver.com
홈페이지 www.booknamu.com
ISBN 979-11-5776-189-0(03810)

이 도서의 국립중앙도서관 출판시도서목록(CIP)은 서지정보유통지원 시스템
홈페이지(http://seoji.nl.go.kr)와 국가자료공동목록시스템
(http://www.nl.go.kr/kolisnet)에서 이용하실 수 있습니다.
(CIP제어번호 : CIP2016011401)

# 견犬담談

문상훈 지음

책과나무

---
저자
서문
---

　　　　　　누구에게나 살면서 간직하고 싶은 이야기가 있다. 아날로그 시대에 이어 오늘날 디지털 시대에 이르기까지 한 직장에서 40년 가까이 지내 온 나는 그 짧지 않은 생활에서 사회적 갈등과 분노, 스트레스, 기쁨, 희망, 사랑 등을 수도 없이 경험했다. 그리고 그 경험들은 이 책을 집필하는 원천이 되었다. 그러니까 이 책은 나의 변화무쌍하고도 감정의 화수분 같았던 희로애락을 통해 인생을 재조명하는 글이 될 것이다. 어린 시절 나는 戰後세대의 어려움을 겪으며 한 단계 성장하고 발전해 왔다. 그 과정속에서 벌어진 숱한 인생 여정들은 한 인간이 겪은 소소하고도 낭만적인 역사이자 삶 그 자체다. 타자기 시절, 용지 크기에 맞춰 '16절지의 여유'라는 제목으로 처음 이 글을 집필하기 시작하여 컴퓨터가 보급되어 A4용지 사용이 공식화된 이후에는 거창하게 'A4칼럼'이라는 이름으로 생각을 정리했다. 세월이 흐른 뒤 어느 날 문득 써 온 글들을 하나씩 하나씩 그러모아 보니 책 한 권 분량은 되겠다 싶었고 지금의 출간까지 생각하게 되었다.

　　그런데 막상 제목을 붙이자니 세상을 풍자하고 비판하는 칼럼도 아니고, 수필도 아니고, 가끔 웃기자고 쓴 글이 있긴 했지만 뭉뚱그려 유머 글이라고 할 수도 없었다. 어쨌거나 그때그때 자전적인 글들을 정리하면서 다시 읽어 본 소감은 한마디로 터무니없다였다. 순간 책을 내도 될까 하는 고심에 빠졌지만 내 수준에 걸맞게 그놈의 품위를 배려하여 '犬談'으로 제목을 붙이고 나니 마음이 한층 가벼워졌고, 읽는 분들에게 욕을 먹어도 괜찮겠다는 생각이 들었다. 전반적으로, 어떤 틀에 맞춰 부문별로 묶는다는 것이 큰 의미는 없으나 나름대로 102개의 소제목을 붙여 연도와 날짜순으로 정리했다. 간혹 오래전 이야기가 포함되어 있지만 대부분 2000년 초 대중의 컴퓨터 시대를 접하면서 2016년 현재까지 일어난 이야기를 다뤘다.

나의 어머니는 동네 분들과 가끔 두런두런 사는 이야기를 나누며, 희로애락(喜怒哀樂)에서 희락은 잠시고 로애의 삶이 더 많다고 넋두리하곤 했다. 어릴 적 나에게도 늘 "너희들이 세상을 뭘 알겠니, 전쟁과 피란 생활, 자식 잃은 슬픔… 이 어미의 평탄치 못했던 삶 얘기를 소설로 써도 몇 권은 된다."라고 푸념 섞인 말씀을 털어놓으셨다. 줄곧 내 가슴속에 박혀 온 그 얘기들은 부모님처럼 슬픈 삶은 면해야지 하는 마음을 은연중에 지니게 했고, 그로 인해 평소 웃으며 즐겁고 재미있게, 보람 있게 살고자 부단히 노력해 왔다. 힘들 때마다 마라톤을 뛰면서 좋지 않은 일들을 날려 보냈고, 대신 새로운 힘을 얻고 재충전했다.

이 책을 독자들에게 건네면서 한 가지 자신할 수 있는 건 꾸밈없는 글을 썼다는 것이다. 그때그때 내가 보고, 듣고, 느끼고, 생각했던바 그대로가 고스란히 이 책에 담겨 있다.

2016년 5월 문상훈

# 목 차

—
사는
이야기
—

'사는 이야기'는 일상생활에서 일어나는
크고 작은 일들을 접하면서
몸으로 체험하고 느낀 평범한 이야기들이다
세상이 마음먹은 대로, 바라는 대로 되는 것은 아니지만
이왕지사 재미있고 보람 있게 살고 싶었다

어린 시절 좋지 않았던 가정사로 인하여
좌절 속에 웃음기 없는 삶을 살았던 탓인지
"재미있게 살자"가 어느 순간부터 나의 좌우명처럼
뇌리에서 떠나지 않았다
지금도 그렇게 살고 있고

앞으로도 그렇게 살도록 노력할 것이다
노력만으로 이루어질 수 있는 것이 아니겠지만
그래도 마음만은 재미있게 살기로

# —
## 복날의
## 의미

——————— 복날은 중국 진(秦)나라 때 五行설에서 유래되었다고 한다. 그런데 이상하게도 한문으로 伏(엎드릴 복)자를 쓴다. 오행을 따져 보자면 봄은 木, 여름 火, 가을 金, 겨울 水로써 가을의 金이 대지로 내려오다가 아직 여름 火의 기운이 강렬하기 때문에 일어서지 못하고 엎드려 굴복(屈伏)한다는 의미를 지닌다.

三伏은 일 년 중 더위가 가장 심한 때로 초복은 10일 간격으로 하지로부터 3번째 경일(庚日), 중복은 4번째 경일, 말복은 입추로부터 첫 번째 경일이다. 말복은 20일 만에 오는 해도 있다. 중복과 말복 사이가 20일 되는 때를 월복(越伏)이라고 한다.

옛날에는 삼복더위에도 노동력을 유지하기 위하여 잘 먹어야 했다. 그래서 먹을 것이 귀하던 시절, 여름이 되면 봄부터 길러놓은 닭이나 개를 보신용으로 즐겨 먹었고, 여름철인지라 장소는 개울가 보

(洑) 밑이 제격이었나 보다. 보는 농사용 물을 이용하기 위하여 하천을 건너막은 구조물로써 한문으로 해석하면 흐르는 물(水)에 개(犬)가 엎드린(伏) 모양과 흡사하다. 그래서 伏날은 사람(人)이 개(犬)를 먹는다는 뜻도 있고, 개를 엎어뜨린다는 의미로 해석해도 되겠다. 난 이것을 이해하는 데 30여 년이 걸렸다. 요즘 외국에서는 우리에게 개를 먹지 못하도록 하기 위하여 우리 대사관에서 시위까지 한다고 하지만 우리 역사성하고는 차원이 다르다. 식용 개와 애완용을 구분하지 못하는 그들이다.

오늘은 삼복 중 초복이 되는 날이다. 그러나저러나 잘 먹어야 하는데… 어쨌든 초복을 맞이하여 무엇을 먹든 상관없다. 싸우지만 말길 바란다. 무엇을 먹든 간에 복날 싸우면 犬 지랄(?)한다고 욕들을 필요가 없으니까. 아쉽지만 본인은 아직 그 어떤 특별한 사연 때문에 그 좋다는 영양탕을 먹어본 적이 없다. 바보처럼

2001.7.16. 초복날

# 一
## 오늘은
## 이만

지갑이 비어 있었다. 월요일이고 별 지출계획이 없어 하루는 그냥 경건하게(?) 지내기로 마음먹었다. 그럴수록 생각은 자꾸 지갑을 의식하게 된다. 궁하면 통한다고 했던가. 갑자기 책상 서랍 속에 있는 저금통이 생각났다. 사실 저금통도 아니고 지름 10cm, 두께 4cm의 '캔디종합'통이다. 약 1년 넘도록 아무 생각 없이 잔돈을 넣어 두었더니 이만 원 남짓 되었다. 평소 지갑이 좀 찼을 때는 그때그때 별 의미 없이 써 왔지만 이번만큼은 오랫동안 모았다는 의미에서, 적지만 더욱 소중하게 생각되었다.

은행에서 동전을 바꾸면서 순간적으로 복권이 눈앞에 들어왔다. 최고 당첨권 60억 원 '슈퍼코리아 연합 복권'이다. 평소 복권은 별로 사지 않는 편이다. 그래서 큰맘 먹고 3천 원짜리 3장을 샀다. 추첨일은 6월 9일로 여유가 있다.

당첨되면 어떻게 써야 할지 즐거운 고민을 한다. 추첨일까지 앞으로 한 달 반은 그나마 희망 속에 살 수 있으니… 그리고 나머지 돈을 가지고 오랜만에 서점에 가서 책을 한 권 사기로 마음먹었다. 제목은 흔히 들어서 다수가 알고 있는 '상도'이다. 베스트셀러에도 여러 번 올랐고 TV에서도 오랜 기간 방영되었지만 난 시청한 기억이 나지 않는다(방송국에서 날 혼내려나?). 서점에 갔더니 "그걸 아직 안 읽었어요?" 하고 되묻는다. 사실 이 책을 갑자기 구입하게 된 연유는 지난달 서울에서 우연히 만난 손진혁 한국자치경영연구소장님께서 책을 소개해 달라는 내 말에 최인호의 '상도'를 추천해 주셨기 때문이다. 상도는 총 5권으로 꽤 호흡이 긴 편이다. 몇 년 전 무협소설 '녹정기(전12권)'를 읽은 후 진이 빠진 나는 1권 이상의 시리즈물은 안 읽기로 결심했는데 이번은 예외로 두기로 했다.

내가 원하는 기분 좋은 소비를 하고 나니 이만 원이란 적은 돈도 꽤 소중하게 여겨진다. 생각이 있는 하루다. 내 스스로 만족감에 미소가 지어진다. 이 기분을 값어치로 따진다면 2만 원이 아니라 2억 원 정도 되려나. 그래서 '오늘은 20000'.

2002.04.15

# 손맛보다
## 돌리는 맛

──────────── 며칠 전 어느 분이 江태공 이야기를 했다. 사람이 아니고 낚시 이야기다. 姜太公은 160살을 살았다고 한다. 80세까지는 정치, 경제, 천문학, 역학, 미래학, 병법 등 다방면으로 지식을 갈고닦아 천리안을 내다보며 때를 기다리다가 서백후과 함께 짝짝꿍(?)이 맞아 주(周)나라를 부흥시키고 160살을 살았다고 전해진다. 그래서 '인생은 80부터'라는 얘기가 태공망으로부터 나오지 않았나 추측해 본다.

이제 여름도 다가오고 하니 신선도 부럽지 않은 '돌리는 기분'에 대하여 이야기하고자 한다. 이곳 양양남대천 상류에는 일명 '꺽지'라는 민물고기가 있다. 강원 영서지방에 서식하는 쏘가리와 비슷하면서 바다의 우럭(조피볼락) 같이 생긴 놈이다. 크기는 대부분 15cm로써 맑은 물에 살고 있으며 번식력이 대단하다. 또한 이놈은 입이 커서 자기보다 적은 물고기는 모두 잡아먹는다. 심지어 자기 새끼까지도. 그래서 이놈이 제일 좋아하는 것은 살아 있는 옹고지로써 꺽지 낚시의 미끼로는 최상이다. 옹고지가 무언가 하면 미꾸라지처럼 흙탕물 잘 튀기고, 요리가 어렵고 하급으로 취급받는 물고기다. 그러나 요즘은 꺽지보다 옹고지가 더 귀하다. 구하려면 흙탕물 있는 데로 가서 일부러 잡아야 하니까. 그런데 이곳에는 물이 맑아 그런지 흙탕물도 찾기 어렵다. 특히 요즘은 토공 용수로를 찾기도 어렵고 농약의 영향으로 옹고지의 서식환경이 많이 줄어들었다.

그렇지만 이익은 50배, 100배다. 꺽지 한 마리가 옹고지의 50~100마리의 크기니까. 그보다는 살아 있는 조그만 옹고지 한 마리와 큰 꺽지 한 마리와 바꾸는 셈이다. 이놈은 다른 물고기와 무는 방식이 다르다. 입질을 해 보지도 않고 낚시에 꿰인 살아 움직이는 옹고지를 발견하면 10m거리에서도 쏜살같이 달려와 덥석 물곤 한다. 남들은 물속에서 살~짝 제쳐 약 올리며 손맛을 느끼는 재미로 낚시를 한다던데 난 그저 먹기 위해서 잡는 결과가 되고 만다. 그렇지만 옆의 일행에게 보라는 듯이 한 마리 낚으면 낚싯대를 다섯 바퀴 정도 돌린다. 그 돌리는 기분이 곧 재미고, 멋이다.


몇 년 전 이웃동네 친구들과 그야말로 꺽지 낚시를 갔다. 남들은 벌써 5분도 안 되어 1~2마리씩 낚고 있는데 한 친구는 아직도 옹고지 미끼도 꿰지 못하고 있는 것이 아닌가. 왜 그런가 다가가 보았더니 살아있는 옹고지를 지렁이 꿰듯이 아가미부터 꼬리까지 꿰고 있는 것이 아닌가. 웃음이 절로 나온다. 지렁이는 구멍이라도 있지만,

옹고지는 매끈매끈한 통살이다. 옹고지 미끼는 살아있는 것이 생명이므로 옹고지의 무게중심을 잘 판단해서 등지느러미 부분을 살짝 꿰어 살아 움직여야 꺽지 놈이 좋아한다. 인간과 마찬가지로 신선한 것을 좋아하는 약아빠진 놈으로서 꺽지라고 예외가 있을 리 없다.

그런데 인간들이 낚시에 있어서만큼은 너무 잔인하다는 생각이 든다. 낚싯바늘에 채여 공중에 매달리는 것까지는 그렇다 쳐도 물었던 미끼까지 빼버리는 건 최소한의 양심도 저버리는 것이 아닌가. 그렇지만 그놈도 한순간은 거꾸로 스카이다이빙 하듯 짜릿한 기분이겠지? 물속에서 공중으로 역 다이빙하는 기분일 테니까. 그러니 꺽지가 물리면 낚싯대를 최소 다섯 바퀴 이상은 돌려야 하지 않을까, 꺽지에게 마지막 황홀감이라도 맛보게 하기 위하여. 그래서 앞으로 낚시의 맛은 "손맛보다는 돌리는 맛"이다. 글을 써 놓고 보니 제목이 좀 그러네. 너무 야한가?

2002.05.24

# 안 하던
## 예쁜 짓거리

오늘은 알람시계를 맞춰 놓고 새벽 5시에 일어났다. 하늘 가운데는 달이 떠 있어 맑았으나 주위에는 짙은 안개가 피어 작은 빗방울처럼 가슴에 와 닿는다. 이제 장마도 끝났는가 싶어 달리기를 할까, 자전거를 탈까 즐거운 고민을 하다가 5km달리기를 하기로 마음먹었다. 사실 목적은 다른 데 있었다. 운동도 운동이지만 내 자신과 한번 싸워 보고 싶었기 때문이다. 어제 TV에서 2003년 대입수능시험이 D-100일로 다가온 걸 알았다. 그래서 100일 기도를 시도해 보기로 했다. 우리 집 그녀는 뭘 하고 웬 남자가(?) 말이다.

내가 달리는 코스의 1km지점에는 작은 절이 하나 있다. 열심히 뛰어서 그곳에 들렀는데 아쉽게도 아직 문이 열려 있지 않았다. 실망하려던 찰나 다시 오기가 생겼다. 그 즉시 집으로 돌아와 내 두 다리 대신 자전거를 꺼내 어딘가로 향했다.

내가 선택한 목적지는 왕복 15km거리인 낙산사였다. 도착하고 보니 5시 30분이었다. 그런데도 이미 새벽녘 일찍 나와 걷거나 조깅하는 사람들이 꽤 많았다. 나도 그들에 못지않게 페달을 힘차게 밟았다. 새벽 낙산사를 배경으로 폭 4m의 자전거전용도로를 쌩쌩 달리는 기분은 이루 말할 수 없이 상쾌했다.

그곳에 가서 절을 하기로 했다. 남들처럼 기독교나 불교를 믿는 것도 아니고 미신을 믿지도 않지만 누군가를 위한 100일 기도란 것이 꼭 그런 형식적인 것에 국한되는 것은 아니니까 말이다. 처음이라 어색하지만 익숙해지기로 마음먹었다. 쑥스러워 시주도 하지 못하고 돌아왔지만 기분은 썩 괜찮았다. 내일 또 갈 텐데 뭐.

이렇게 해서 100분의 1에 성공했다. '운동+알파'를 일상생활에도 적용해야겠다. 애들에게 아빠가 할 수 있는 것이라곤 이것밖에 없었다. 공부하라는 잔소리도 필요하지만 결국은 자신이 알아서 부단히 노력해야 하는 일이다. 한 달 전 이놈들이 컴퓨터와 TV에 너무 시간을 빼앗겨 독하게 한마디 하고는 지금까지 잔소리 한번 하지 않았다. "내 절대로 너희들에게 공부하라는 말은 하지 않겠다."라고 강력하게 말했기 때문이다. 다만 "나중에 후회하지 말고 네가 노력하는 것만큼만 바라라"는 말과 함께. 이처럼 아이들에게 어느 정도의 긴장감을 심어주고 나태해지지 말라는 의미에서 솔선수범하여 100일 기도를 꼭 성공하리라 마음먹는다. 내 마음을 알아줄는지는 모르겠지만 어쨌든 평소에 안 하던 예쁜 짓거리가 또 하나 생겼다. 애들은 어떤 반응을 보이려나 자못 궁금해진다. 아직 말은 하지 않앉지만 시간이 지나면 자연스레 알게 되겠지 뭐.

2002.07.29

# 살아있는
## 양심에 존경을

──────── 이곳 대청봉 줄기 아래에는 '둔전계곡'이 있다. 20여 년 전 인력으로 놓은 다리가 2002년 태풍 '루사' 때 떠내려가서 아치형으로 새로운 다리를 놓았다. '파괴는 건설의 어머니'라 했던가. 오래되어 위태로웠던 건축물을 새로 튼튼하게 만들었으니 결과적으로 보면 잘 떠내려간 게 아닐까 싶다.

그 다리는 불과 며칠 전 준공이 되었다. 마을 주최로 간소하게 치러진 '준공식'에서 나는 공사 감독 차원에서 불려가 옆에서 훔쳐보듯 지켜보았는데, 그러던 도중 시공사 대표에게서 이런 이야기를 전해 들었다.

교량 상부 슬라브 콘크리트 양생 기간이 28일이 지나 사람과 소형차 등의 통행이 가능해져 개방했는데 그 마을에 살고 있던 일흔이 넘은 할머니께서 굳이 불편한 가도를 계속 이용하고 있더란다. 그래서 하루는 그분에게 직접 여쭈었다.

"할머니, 다리가 다 만들어졌는데 왜 새로 놓은 다리를 건너다니지 않는지요?"

"새로 놓은 다리를 여자가 먼저 지나가면 재수가 없어서 그런다네."

대표는 그 말을 듣고 아직도 이런 분이 있나 싶어 놀랐다고 한다. 아닌 게 아니라 그야말로 탄복할 일이로다. 아직도 이렇게 도덕적인 옛날 양심을 지키고 있는 분이 계시다니 그야말로 존경스럽지 않은가? 양심이랄까, 미덕이랄까. 적절한 표현이 떠오르지 않지만 어쨌든 꽤 신선한 감동을 느꼈다. 사실 슬라브 양생 중 제일 먼저 다리를 건넌 놈은 견공이어서 준공 이후 바닥에 남은 개 발자국을 가끔 보곤 하지만 말이다. 어찌 됐건 존경스러운 할머니시다. 할머니, 건강하시고 오래오래 사세요!

요즘 걸어서 출근하는 날이면 나이 드신 아주머니께서 내 앞을 가로지르지 않으려고 조금 기다렸다가 소인이 지나간 후 횡단하곤 한다. 이 또한 존경스럽다. 1m앞을 휙 스치며 도로를 가로지르는 젊은 여성의 향수 냄새에 이끌려 뒤돌아보는 것과는 차원이 다른 것을…

2004. 9. 2

# 一
## 방울
## 고구마

작년에 어떤 경사가 있어 집에서 간소하게 잔치를 치렀다. 후식으로 커피나 주스 같은 음료와 함께 과일을 곁들여 먹는 것은 오래전부터 의례적인 일이 되어 왔다. 티타임을 가지면서 입안에 한 번에 쏙 넣을 수 있도록 모양도 크기도 포도나 딸기, 귤, 방울토마토처럼 자그마한 것들이 좋다.

내가 '그것'을 사오라고 했다. '그것'이 뭐냐고 집사람이 묻는다. 그것은 다름 아닌 노란색의 작은 귤이었다. 일본 말인지 제주도 말인지 언제부턴가 그것을 '낑깡'이라고 불렀다. 그 말이 갑자기 생각나지 않아 방울토마토를 떠올리며 잠시 머뭇거리다가 아주 큰 소리로 "방울귤!"이라고 외쳤다. 동네 아주머니들이 잔뜩 모여 있던 자리였는데 다들 눈을 휘둥그레 뜨며 대체 방울 귤이 뭐야? 하는 것이었다. 내가 말했다.

방울토마토같이 생긴 조그만 귤 그거 있잖아! …낑깡!

아…! 그제야 다들 알아차리면서 박장대소를 했다. 그날 이후 길거리에서 만날 때나 모임 자리에 참석하면 어김없이 나를 '방울 귤 아저씨'라고 불렀다.


올봄에 조그만 밭을 얻어 주말농장으로 상추, 고추, 오이, 가지를 몇 포기씩 심었다. 농사일은 처음이었다. 2주에 한 번씩 가서 자라나는 것들, 익어가는 것들을 하나씩 하나씩 살펴보면서 신기하고 감사함을 느꼈다. 물론 방울토마토도 6포기 심는 데 성공하여 여름 내내 돈 주고 사 먹지 않게 되어 좋았다. 그러는 반면 지난 10월 초에 거둬들인 고구마는 실패작이었다. 제초제를 쓰지 않고 내버려 둔 탓에 잡초가 말이 아니었던 것이다. 고구마 섶이 퍼지지도 않고 약 30cm 정도 자라면서 한여름이 다 가도록 잎을 고작 10개 이내로 유지하더니 줄기도 안 뻗고 그냥 성장이 멈춰버렸다. 나머지 공간은 풀이 차지했다.

이웃집에서 고구마 수확을 한다기에 우리도 고구마를 캐려고 안사람과 장모님을 밭에 모셔다드렸다. 나는 다른 일로 함께하지 못했는데 밭에 간 지 30분도 안 되어 전화가 걸려 왔다.

'고구마 가지러 와.'

안사람이 실실 웃으면서 창피해서 어디 얘기도 못 꺼내겠단다. 대뜸 하는 말이 "아빠, 방울고구마야."

목소리는 웃고 있는데 애써 섭섭함을 감추는 눈치였다.

당장 달려가 확인을 했더니 다른 건 둘째 치고 너무 귀여운 생김새였다. 색깔은 붉은빛으로 마음에 쏙 들었는데 한 포기당 2~3개 달린 것이 꼭 큰 밤톨 같았고 제일 큰 것이 5cm를 채 넘지 못했다. 비료의 힘과 제초 관리가 이처럼 큰지 몰랐던 것이다. 이번의 실패를 토대로 내년에는 꼭 성공해야겠다고 다짐했다. 본의 아니게 방울토마토에 서⇒방울 귤⇒방울고구마라는 거짓말 아닌 신조어를 또 한개 만들어 냈다. 별 수 있나. 왕초보 농사꾼인데…

2004. 11. 04

—
# 십일월
# 십팔일

평소 안 하던 군대 얘기를 한 토막 하고자 한다.

나는 경기도 연천 북쪽에서 군 생활 33개월(1,000일)중 GOP 근무를 딱 1년 6개월 했었다. 얼마나 추운지 상의는 7겹, 하의는 4겹을 입어야 한다. 몸이 무거워 뒤뚱뒤뚱 좁은 통로를 순찰하다 보면 어느새 날이 샌다. 방한두건에는 정말로 성에가 얼고 작은 고드름이 달린다.

그나저나, 7겹이 맞나…?

1. 가장 속에 입는 것이 흰 메리야스,

2. 그다음에 국방색 내의(도꼬리),

3. 평상시 입는 명찰 달린 군복,

4. 야전잠바(이것도 빨간 계급장에 명찰 달림)

5. 마름모 모양의 이불 누더기같이 실밥이 드러나 보이는 방한내의

   (여기서부터는 명찰 없음)

6. 방한조끼(때로는 방탄조끼)

7. 스키파커(국방색이지만 눈 오면 뒤집어 입는 전천후의 흰색 맨 겉옷)

(하의는 생략)


위와 같이 입으면 탄띠(요대라고 부른다)를 못 매어 동료가 뒤에서 붙잡아 주어야 한다. 이때부터 아장아장, 딩기딩기, 외계인←아주 폼이 남. 요 모양에서 빵! 하면 향기가 속옷을 타고 가슴에서 목으로 코로 직진하는 거 경험자만이 안다.

잠깐만, 위의 이야기를 하려는 의도가 아니었는데… 아무튼 그 후 교대 근무를 서며 훼바에 나와 생활했는데 영하 20도의 어느 추운 날 우리 부대의 어떤 놈이 잠시였지만 탈영한 사건이 있었다. 그 때문에 전 대원이 밤12시에 팬티 바람으로 연병장에 두 시간 동안 엎드려뻗친 동작으로 얼차려 고문을 받다가 다들 동상이 걸렸는데 아직까지도 그날의 아주 혹독한 기억이 잊히지 않는다. 얼마나 재수가 옴 붙는 날이었는가 말이다. 1980년 1월 18일 = 일구 팔×년 이런 ×팔일. 오늘은 무슨 날?=CB럴 C8일. ㅍㅎ~


2004. 11. 18

# 천상의
# 종소리

양양 서림리에서 서쪽으로 조침령을 넘으면 인제군 '방동약수'라는 곳이 있는데 물맛이 아주 일품이다. 약수는 철분 함량이 많아 쇳내가 나는 경우가 많은데 그곳 약수는 톡 쏘는 맛이 강하고 기대할 만한 효능이 있어 많이 알려져 있다. 지난번 처음으로 그곳을 찾았는데 약수보다는 종소리에 더 매료되었다. 약수 바로 앞에 조그만 암자가 있는데 광고 현수막 때문에 출입구가 가려져 있었다. 내려오는 길에서 한사람이 겨우 지날 수 있는 좁은 길을 발견하고 약 30m거리의 급한 산 비탈길을 오르니 매우 맑은 종소리가 들렸다.

뜰에 접어드니 굉장히 엄숙한 기분이 들었다. 돌아설까 망설이다가 먼 길 왔는데 손해 볼 것 없다고 생각되어 절 문지방을 들어섰다. 이윽고 신비한 종소리의 의문이 풀렸다. 눈앞에 머리 깎은 스님은 보이지 않고, 백발이 성성한 긴 머리카락을 늘어뜨린 보살님이 한쪽 모퉁이에서 정좌하고 앉아서 약 70cm높이의 종을 치고 있었다. 그분이 놀랄까 봐 내가 헛기침을 했지만 돌아보지도 않았고 미동도 없이 종에만 집중했다. 그 뒷모습이 너무 엄숙하여 쉽사리 말을 붙일 수가 없었다. 그러고 보니 중국 정통 무협지에 나오는 스산한 기분이 들었고 무슨 귀신에 홀린 것 같아 소름이 돋았다.

생각만큼의 시주도 하고 마음의 기도를 드리면서 딱 3번 절을 하고 물러 나오는데 맑은 종소리는 15초 간격으로 타종하여 은은하게 울려 퍼지면서 내 마음속 깊이 파고들었다. 양양 집까지 한 시간 거리인데 운전을 하면서도 그 맑은 종소리는 여전히 잔향처럼 귓전에 맴돌았고, 한 달 가까이 지났는데도 그 종소리의 여운이 지워지지 않았다. 만약 다음에 다시 그곳을 찾는다면 허리까지 길게 늘어뜨린 헝클어진 흰 머리카락의 보살님(도를 닦는 도사 같음)에게 허락을 받고 나도 한 번 종을 쳐 보고 싶다. 꼭 3번만. 그렇게 맑은 종소리는 지금까지 들어보지 못했으므로…

2005.09.01

—
## 붉은
## 사람 아닙니다

어제 지방선거가 열려 우리 지역 어성전리 투표구의 투표관리관 업무를 맡게 되었다. 18시 마감시간이 임박하여 어느 90세쯤 되어 보이는 어르신 한 분이 오셨다. 나는 당연히 투표하러 왔거니 생각했는데, 숨을 몰아쉬며 노기에 찬 모습으로 대뜸 하시는 말씀이, "여기 선거위원장이 누구야?"였다.

(요즘은 많이 발전하여 위원장 제도는 없어지고 투표관리관이 모든 책임을 진다. 몇 년 후에는 개표장 없이 전자투표를 실시하는 등 더욱 개선될 예정이라 시간과 인력을 크게 절감할 수 있을 것 같다)

"왜 그러십니까, 어르신?"
하고 여쭈었더니 하시는 말씀이,
"예전에는 말이지, 선거 안 하면 빨갱이로 몰렸어, 빨갱이로! 그런데 난 지금 주민증이 없어 투표는 못 해. 그런 줄 알아!"

라는 말씀을 남기신 채 허리를 90도 가까이 구부리고 불편한 몸을
돌려 나가시는 것이었다. 신분증이 준비되지 않아 어쩔 수 없이 투표
는 하지 못했지만 할아버지께서는 자신이 '빨갱이가 아님을 증명'하
기 위해 그 아픈 몸을 이끌고 오신 것이었다. 지금은 그 어르신 마음
이 참 편하겠다고 생각이 들면서 그분이 겪어 온 지난 시절의 억눌린
삶의 무게를 느끼고는 허전하고 슬픈 생각이 들었다. 그 어르신이 빨
갱이가 아닌 것은 너무도 당연한 일이었고 오히려 선량하고 정말 올
곧게 살아오신 분이라는 생각이 들었다.

2006.06.01

# 말짱
도루묵

성지순례를 단체로 다녀왔다. 해인사에 갔을 때 벽에 그려져 있는 여러 그림 중 '도림선사와 백낙천' 고사에 대하여 설명을 들었다. 자신만만했던 백낙천이 선사로부터 한 수 배우고 깨우쳤다는 이야기다. 안내하는 스님이 능글맞게 말씀도 잘하시고 얼굴도 잘생겨서 기억에 남았다.

우리나라에서 제일 크다는 통도사, 해인사를 다녀온 소감은 그야말로 놀라움 그 자체였다. 3대 사찰 중에 이제 송광사만 가 보면 되겠다. 그래도 자주 갈 수 있는 양양의 낙산사가 제일 좋은데…

통도사에서 밤 12시까지 참선 체험을 하기로 했다. 권위 있는 주지 스님께서 참여 인원이 적어서 그런지 우리 일행을 자꾸 찾기에, 낙산사의 자존심도 있고 해서 나머지 일행을 전화로 불러내어 본인의 의지와 상관없이 자정을 넘어서 철야를 하게 되었다. 다음 날 아침 철야에 불참한 동료분이 "어떤 깨우침을 얻었느냐?"고 농담 어린 표정으로 묻기에 답변하기가 곤란했다. 아무것도 깨우친 게 없었고 다만 전신이 아픈 것을 무릅쓰고 깡다지로 참았던 것만이 생각날 뿐이다. 그 힘들었던 고행이 과연 수행이고 깨달음인가? 평소 불심이 약해서 인지, "깨달으면 또 뭐하는데?"라는 생각이 앞선다. 돌아오는 길에 조용하게 잘 나가다가 긴장도 풀리고 하여 버스에서 酒님을 맞이했다. 약간 취한 상태였지만 2% 부족한지라 도착 후 시내 모처에 와서 해단식까지 하였다.

자고 일어나니 우리 집이었다. 후회막심이다.

아내가 슬그머니 말을 걸어왔다.

"잠꼬대를 여러 번 하던데… 뭐 강쉐이? 라던데. 절에 가서 수행하고 온 사람이 어찌 그리 입이 걸어요?"

"수행이 아니라 고행이었나 부지. 원수진 사람도 없고 마음도 편안했는데 왜 그랬는지 몰라."

"취중진담인지 몰라도 수행이 말짱 도루묵이야."

"그럼 '관세음보살 도로아미타불'이란 말인가. 그럴 리가?"

(PS : 강쉐이?=강아지)

2006.06

01)

도림선사(道林禪師)와 백낙천 (白樂天) ⇒ 사진 펌

# 一
## 酒님
## 이야기

———————— 내 인생 술자리에서 2차는 없다! 고 결심했다.

'渴時一滴如甘露(갈시일적여감로), 醉後添盃不如无(취후첨배불여무)'라고 했
건만, 그것을 잘 지키지 못하기 때문이다. 유혹에 못 이겨서 또는 의
지가 약해서일 것이다. 위 결심이 언제까지 지켜지는지 내가 나에게
도전한다! 작심 30일 안 되게. 그래서 동료들에게 술잔 안 돌리기 제
안을 했더니 정이 없어서 안 된다고 한다. 그러나 건전한 술 문화를
위해서 혁신이 필요하다. 선생님들은 오래전부터 각자내기(더치페이,
일본말로 가보시키?)를 하는 걸로 안다. 일본 문화처럼 우리의 음주 문화
도 멀지 않아 그런 시대로 변화 및 발전을 할 것이다. 과소비와 거품
을 줄이고 건강하게 잘살자!

모든 사적, 공적 모임에 가면 술을 사는 사람(작인, 물주)이 대부분
정해져 있다. 우리나라 사람은 '가자!'고 하는 사람이 물주가 된다.

그런데 자기가 돈 안 낸다고 술과 안주를 막 시키는 사람이 있다. 결국 쓰레기로 버려진다. 예외로, 물주가 정해지지 않은 자리에서 자기가 계산할 것처럼 낯내며 막 시키고는 중간에 혼자 빠지는 사람도 있다. 이런 인간들은 우정을 나눌 수 없는 자들이다. 그래서 더치페이가 필요하다.

잔을 안 돌리면 인사불성으로 망가질 이유가 없다. 내 돈 내면서 그 비싼 것들을 마구 주문할 수 있을까. 따라서 주머니 경제를 위해서는 더치페이, 건강을 위해서는 잔을 안 돌리면 되는 것이다. 유행의 첨단을 걷는 서울 사람들은 웬만해선 잔을 돌리지 않는다. 술잔은 부인에 해당되므로 함부로 돌리지 않는다고 하지 않았는가. 잔을 돌리지 않아도 얼마든지 재미있게 마실 수 있다. 내가 비운 잔을 남이 알고 따라 주면 더욱 좋고 그렇지 않으면 스스로 따르면 그만이다. 상대방이 비운 잔은 눈치껏 권하고 채워 주면 된다. 술은 마시는 자가 주인이고 술잔은 받은 자의 것이라고 생각하면 된다.

"酒不醉人人自醉, 色不迷人人自迷(술이 사람을 취하게 하는 게 아니라 스스로 취하고, 색이 남자를 미혹케 하는 게 아니라 스스로 미친다.)"라고 했듯이 술은 스스로 먹고 스스로 취한다. 취하건 말건 그건 본인 책임이다. IMF 이후 거품도 빠지고 흥청망청하던 때는 이미 지났다. 아무쪼록 물주에 대한 배려와 공감대를 가져야 좋은 술자리라 하겠다. 어이 친구야, 오늘 한잔 어때?

2007.06

# 면사포 잡고
# 늘어지는 놈

4~5월은 결혼 시즌이다. 오늘은 지인들과 친척 포함 6명에게서 청첩장이 날아왔다. 같은 시간대라서 그중에 어느 한 식장으로 갔다. 늘 그렇지만 결혼식장에는 시간을 앞당겨서 30분 전에는 참석하는 편이다.

이른 코리안 타임이다. 늦은 코리안 타임과는 대조적이다. 그런데 나도 늦었다는 걸 알았다. 벌써 식사를 마치고 나오는 분들이 있고, 피로연장에는 남은 빈자리가 경쟁적으로 채워지고 있었다. 예식장 입구는 늘 만원이다. 축의금을 전하려는 하객들의 오고감이 전부인 듯하다. 바쁜 가운데 당사자인 신랑 신부보다는 그들의 양가 부모님이 더 주목을 받는다. 얼굴마담이다. 4~5초간 축하인사를 하는 둥 마는 둥 하고 뒷사람에게 밀려 곧바로 피로연장으로 향한다.

예식장 안은 텅 빈 듯하고 4촌 이내의 친지들과 친구들, 행사 관계자 등 소수의 인원만 있을 뿐이다. 피로연장에 들어서면서 식탁에서

5m 이상 떨어진 분들은 눈인사만 할 수밖에 없고, 통로에서 부딪치는 아는 분들만 기계적으로 1초 동안 악수하면서 몸은 재빨리 빈 좌석을 찾는다. 옆에 앉은 사람을 의식할 필요도 없다. 알면 인사를 나누고 모르는 분이면 눈인사를 한다. 식사시간은 10분 내외다. 차려진 음식을 먹고는 있지만 사실은 잔치국수가 나올 때를 기다리고 있는 것이다. 국수를 먹었으면 건물 밖으로 빨리 나와 마주치는 사람들과 대충 안부를 나누고는 의무를 다했다는 안도감과 함께 급히 자기 생활로 돌아간다. 나도 예외일 수는 없지만 오늘은 예외다. 밥을 빨리 먹고 식장에 다시 올라가니 아직 예정시간이 꽤 남아 있다. 밥도 먼저 먹었고 또한 친척 결혼식이라 끝까지 지켜봐야 했다.

"신랑 입장!"으로 시작하여 짜인 식순에 맞추어 주례사의 모범 답안도 마쳤다. 드디어 성대한 결혼식을 무사히 마치고 신랑 신부의 행진만 남아 있다. 사회자의 "신랑 신부 행진!" 구령이 떨어지기 무섭게 "♬딴 따아다 단~" 언제나처럼 음악에 맞추어 하객의 시선과 박수 속에 행진이 이어진다. 그런데 박수가 너무 약하다. 그것은 자기가 앉은 곳 3m 앞에서 박수를 치기 시작하여 신랑 신부가 지나가면 박수를 멈추기 때문이다. 오래 쳐야 10초에 열 번 정도? 나는 10초면 백번은 칠 수 있다. 남들이 방정맞다고 할까 봐 좀 양보할 뿐이지.

잠시 후 웃지 못 할 아니, 웃어도 될 거리가 연출되었다. 행진 중 마지막 5m를 남겨 놓고 신부의 머리가 뒤로 제쳐지면서 걸음을 멈춘 것이다. 축하의 박수를 보내던 하객들이 깜짝 놀라 쳐다보았다. 처음 하는 결혼식(?)이라 너무 긴장해서 신부가 쓰러지는 게 아닌가 싶어 다들 걱정하는 눈초리였다.

그러나 그것이 아니었다. 어느 모퉁이에 걸렸는지 어린애가 밟은 건지 긴 면사포가 그만 어딘가에 걸려버린 것이다. 신부는 내가 앉은 쪽으로 돌아보며 작은 소리로 "아~뭐야, 뭐가 걸렸어!"라고 했다. 우스워 죽는 줄 알았다. 신성한 자리임을 잊고 여기저기서 키득키득 웃음을 감추지 못했다. 하객들에게 큰 웃음을 준 신랑 신부, 재미있게 잘살 거야!

결혼을 축하드리며 그들의 앞날에 행복을 빈다.

2011.06.05

# 그건
# 해군이야!

아침밥을 먹는데 반찬이 멸치볶음, 미역국, 지뉴아리(톳 비슷한 것), 김이었다. 그걸 보고 어느 손님이 우리 하숙집 아주머니에게 말했다. "이것도 바다, 요것도 바다. 저것도 바다. 전부 바다네?" 그랬더니, 아주머니가 밥을 푸면서 하는 말이. "아니야 그건 해군이야!" 라고 큰소리로 애교스럽게 말했다. 그래서 나도 이렇게 대꾸했다.

"아니야, 해군은 동아사랑방에 있어!"

"사랑방이 뭐야?"

"응 있어, 인터넷에…"

그러자 "그럼 공군은 뭐야?"라고 물어본다.

"공군은 닭이야. 잘 날지는 못하지만…"

그런데 그녀는 내가 달구인지 모른다. '달구새끼'라고 하면 금방 알아듣겠지만…

(인터넷 닉네임이 risevision이고, 57년 닭띠생을 달구라 부른다.)

아내에게 미안하지만 하숙집 아주머니는 우리 집사람(난 싸모님이라 부름^^)이고 하숙생은 바로 나다. 아침 일찍 밥 먹고 출근하여 늦게 퇴근하고선 겨우 잠만 자고 나오는 하숙집 아저씨 신세와 다름없기 때문이다. 그래도 아내는 아침에 나를 보고 이렇게 한마디 한다. "당신은 이 세상에서 제일 행복한 사람이야."라고. 왜냐고 물었더니 "매일같이 꼬박꼬박 아침밥을 먹는 사람은 당신밖에 없어."라고 한다.

하기야 맞는 말이다. 우리 네 식구 한자리에 모여 앉아 밥을 먹는다는 자체가 또 하나의 행복이란 생각을 해 보았다. 애들도 고3, 고1이라서 아침밥을 거의 못 먹고 가는 아쉬움이 있고 저녁 또한 따로따로 귀가하니 밥을 같이 먹기란 1주일에 한두 번쯤밖에 안 된다.

모처럼 사랑방에 들어왔다가 넋두리만 하고 간다. 그렇지만 아침해는 매일 뜬다. 그 희망을 먹고 산다. 또 다른 내일, 보다 나은 미래를 기대하며… 가까운 설악산, 오색 계곡에는 단풍이 한창이지만 일상에서 빠져나갈 수가 없다. 누가 와서 나를 해방시켜 주실 분 없는지? 원님 덕분에 나팔 분다고, 나도 좋아하는 산에라도 오르고 싶다. 동아닷컴의 '해군' 형님, '공군' 형님께 미안합니다. 소중한 닉네임을 들먹거려서.

2002. 10. 09

# 주사위는
# 던져졌다

—————————— 천기누설인데…

29일은 내게 행운의 날인가? 최근 기억할 만한 날들이 29일이다. 동아사랑방에 우연히 100번째로 입방한 날이 3월 29일이었고, 우리 큰 아이의 대입 수능 100일 기도를 시작한 날 또한 7월 29일이다. 즉 오늘로써 그 '안하던 예쁜 짓거리'가 3개월이 되는 날이다. 금싸라기 같은 시간은 냉정하게도 수능생을 조금도 기다려 주지 않고 총망히 흘러간다. 지나고 나니 허무함만 남지만 나름대로 소득은 있었다. 비가 오나 바람이 부나, 태풍이 몰아치나, 하다못해 전날 과음을 했어도 나는 스스로와의 약속을 지켜 냈다. 앞서 말한 일련의 것들은 자식들의 앞날을 위해서라면 핑계가 될 수 없었다. 알람시계를 맞춰 놓았든 그렇지 않았든 간에 아침 6시 30분 전에는 틀림없이 일어나야 했다. 비가 오면 차를 탔고, 날이 맑으면 자전거를 탔다. 그리고 기분이 괜찮으면 뛰었다. 초겨울로 변한 요즘에는 낙산 프레야 앞

해변광장까지 차로 이동한 후 해변을 뛰었다. 기도는 둘째 치고 내 자신과 싸웠고 스스로 택한 내 의지를 시험하고 있다. 누가 알아주든 그렇지 않든 악착스럽게 하다 보니, 내 스스로 독한 사람이 된 듯했다. 고작 3개월밖에 안 됐지만 말이다.

여름철이라 8월 한 달은 낮이 길어 여유만만하게 다녀올 수 있었다. 그런데 그 한 달이 고비였다. 두 달째 접어들면서 슬그머니 꾀가 나기 시작했다. 내가 왜 이래야 되는가? 누구를 위함인가? 그렇다고 수능 당사자의 생각이 달라졌을까? 내가 이 계획을 실천함으로써 그는 정말 노력했으며 학력(學力)이 높아졌을까? 100일 기도를 다니는 것과 다니지 않는 것, 무슨 차이가 있을까? 그날 이후 약속했듯이 애들에게 그동안 공부하란 말은 한 번도 하지 않았다. 100일 기도를 드리는 일도 처음엔 절하는 것마저 쑥스러웠다. 간지럼도, 부끄럼도 많이 탔기 때문이다. 그래서 그냥 제사를 지내듯이 엎드려서 내가 하고 싶은 대로 절을 했다. 횟수는 다섯 번이었다. 법당에 큰 부처님 불상 다섯 분이 나를 내려다보고 있었기 때문이다.

한 달쯤 지나자 내가 절하는 모습이 딱했던지 보타전을 관리하는 보살님이 처음으로 내게 절하는 방법을 가르쳐 주셨다. 나는 실실 웃으면서 배우는 데 익숙해졌다. 바른 자세로 서서 합장하고 허리는 곧추세운 채 양 무릎을 굽히고 앉아 왼손과 오른손을 짚고 엎드린다. 그런 다음 왼발을 오른발 위로 교차시키는 동시에 이마를 대고 팔꿈치로 받치고 양손을 들어 올린다. 일어날 땐 역순으로 허리를 펴고 일어나 앉아 왼손을 가슴에 대고 일어나면서 오른손으로 합장하면 끝이다. 요렇게 다섯 번이다.

첫 번째 : 온 가정의 건강을 비나이다.
두 번째 : 큰놈 수능 잘 보게 해 주십시오.
세 번째 : 작은놈도 잘 되게 해 주십시오
네 번째 : 온 가정 행복하게 도와주십시오.
다섯 번째 : 그저 잘 먹고 잘살게 해 주세요.

그다음엔 양심상 더 바랄 것이 없어서 그냥 아무생각 없이 여섯, 일곱, 여덟, 아홉 번 절을 하고 나온다. 대부분은 다섯 번에서 끝낸다. 그러자 부처님이 내 뒤통수에다 대고 "야 이놈아! 부자 되게 해 달라고? 그래, 잘 먹고 잘살아라 이놈아, 내 별놈 다 보겠네. 가소로운 놈, 쯧쯧…" 하고 호통을 치는 것 같아 얼굴이 뜨끔거렸다. 물러 나오면서 인간이, 아니 내 자신이 너무 욕심 많고 이기주의라는 생각이 든다. 기도를 하지 않는 사람들이 더 많은데 말이다.

그래서 그다음 날부터는 "그것도 모두 사치다!"라고 생각하며 한 번 더 절하면서 다른 것 다 필요 없으니 우리 가족 건강하게 해 달라고 기도했다. 사실 건강 하나면 모든 것을 가질 수 있으니까.

절에서 조금 걸어 나오다가 7분 거리의 해변을 달렸다. 초겨울이 시작되어 제법 춥지만 뛰다 보면 금세 온몸이 열로 후끈해진다. 겉옷을 벗은 채 차를 타고 여유만만하게 돌아오노라면 내 반팔차림을 흘끔거리며 신기하게 보는 사람들이 있다. 아침 햇살은 이토록 붉게 세상을 비추는데 옷을 입고 벗는 게 무슨 소용일까…

한 달 하고도 며칠이 지난 뒤 보살님에게 절을 몇 번 해야 하느냐고 물어보았다. "백 번 천 번을 해도 좋지만 최소한 정면으로 3회, 동쪽으로 3회, 서쪽으로 3회 총 9번은 해야 합니다."라고 하신다. 아차! 괜한 걸 물어봤구나. 모르는 것이 약인데… 하는 수 없이 그 날부터 9번씩 절한다. 또 며칠이 지난 후 보살님이 출타해서 다른 보살님이 절을 지켰다. 절문을 들어서자 내가 처음인 줄 알고 그쪽 안을 구경하고 가라고 안내하신다. 내부 한 바퀴를 돌아보다가 1,500여 불상이 그곳에 있는 걸 보고 깜짝 놀랐다. 먼저 분은 왜 이런 것도 구경시켜주지 않았는지 원망스러웠다. 내가 불심이 모자라는 사람으로 보였을까? 전혀 틀린 말은 아니지만…

아무튼 이제 주사위는 던져졌다. 딸에게 공부하라는 말은 안 하겠다고 약속한 것만치 "네가 노력한 것만큼만 바라라."라고 말이다. 고3인 자식을 둔 아빠가 딸을 위해서 할 수 있는 것이 겨우 요것밖에 없다니… 내일부터 마지막 일주일은 지금까지보다 훨씬 더 정성스럽게 기도해 볼까? 단 한 번의 절로 한 가지 소원만.

2002. 10. 29

# 말짱
# 도루묵이 아니다

─────────── 요즘 들어 도루묵이 대세다. 작년 겨울에 이어 올해도 어김없이 찾아왔다. 이곳 물치항에서는 12월 초 도루묵 축제까지 열려 방문객으로 하여금 좋은 추억거리가 되고 있다. 동해안 방파제에 가 보면 너도나도 도루묵잡이가 한창이다. 멸치 떼처럼 그야말로 새카맣게 움직이는 것을 볼 수 있다. 파도가 칠 때는 내항에 모여들고 파도가 잔잔할 때는 외항 TTP 주변으로 몰린다(안전사고 절대유의). 수백 마리씩 이동하는 광경이 볼만하다. 멸치처럼 빠르지 않고 무리를 지어 한 방향으로 천천히 이동한다. 종족 번식을 위하여 수초를 찾아 알을 산란하러 들어오는 것이다. 암놈은 배가 터질 듯한 몸뚱이에 알이 밖으로 나오면 수놈들이 다가와 흰 정액을 내뿜으며 몸부림을 친다. 그 모습이 햇살에 비쳐 하얀 배를 내놓으며 반짝반짝 빛을 낸다.

통발을 던지면 얄짤없이 안으로 들어가선 나올 줄 모른다. 고기가 많을 땐 20분 정도면 수십 마리에서 100마리 이상 들어온다. 통발을 천천히 끌어올린다. 너무 오래 두면 통발이 무거워 끌어올리기 어렵다. 파닥파닥 뛰는 놈들을 빈 그릇에 쏟아붓는다. 4~5회 작업 후 고기가 가득찬 그릇을 비울 때면 뿌연 정액이 그릇 바닥이 안보일 정도로 많이 고여 있는 것을 알 수 있다. 처음 잡는 사람들은 욕심을 내지만 나중엔 여유를 갖고 즐긴다. 잘만 보이면 착한 아저씨들은 구경 온 사람들, 특히 여성분에게 몇 두름 정도는 공짜로 잡아 주기도 한다. 참으로 고맙다.

특별한 기술도 필요치 않다. 통발이 TTP 사이로 빨려 들어가 걸리지만 않으면 된다. 준비물도 간단하다. 15,000원 정도의 통발만 사면 되고 고기 담을 그릇만 있으면 된다. 통발에 미끼를 넣는 것도 아닌데 그놈들은 너무 쉽게 걸려든다. 느슨해 빠지기는. 하지만 알 가진 암놈 2~3마리를 미끼로 넣어 두면 빠른 시간에 더 많은 고기를 유인할 수 있다. 집에 와서는 구워 먹고 쪄 먹고, 평소 친하게 지내는 이웃집에도 조금씩 나눠 준다. 좀 더 여유가 있으면 스티로폼 통에 넣어 객지에 나가 사는 가족, 친척, 지인들까지 택배로 보내 준다. 그래, 있을 때나 인심 쓰지 뭐. 나머지는 채반에 담아 베란다나 옥상에 말린다. 흔하다고 맛이 없는 것도 아니다. 매일 먹어도 물리지 않고 1인 한 끼 10여 마리면 넉넉히 포식할 수 있다. 비쌀 때 시중에서 한 두름(20마리)에 1만 원씩, 때로는 알 도루묵 5마리에 1만 원 한다. 그래서 사 먹는 사람은 항상 비싸게 느껴진다.

신록의 봄이 오면 산나물과 개두릅을 따고, 여름이면 냇가에서 메기, 꺽지 등 민물고기 천렵과 바다 놀래기 낚시도 하고, 가을 되면 밤 줍고, 감 따고, 고구마나 땅콩을 파고, 서리태, 깨 등 수확의 기쁨을 맛본다. 이번 한겨울에는 또 한 가지 재밋거리가 생겼다. 그것은 바로 도루묵잡이가 아닌가. 누가 말짱 도루묵이라 했는가. 동해안 도루묵은 말짱 도루묵이 아니다. 겨울만의 취미이자 추억이고 삶의 여유다.

2012. 12

제
2
장

—
그놈과
달리기
—

반복적인 일상 속에서

정신적 육체적으로 어려웠던 시절이 있었다

2002년 태풍 '루사'에 이어 2003년 '매미' 태풍이 그랬다

스트레스를 이겨 낼 방법을 찾던 중 2002년 당시

45세의 나이에 마라톤에 입문했다

시작한 지 1년 만에 풀코스까지 완주하면서

태풍 복구 총괄 실무자로서의 고난을 견뎌 냈고

그 인내와 희열을 마라톤 체험기에 담았다

체험기라기보다는 삶의 일부를 썼다

덕분에 주 5일, 아침 30분 달리기(1530)를 생활화했다

그리고 달리면서 거리에서 마주친 이웃집

견공 가족과의 교감도 나눌 수 있었다

또한 아파트에서 '쭈쭈'라는 이름의 애완견 말티즈를 키웠다

10년간 함께하면서 그놈에게 미움도 많이 주었지만

그놈은 그래도 나를 반기니 이래저래 정이 들었다

그놈과 달리기도 같이하면서 심리적으로 나를 깨닫게 되었고

전에 몰랐던 동물과의 정서적 교감을 나눌 수 있었다

내 인생에서 지우고 싶지 않은

그놈은 나와의 인연이자 추억이다

# 열한번째
## 사과나무

──────────  베스트셀러라고 다 좋은 책은 아니겠지만 이 책을 산 것에 대해서는 조금도 후회하지 않는다. 그 기준은 책값이 아니라 읽고 난 후에 남는 여운이나 감정을 말한다. 이 책을 사게 된 동기는 베스트셀러여서라기보다는 '일만 년 동안의 화두'를 쓴 작가(이용범)여서 끌린 것이다. 그 책이야말로 깨알같이 쓴 500여 쪽의 단행본으로서 꼬박 두 달씩이나 걸려 정독했지만 별로 지루한 감을 느끼지 못했었다.

책을 산 동기야 어떠하든 '열한 번째 사과나무'를 감동 있게 읽었다. 16세의 사춘기 시절에 하필 11번째 사과나무 밑에 묻은 미래의 약속이 현실 세계에서 어떻게 변화하는가의 호기심과 무한한 가능성을 제시하였고, 요즈음의 타임캡슐 같은 신선한 발상이 좋았다. 그 호기심은 2권 중반부부터 사춘기 시절로 돌아온 것 같은 묘한 긴장감

속에서 주인공 한지훈이 채팅 매체를 이용하여 알게 된 소녀 송이를 통하여 결국 그 소녀가 자기의 딸임을 알게 된다. 그리고 과수원집으로 그녀를 유도하여 사랑하는 상은과의 만남에 이르는 과정이 클라이맥스다. 한지훈이 다방에서 송이를 만나 대화하는 과정에서부터 내 가슴은 숨 가쁜 긴장과 감정으로 솟구쳤다.

'노란 손수건', '테디 베어' 등도 짧은 글로서 감동적이지만 오랜만에 사랑에 관한 책을 접하니 나에게도 젊은 날의 감성이 아직 남아 있구나 싶어 놀랐다. 본성이 착한 인간이라서 그럴까? 아무튼 오랜만에 짜릿한 애정소설에 흠뻑 빠져 보았다.

내일은 자전거 바퀴살에 은빛 장식을 해야겠다. 해 뜨는 아침이면 가끔 남대천 자전거전용도로를 쌩쌩 달리는 나를 누군가 다시 뒤돌아볼지도 모르니까. 그들이 나의 자전거를 보며 황홀해질 수만 있다면…

### 열한 번째 사과나무 그 이후…

동아닷컴에 위의 글을 올린 다음 날 자전거 살에 은빛 도금이라도 하고 싶어 정말로 자전거 가게에 갔었다. 사실 자전거를 사고 2년 동안 한 번도 그것을 닦은 적이 없었다. 체인에 윤활유만 뿌렸을 뿐. 그런데도 시속 약 5~60km정도 쌩쌩 가속이 붙는 것이 신기하다. 바퀴 링을 닦으니 스텐이라 새로 산 것처럼 반짝반짝 빛났다. 문제는 자전거 살이었다. 그래서 애들처럼 오색 구슬을 달았다.

그러고 나니 괜히 기분이 좋아졌다. 달리면서 같이 운동하는 사람들과 마주쳤다. 뛰는 아저씨, 뛰다 걷다 하는 아줌마 그룹들, 그리고 다이어트 하는 조금 뚱뚱한 아가씨도 보이고, 걷고 있는 아주 날씬한 여성도 있다. 또한 체력 관리를 위해 쉬지 않고 뛰는 군인과 학생도 있다. 달리면 달릴수록 원심력에 의하여 구슬이 바깥쪽으로 몰려 혼합된 하나의 색을 창조해 낸다. 가을이 되니 강변 자전거전용도로 옆의 코스모스와 풍년의 벼 이삭과 고추잠자리마저 나를 반기는 듯하다. 제방길 옆 한창 익어 가는 과수원의 푸른 사과나무는 물론이고.

내일 아침도 그 환상의 강변도로를 힘껏 달려야겠다. 낙산 바다 위의 붉은 태양이 솟아 자전거 바퀴가 오색 구슬과 함께 눈부시게 빛나도록.

2001. 8. 23

# 개망신
## 달리기

요즘 마라톤 붐이 일고 있다. 풀코스, 하프마라톤, 10km단축마라톤 등. 그 이하는 그냥 달리기다. 달리기 운동. 황영조님의 올림픽 금메달 이후 조선·동아 마라톤과 각종 신문사 주최 마라톤에 이어 지방 신문사에서도 2002 한일 월드컵 맞이 달리기, 3·1운동 달리기, 그리고 이곳 축제 때마다 달리는 '송이축제 달리기, 그리고 최근 '양양국제공항 개항 기념 달리기' 등 5km내외의 달리기가 붐을 일으키고 있다. 그보다는 살을 빼고, 건강을 지키려는 사람들로 하여금 동호회도 많이 늘어나 시민운동이 활성화되고 있다. 그래서 나도 이제 봄이 되었으니 아침달리기를 시도하기로 했다. '동아 커뮤니티의 사랑방'에서 3월 31일 충주 마라톤 이야기를 접하면서 결심했다.

작년 가을까지는 자전거를 타고 쌩쌩 달렸는데 지난 초겨울 자전거

가 펑크 나면서부터 지금까지 아파트 지하창고에 처박아 두었다. 땜
질할 때가 되었지만… 그래서 요 며칠 동안 일찍 일어나는 날이면 왕
복 4km거리를 약 30분간 달리고 있다. 일찍이라 해 봐야 아침 6시
30분이다. 그 이후는 해가 완전히 떠올라 일찍 일터에 나가는 사람
들이 비아냥거릴 듯해서 자제하는 편이다. 먹고살기 바쁜 요즘 어르
신들이 "운동하면 밥이 나오나, 떡이 나오나?"라고 할까 봐. 그리고
시골에선 아직도 운동이 일상화되지 않아서 말이다.

　44호선 국도확장 공사장으로 달리거나 걷는 사람들은 내가 운동하
는 시간대에 10명 내외이다. 조금 시간적 여유가 있어 오늘은 우리
집 '쭈주'를 데리고 가 보기로 했다. 쭈주는 흰색 말티즈로 6년생이
다. 뛰다가 자꾸 헛딴데로 새서 주택단지 300m는 그놈을 끌어안고
걸었다. 남들이 보거나 말거나.
　얼마 후 드디어 4차선 확장 공사 중인 도로로 접어들어 쭈주와 함
께 달리기 시작했는데 아니나 다를까, 4~50m마다 한 번씩 옆으로
샌다. 나를 흘끔흘끔 쳐다보면서. 아마도 길을 잃을까 봐 영역 표시
를 하는 모양이다. 그놈을 일일이 붙잡아 오면서 슬슬 화가 났다. 나
도 숨이 차 죽겠는데. 그래서 초행길이라 내 곁을 떨어지면 집을 못
찾을까 두려워서라도 나를 따라오겠지 싶어 뒤돌아보지도 않고 마~
악 달려버렸다. 아니나 다를까, 멀어지는 나를 잃어버릴까 봐 신 나
게 쫓아오는 게 아닌가. 그때 아는 체하고 목덜미를 쓸어주면서부터
는 순조롭게 달릴 수 있었다. 사람들과 마주칠 때마다 그놈과 나를
번갈아 쳐다보았다. 부러워하는 건지, 놀리는 건지 모르겠다. 2km

반환점에서 그놈과 잠깐 쉬었다가 돌아오는데 이젠 그놈이 나보다 앞서가기 시작했다. 나는 숨이 점점 더 차오르고, 몸길이가 50cm밖에 안 되는 쭈쭈가 나를 배신하고 앞서다니. 봐 줄 땐 언제고, 야 이 놈 봐라!

그래서 그놈 이야기가 생각났다.

"개와 같이 가면 개와 같은 놈, 개보다 먼저 가면 개보다 더한 놈, 개보다 늦게 가면 개보다 못한 놈." 내일부터 어느 보조에 맞춰야 하지? 먼저 가든 뒤에 가든 그야말로 개망신이네. 요즘 이렇게 산다.

2002.04.04

# 뛰면서
생각하라

───────── 어제 비가 온 탓인지 오늘 아침 날씨가 제법 쌀쌀해졌다. 차 유리에 서리도 내려 있다. 그래서 오늘은 TV홈쇼핑으로 구입한 목티를 입게 되었다. 평소 돼먹지 못하게 간지럼을 많이 타는지라 좁은 목티를 머리로 집어넣을 때면 간지러워서 어쩔 줄 모른다. 집사람이 그걸 미리 눈치채고 "이런 바보야!" 라고 놀려대자 그냥 웃어버린다, 푸하하하. 어쨌거나, 웃고 시작하는 하루니 무슨 좋은 일 있으려나 기대가 된다. 오늘도 하루 세 끼 밥 잘 먹고 열심히 일했으니 위안이 되고, 하루하루 그저 감사할 뿐이다.

'금주갑장'과 '옛멋누이'는 머리도 무척 좋겠고 또한 오래 살겠어.
머칠 전 신문을 보았는데 오래 살려면 머리와 다리를 많이 쓰는 게 좋단다. 이 두 가지를 동시에 만족시키는 것이라면 바로 '뛰면서 생각하라'가 아닌가? 그러니까 지난 일요일 마라톤 풀코스를 뛰었다니

얼마나 오래 뛰면서 또 얼마나 많이 생각했겠어. 암튼 열심히 달린 것 무지무지 축하합니다. 어제 조선일보 스포츠 지면에 엄청나게 홍보했던데.

이곳 10월 27일에 열리는 수재민 돕기 마라톤이 취소되어 어차피 대전에 내려가야겠다. 눈이나 오지 말아야겠는데. 수해를 비롯해서 제설까지도 내 담당이니까. 오늘 보니 '동아닷컴' 공지/가입 란의 마라톤 참가 신청 명단에 '금주갑장'이 공식적으로 내 이름을 올려놓았다. 내 인생에 20km달릴 기회가 왔으니 말이다. 배번이 궁금하다.

2002. 10. 22

# 마라톤아
## 정말 미안해

―――――― 내게 있어서 마라톤 공인 거리 42.195㎞란 의미는 초등학교(그땐 국민학교) 시절 체육 필기시험의 단골 메뉴로 통한다. 그리고 '마라톤'이라는 말을 처음 접하게 된 것이 그리 오래되지 않았다. 시간이 없다는 핑계로 운동이라고는 담을 쌓고 살았다. 요즘 무슨 운동을 하느냐고 누군가가 묻기에 그냥 "숨쉬기 운동밖에 하지 않는다."고 농담 반 진담 반으로 얘기할 정도였다. 직업상 여러 건설 현장에 가끔 오가는 것도 하나의 운동으로 생각하고 위안을 삼았던 것이다. 그러던 어느 날 그런 안일한 생각이 바뀌었다. 업무량 과다로 인한 피할 수 없는 늦은 야근과 쌓여 가는 스트레스, 또한 40대 중반이라는 압박감에 자신 외에는 그 누구도 건강을 책임질 수가 없다는 결론을 내렸다. 그래서 어떤 운동이라도 실천에 옮기고자 일단 자전거부터 한 대 샀다. 자전거 덕분에 아침에 일찍 일어나게 되었고, 이곳 양양 남대천 제방 위에 얼마 전 준공된 노폭 4m의 자전거전

용도로를 따라 낙산 바다의 아침 해가 뜰 무렵에 힘차게 내달리곤 했다. 당시 베스트셀러였던 '열한 번째 사과나무'를 흥미롭게 읽는 중이었는데, 아침 햇살에 은빛으로 반짝이는 자전거에 오색 구슬을 매달고 달리니 그 자체만으로도 소설 속의 주인공이 된 듯했다.

그 후 반복되는 운동만 하다 보니 조금 싫증도 났고 무의미한 기분이 들어 4㎞ 정도 달리기를 병행했다. 그때가 2001년 봄이었다. 불과 2년 전이었지만 당시에는 달리기 운동을 하는 사람들이 손에 꼽을 정도로 적었기에 가끔 자동차로 마주치는 사람들과 농사를 짓는 사람들에겐 이른 아침에 하릴없이 달리는 사람으로 비춰져서 솔직히 미안한 생각이 들었다. 그러던 중 모 인터넷 동호회에 우연히 가입하게 되었고 건강과 마라톤에 관한 이야기가 자주 오가면서부터 일주일에 3~4회, 아침 30분간 5㎞달리기를 시작했다. 마라톤이라는 단어는 내게 아직 거리가 멀게 느껴졌기에 어울리지 않았고 그냥 '달리기'라는 가벼운 이름으로…

2002년 6월 강릉 단오 행사의 일환으로 '제1회 강릉 경포 해변 마라톤 대회'를 참가하게 되었다. 그때 배번은 2001번으로, 단오를 전후하여 만 45세가 되어 청년부의 No.1번임을 나중에 알게 되었다. 내년부터는 장년부로 넘어가야 된다고 생각하니 왠지 섭섭한 생각이 들었다. 결과는 10㎞에 공식 기록 49분 40초, 이것이 나의 첫 기록이었다. 그때 말로만 듣던 컴퓨터 칩을 처음 보았고 어떻게 착용하는지 몰라 마라톤 참가자한테 착용하는 방법을 배웠다. 지금도 어딘가 달리고 있을 친절하신 그분에게 무척 감사하다. 금메달보다 값진 완주 메달을 목에 걸고 같이 온 아내와 기념사진도 찍었다. 골인을 앞 둔 마지막 1㎞ 정도를 남겨놓고 제일 먼저 생각난 사람이 아내였다. 그 이야기를 기다리고 있던 아내에게 전해 주면서 완주의 기쁨과 가정의 소중함을 함께 나누었고 사랑에 겨운 나머지 나도 모르게 눈물이 고였었다.

이렇게 시작된 나의 달리기 역사는 이번 조선일보 춘천 마라톤 풀코스에 도전하기까지의 2년 동안 10㎞ 4회, 하프 1회의 경험이 전부였지만 그보다 더한 소득이 있다면 아침에 5km거리를 30분간 달리는 운동이 생활의 일부가 된 점이었다. 어느 날 인터넷 검색 중 조선일보 춘천 마라톤 대회 공지를 발견하는 순간 가슴이 설레기 시작했다. 망설일 여지없이 기회를 놓칠세라 그날 곧바로 등록 신청을 마쳤다. 그런데 첫날 이미 7,000여 명이 등록했음을 알게 되었고 마라톤 열기와 건강에 관한 전 국민적 관심을 그때야 비로소 크게 실감할 수 있었다.

첫 출전이다 보니 초과된 인원은 공개 추첨이 불가피했다. 약간 실망하려던 차에 주최 측에서 신청자 전원이 참가할 수 있도록 배려해 주었다. 배번은 5시간 이후 기록보유자 또는 처음 도전자에게 주어지는 J~N그룹 중 K그룹에 속한 14142번이었다. 잊지 않으려고 '루트 2(1.4142)번'으로 머리에 새겨 두었다.

이번 대회의 참가 목표는 주어진 5시간 이전에 완주하는 것이었지만 내심 4시간 이전에 들어와 9999번 이하인 4자리 숫자의 배번을 얻어 다음번엔 최소한 G그룹을 확보하자는 욕심도 있었다. 마침내 스스로 만족할 만한 기록이 핸드폰 문자 서비스를 통하여 전해 왔다. 야호! '4시간 15분 32초', 나의 마라톤 첫 공식 기록이었다. 완주이후 곧바로 승용차로 달려와 1등 금메달도 부럽지 않은 완주 메달을 목에 걸고 가장 먼저 집에 전화를 했다. 아내가 부재중이라서 작은놈이 전화를 받는데 다짜고짜 아빠 몇 등 했냐고 물어 왔다. 등수 평가 위주의 교육이 생활 습관에 젖어 있는 일면이 순간적으로 느껴져 조금 실망스러웠다. 하지만 나는 아들을 타이르듯 말했다. "현아, 그렇게 묻는 것이 아니라 마라톤을 완주하셨느냐고 여쭙거나 아니면 완주를 축하드립니다, 라고 해야지."라고 타일렀다. 잠시 후 완주 소식을 접한 대학 1년생 큰놈이 핸드폰 문자 메시지를 수차례 보내왔다. "완주를 축하드려요! 짝짝짝!"이라는 글과 함께 해독하지 못할 각종 특수문자를 창조해서 말이다. 엎드려 절 받기지만 쾌히 만족했다. 난 이 맛에 산다오.

오랜 시간 달리면서 내게 한 가지 특이한 점이 있었다면 반바지를 입고 뛰었다는 점이다. 다행히 허리띠는 안 맸지만. 마라톤에 입문하게 되면 복장 등 최소한의 예의를 갖추라고 했는데 그러고 보니 이 글 제목과 같이 반바지 복장이라서 마라톤에 대한 예의를 저버린 것 같아 괜히 미안하다는 생각이 들었다. 그 많은 선수들 중에서 나와 비슷한 차림이 있는지 4시간 이상 찾았지만 끝내 찾지 못했기 때문이다.

마라톤아! 정말 미안해! 이렇게 사과하면 됐지? 지금까지 누가 뭐라고 하든 마라톤에 대하여 물으면 나는 한결같이 '달리기'라고 말했었다. 속마음으로는 나이 50이 되기 전에 반드시 풀코스에 도전해보겠다는 야무진 꿈을 꾸면서, 그 꿈이 이루어진 후에야 자랑스럽게

'마라톤'이란 단어를 쓰고 싶었다. 그런데 첫 도전하는 그 날이 바로, 그 희망을 이루는 날이 될 줄이야! 이렇게 빨리 이루어질 줄은 꿈에도 몰랐다.

이제야 자신 있게 말하리라. "나도 21,000여 명과 함께 2003년 조선일보에서 주최하는 국제공인 춘천 마라톤 42.195㎞의 거리를 1㎞당 6분 터울로 당당히 완주했노라!"라고. 아울러 이제 마라톤 팬츠를 살 자격도 주어진 것이다. 아주 야한 색상으로? 그래서 마라톤에게 또다시 미안하지 않도록…

맑고 푸른 가을 하늘 아래 해는 서쪽으로 기울고, 등 뒤로 전해 오는 따사로운 가을 햇살을 한껏 받으면서 호반의 도시 춘천 시내를 서서히 벗어나고 있었다. "힘내라! 힘! 힘!" 하며 목이 터져라 응원을 아끼지 않았던 춘천 시민들과 관계자님들, 자원봉사자님들, 특히 춘천 시내 여중생들의 해맑은 외침소리가 아직도 귀에 쟁쟁한 가운데 내년의 더 좋은 기록 도전을 꿈꾸면서.

*2003. 10. 19 조선일보 춘천 마라톤 첫 도전 참가기*

—
# 내친김에
# 동아 마라톤까지

· 새로운 도전

　그 후 겨울의 차가운 날씨 탓도 있겠지만 새로운 업무계획 등으로 2개월 동안 전혀 달리기를 하지 않던 중, 작년 12월 초 동아 마라톤 개최 공지를 보고 나서 괜한 호기심이 들었다. 나중에 안 일이지만 동아 마라톤은 4시간 30분 이내 완주 경험자만 참가할 수 있는 자격이 주어졌다. 따라서 이번 기회를 놓친다면 앞으로 동아 마라톤에 참가할 기회가 점점 멀어질 수도 있다는 생각이 강하게 전해져 왔다. 오기가 생겼다. 여기서 무엇을 망설일 것인가! 내친김에 그날부로 참가 신청을 마쳤고 내게 이런 기회가 온 것에 대해 더없는 기쁨을 누렸다.

· 상큼한 출발

　2014. 3. 14. 06:30분경 광화문 집결지에 도착했다. 그처럼 드넓은

광장에 달리미의 한사람으로 소속되어 있다는 것만으로 스스로에게 만족했고 가슴이 설레기까지 했다. 벌써 많은 사람들이 모여 각자 만반의 준비를 하고 있었다. 이른 봄이라 다소 쌀쌀한 날씨지만 바람이 잔잔한 맑은 날이라 기분 좋은 하루가 되리라는 예감이 들었다. 나는 'Green zone' 소속으로서 8시 10분경 출발했다. 상쾌한 아침 공기를 마시며 수많은 시민들의 환호를 받으면서 가볍게 한 발 한 발 대장정에 나섰다. 대열을 이탈하지 않고 모두가 같은 속도로 달린다면 여러 형태의 모습을 발견하기 어렵겠지만 아주 천천히 조금씩 추월하면서 또한 추월당하면서 달리다 보니 색다른 모습을 찾을 수 있어 이 또한 즐거움이 되었다. 동기야 어떻든 유모차에 어린아이를 태우고 함께 달리는 젊은 아빠가 가장 인상적이었고, 무거운 배낭까지 메고 달리는 두 남자분도 자신의 어떤 道를 수행하는 듯했다.

· 달리는 동안

하프를 지나서도 별 무리를 느끼지 못했으나 37km지점부터 점차 힘이 빠지기 시작했다. 나머지 5km가 그처럼 멀게 느껴지기는 처음이었다. 달리기 쉬운 내리막길에서도 조금씩 걸어야만 했다. 약 30초씩 서너 번 걸었다. 그러나 나의 단 한 발자국도 누군가가 도와줄 수 없다는 생각에 각오를 새롭게 했다. 어느 노래 제목처럼 그야말로 '화려한 싱글'이었다. 왜 달리는지, 누구를 위하여 달리는지 자문했다. 3월의 쌀쌀한 날씨로 인하여 주최 측에서 보내온 노란색 니트 위에 'Reds'가 새겨진 붉은 악마 티셔츠를 입은 탓인지 문득 2002년 한일 월드컵 때 수십만 관중이 한 데 모여 하나가 되던 응원의 열기가 떠올랐다. 바로 그때의 기분이었다.

마침내 종합운동장 입구에 들어서면서 힘이 거의 소진됐다. 불과 500m를 남겨 뒀는데 관중들이 보거나 말거나 그냥 걷고 싶었다. 그러나 차마 걸을 수가 없었다. 양옆으로 늘어선 달리미 가족들과 수많은 시민들의 격려와 환호가 사그라드는 내 안의 열정을 다시 솟게 만들었다. 전력을 다해 골인하고 나니 세상을 다 얻은 것만 같았다. 지금까지 생활하면서 이보다 더 어려운 고비가 몇 번 있었던가. 또한 앞으로 살아가면서 이보다 더 힘든 일들이 얼마나 많을까. 이제는 그 어떤 어려운 일에 부딪혀도 이날의 투혼을 본보기 삼아 꿋꿋하게 이겨 나갈 자신이 생겼다.

## · 4자리 수 번호 획득

완주 시간 3:58:38초. 뜻밖의 기록 경신에 스스로도 만족했다. 작년에 처음 풀코스에 도전했던 춘천 마라톤보다 17분이나 앞당긴 것이다. 4시간 가까이 달리는 동안 힘들 때마다 "4시간 30분까지 들어올 수만 있게 해 주십시오"라고 기도했었다. 그렇지만 작년 기록보다는 앞당겼으면 좋겠다는 생각을 했고 최소한 3:59:59초라도 좋으니 그 이전에 들어와 다음번에는 4자리 숫자인 9999번(Blue zone) 이내의 번호를 확보하고 싶었다. 그것은 내게 있어서 기적과 같은 일이며 간절한 희망 사항일 뿐이었다. 그러나 둘 다 성공했다. 동아 마라톤에 첫 도전하여 만족할 만한 성과를 얻었고 서울 도심을 달리는 뜻깊은 대회로써 평생 기억에 남을 일이었다.

· 가족의 건강과 사랑

아침 일찍부터 집결지까지 동행하여 출발할 때까지 필요한 모든 것들을 챙겨 주고, 골인 지점인 잠실 주 경기장까지 따라와 아빠를 축하해 준 대학 2학년생 알바아가씨(?)가 이처럼 대견스러울 수가 없었다. 지금까지야 도움을 주면서만 살아왔지만 이처럼 딸에게 도움을 받기는 처음이었다. 집사람과 작은애한테 전화를 걸어 완주 소식을 알리고 나니 완주 축하 문자 메시지가 연이어 도착했고 가족의 힘과 사랑을 새삼 실감했다. 오랜 시간 달리면서 좋지 않았던 일들은 하나하나 지워 나갔고 좋은 일만 떠올리도록 노력했다. 그리고 힘들 때마다 온 가족의 건강과 행복을 간절히 기도하면서 달렸다. 엊그제 3월 12일이 결혼한 지 20주년 되는 날로써 외근으로 인하여 집사람과 함께하지 못했기에 많은 아쉬움이 남았지만 그 대신 소중한 완주 메달을 집사람에게 선물함으로써 마음의 짐을 덜게 되었다.

· 1530운동

본 행사를 성공적으로 이끈 동아일보사를 비롯하여 격려를 아끼지 않았던 열렬한 서울 시민들과 달리미 가족, 또한 수준 높은 질서의식과 함께 교통정리에 애쓰셨던 경찰관님들, 그리고 자원봉사자님들의 아낌없는 도움에 무한한 감사를 드린다. 그분들 덕분에 피곤한 몸을 이끌고 잠실경기장을 나서던 그때에도 발걸음이 그렇게 무겁지 않았다.

이제 앞으로도 새로운 도전을 꿈꿀 것이며 달리기를 게을리하지 않고 매주 5회, 아침마다 30분간 5km를 달릴 것을 다짐한다.

　모두 모두 감사합니다.


2004.03.14 동아일보 마라톤 참가기

02)

소중한 마라톤 완주 메달들

# 쭈주가
# 나를 감금하다

우리 집에는 애완견 '쭈주'라는 놈이 있다. 흰색 말티즈로서 8살이다. 서당 개 3년이면 풍월을 읊는다는데 그 정도까지는 아니지만 요새 부쩍 눈치가 빨라지고 여우 같은 행동을 많이 한다. 전이랑 달라진 행동이 있다면 몇 가지가 있는데 그중에서도 내선 전화벨이 울리면 귀를 쫑긋 세우고 고개를 갸웃거리다가 이내 전화기 앞으로 달려가 늑대처럼 고개를 쳐들고 벨소리에 맞추어 우~~ 우~~ 하고 울어댄다. '세상에 이런 일이'에 나올 만한 놈이다. 잠도 꼭 애들 방이나 거실, 때로는 어느새 따라 들어와 안방에서 자기도 한다. 식구 중에 나를 제일 싫어한다. 방에서 내쫓거나 냉정하게 대하는 건 나뿐이니까.

퇴근하면 나에게는 뛰어오지 않고 반기지도 않는다. 그놈을 부르면 혼낼까 봐 겁이 나서인지 어깨를 움츠리고 살금살금 다가와 한쪽 발을 들고 내 눈치부터 살핀다. 어떤 때는 만사가 귀찮다는 듯이 아이 방 침대에 누운 채로 꼬리만 탁탁 친다. 그야말로 개 팔자가 상팔자다. 잠은 방에서 자고 '쉬~'는 거실 카펫에 하기에 내 언성이 조금 높아지자 화장실로 얼른 도망친다. 그놈에게 알맞은 교육법을 몰라 매일매일 이것을 되풀이한다. 이놈이 그동안 내 눈치를 보면서 세뇌가 되었는지 내가 현관에 들어서면서 "쭈주 이놈, 어디 갔어?"하고 조금 무섭게 대하면 얼른 화장실로 달려가 쭈그리고 앉아 있곤 한다. 그놈 귀에는 "네 죄를 네가 알렸다!"라고 들리는 모양이다.

그러던 어느 날 퇴근하자마자 쭈주부터 불렀다. 볼일이 급하여 내가 먼저 화장실에 들어갔는데 글쎄, 이놈이 도망치지도 못하고 화장실 문 앞에 쪼그리고 앉아 고개를 갸웃갸웃하면서 나를 신기한 듯 뽀~하고 쳐다보는 게 아닌가. 그러면서 그놈이 나에게 이렇게 말하는 듯했다. '아~ 고소하다. 드디어 내가 (쭈주) 주인님을 가두었다. 기분이 어떤지 한번 내 입장이 돼 봐라! 요 주인 놈아!' 요런 생각을 하니 정말 푸하하~. 몇 년 더 지나면 이놈이 나를 골탕 먹일 수도 있다는 섬뜩한 기분도 든다. 이젠 쭈주가 무서워졌어, 내 속을 훤히 꿰뚫어 보는 듯하니…

2004.05.24

# 一

## 주인
## 빽 믿고

국민 반 이상이 기른다는 반려견은 우리 집에
도 있다. 8살 말티즈로 '쭈주' 또는 '주주'로 불린다. 이름이 두 개인
이유는 내 기분 상태에 따른 것이다. 내가 기분이 좋아서 부드럽게
부를 때면 "주주야~ 또는 주주 이리와."하는 게 일상이고 반대로 방
에서 심술을 피우거나 실례를 하고 방을 어질러 놓을 때면 가차 없이
'쭈주'가 된다. "쭈주 이놈! 이리와 봐!" 하고 톤을 좀 높이면, 이놈이
제 잘못을 아는지 꼬리를 내리고 고개를 숙이며 조심스럽게 다가와
앞발을 내민다. 이때 고개를 숙이는 모습이 참 앙증맞다. 그러나 정
말 화가 나서 "쭈주 어디 갔어! 이놈! "하고 소리치면, 쥐새끼? 처럼
빠른 속도로 화장실로 도망친 후 나를 쳐다보며 처분만 기다린다.

쭈주와의 인연은 어느 분이 이사 때문에 맡기면서부터 시작되었
다. 처음 봤을 때 그놈은 20cm 정도로 아주 작은 새끼였다. 애들의

성화에 하는 수없이 키우기 시작했는데 귀엽다고 정해진 급식량을 훌쩍 넘겨 줘버린 탓에 2년 사이 40cm나 자랐고 벌써 8살이 되었다. 나이를 먹은 만큼 꾀도 늘었다.

우리 식구들이 집에 있을 때 밖에서 손님이 오면 큰소리로 짖어댄다. 아무리 주둥이를 손으로 감아쥐어도 벅벅거리며 짖어댄다. 그런데 집에 아무도 없을 때 내가 들어가면 짖지도 않고 어떤 땐 그냥 누워서 쳐다보기만 할 때도 있다. 집안에 주인이 없으면 절대 안 짖는다. 훔쳐갈 건 없지만 하다못해 도둑이 와도 안 짖을 놈이다. 우리 집 식구 중 나만 그러한지 좀 더 지켜봐야겠다. 안 짖는 것이 아니라 주인 빽이 없으니 무서워서 못 짖는 것이리라. 이건 대단한(?) 발견이다. 그놈은 나를 주인으로 생각지 않는 것 같다. 사랑이 부족해서인가?

그건 그렇고 개도 이렇게 빽이 있어야 짖는데 나도 얼른 빽을 만들어야 하는 게 아닌가 싶다. 그 흔한 명품 가방 하나 없고, 뒤를 봐주는 빽은커녕 앞가림도 못 하는 판이니, 나 이것 참… 그저 착하게, 그리고 열심히 사는 수밖에 없으려나…

아무튼 앞으로 쭈주를 좀 더 많이 사랑해 줘야 할 것 같다. 난 요즘 이놈 눈치를 보며 산다.

2004. 09. 15

—
# 쎄빠또

———————— 쭈주 안부를 묻는 분들이 있어 정말로 그놈 사진을 공개한다. 아무리 봐도 강아지는 개다. 소는 송아지, 말은 망아지라고 부른다면 개는 '개아지' 또는 '갱아지'라야 하는데 강아지라 부르게 된 것이 우습다. 7~8년이 되니까 총명함은 덜해졌고, 지난번에도 얘기했듯이 점점 여우가 되어 간다.

쭈주와 달리기 시합을 해 보니까 그놈이 앞서가면 개보다 못한 놈이 되고, 내가 앞서가면 개보다 더한 놈이 되고, 같이 가자니 개와 똑같은 놈이 되고 만다… 이거 완전히 '헥헥' 아닌가.

이놈 앞에서는 허그도 맘대로 못 한다. 아내랑 애들과 허그라도 할라치면 얼마나 짖어대는지 가까이 갈 수조차 없다. 자기 먼저 아는체해 달라고 그야말로 막 뛰어오르며 개지랄한다(사실대로 말하니까 욕이 아님). 아는 이웃 분이 방문할 때면 그놈이 먼저 다가가 반겨 주는데,

쭈주에게 눈길도 안 주고 모른 체하면 만져 주고 아는체해 줄 때까지 헉헉거리고 씩씩거리고 이리저리 뛰어오르며 그야말로 난리 부르스를 떤다.

그런데 그놈이 나를 별로 좋아하지 않는 눈치라서 어떤 땐 미울 때도 있다. 우리 식구 중에서 내가 제일 그놈에게 사랑을 덜 주기는 한다만 그래도 약간은 섭섭하다. 내가 가장인 걸 알고 조금 무서워하는지도 모른다. 그놈에게 "내가 싫으냐?, 내가 무서우냐?"라고 물어볼 수도 없고 말이다. 인터넷에 올리려고 사진을 찍으려니 안 찍히려고 이리저리 도망 다니기에 배란다로 내보낸 뒤 창문을 닫고 겨우겨우 폼을 잡았는데, 힐금힐금 눈치를 보더니 구석으로 숨으려고 한다. 이놈이 인터넷에 뜨면 나보다 더 유명해지는 줄도 모르고 말이다.

카메라와 눈이 안 마주치려고 자꾸만 헛딴데를 쳐다보는 놈, 바로 이놈이다.

웃기는 '쭈주'. 쭈주를 오래 키우면 쎄빠또로 둔갑할까?

2004. 12. 20

03)

쭈쭈, 그놈의 사진이다

—
그놈
이야기

—————— 몇 년 전에 쭈주 이야기를 몇 번 했었다. 개망
신 달리기, 세빠또 등. 사람 사는 이야기도 많은데 그놈을 가지고 이
야기하자니 좀 웃기기는 하지만 글 소재가 없을 때 써먹기는 딱이다.
그런데 이제는 그놈 이야기를 더 할 수가 없다. 호랑이는 가죽을 남
긴다는데 쭈주는 사람도 아니면서 이름을 남기게 되었으니 말이다.
이미 아시는 분도 계시겠지만 쭈주는 열 살 먹은 애완견이다.

그러니까 10년 전에 우리 두 아이들이 초등학생일 때 그놈을 이웃
으로부터 억지로 떠맡았다. 흰색 말티즈였는데 처음에는 작은 토끼
만 했었다. 지난주에 복에 없는 여름휴가를 가라고 내쫓는(?) 바람에
며칠 머물다 왔더니 그놈이 식음을 전폐하고 있었다. 난생처음으로
그놈을 동물병원에 데리고 갔는데 탁구공의 두 배 정도 되는 담석을
발견했다. 병원에서 그놈을 사람과 같이 취급하는 것을 보고 조금 당
황했다. 초음파와 엑스레이로 진단하고 수술 여부에 대한 동의를 물

었다. 선택의 여지없이 그러자고 했다. 그런데 허무하게도 수술 준비 검사 도중 진통제를 맞고 3분 이내에 숨이 멈추고 말았다. 나로선 참으로 난감했다. 최선을 다한 수의사도, 그놈과 인연이 전혀 없었던 수 간호사 아가씨도 초면이지만 눈물범벅이 되었다. 부르르 떨며 애원하는 눈망울로 빤히 쳐다보던 그놈의 최후를 지켜본 아내도 10년간의 정을 생각하며 울음을 참지 못했다. 오늘 아침까지 밥도 먹지 않고 성상이 말이 아니었다.

어제 날이 저물어 묻을 곳을 찾지 못했다. 타 지역에서 공부하는 애들에겐 일부러 알리지 않았다. 거실에서 하룻밤 동안 그놈을 저만치 두고 잠을 잤다. 수의사 말대로 아침 일찍 볕드는 산언덕에 묻기로 하고 집을 나섰다. 10년간의 미운 정, 고운 정 때문에 슬픔은 감출 수 없지만 애써 냉정하게 처리하기로 마음먹었다. 그러나 내가 정말 오버 행동을 한다면 사람이 죽어도 냉정할 사람이라고 아내에게 찍혀버려 이득 될 것이 없을 것 같아 아찔한 기분이 들었다. (실은 저 냉정하지 않아요) 그래서 최대한 조심스럽게 행동했다. 10년을 함께한 그놈으로 인하여 나는 또 하나의 인생 공부를 배웠다. 어쨌거나 이번에는 개가 앞서가니 나는 오늘 개보다 못한 놈이 되었다.

2006.06.28

# —
## 꿀벌이
## 웃을 일

일찍 일어났을 때 날씨가 좋으면 기분이 무척 상쾌하다. 그럴 때면 마라톤은 아니지만 아침 운동으로 달리기를 2~30분 한다. 술이 덜 깼을 때도 마찬가지다. 힘들면 걷고 그냥 내키는 대로다. '동아사랑방'에 달리기고수 동일형님, 해군형님, 양사형님, 금주갑장, 상구아우, 구리스아우, 옛멋님, 윤영건아우 그 외 여러 님들에게 배운 솜씨다. 시간이 없으면 15분 코스, 있으면 30분 코스다. 뛰다 보면 조그만 뒷동산이 있는데 과수원도 지나게 된다. 코스 중 과수원집과 또 다른 한 집에도 개를 기르고 있었다. 강쉐이놈이 멀리서부터 알아차리고 짖어대다가 그 집을 지나치자마자 입 아프다는 걸 알고 멈춰버린다. 과수원집에서는 목줄을 매지 않아 두세 마리가 달려 나오며 단체로 짖고 야단법석이다.

그놈에게 아침마다 먹을 것을 한 개씩 던져 주면 안 짖을까? 그럼 즈네들끼리 서로 빼앗아 먹으려고 더 짖을 테고… 아무튼 그놈이 짖는 탓에 잠자고 있을 이웃을 깨워버려서 본의 아니게 미안하다. 아침 개 짖는 소리는 그리 달갑지 않다. 그놈이 반기는 목소리인지 경계하는 목소리인지 내가 개라면 알아차리겠는데 그럴 수도 없다. 개를 변화시키는 것은 어려울 테고, 그래서 내가 바꾸기로 했다. 개가 보이지 않는 코스로 바꿨다. 그놈 올여름에 없어질 때까지.

요즘 신록이 어우러져 산소 목욕하기에 무척 좋다. 대도시는 인구가 넘쳐서 걱정, 지방은 모자라서 걱정이다. 대도시와 지방도시 간 인구 분포가 균형을 이루어야 경제가 보다 잘 돌아갈 텐데… 괜한 걱정인가? 요즘 郡 단위는 대부분 그렇다. 신록 이야기 하다가 엉뚱한 이야기로 빠졌다.

다시 본론으로 돌아와서, 지난주에는 달리는 코스에 아카시아 꽃이 한창 피어 있었다. 향이 무척 좋아 한 송이 뜯어 향을 맡으며 달리는데 향기가 성이 차지 않는다. 그래서 꽃송이에서 꽃 2개를 뜯어 아예 콧구멍에 넣고 달려 보았다. 누가 보는 사람도 없는데 뭐. 콧속이라 다른 사람이 보아도 발견하지 못할 것이다. 이건 완전히 엽기다. 엽기달리기. 호흡을 입으로 90%, 코로 10% 하다 보니 숨이 무척 차다. 세상에~ 나 같은 사람이 또 있을까 생각하니 미친놈처럼 혼자서도 웃음이 나온다. 꿀벌이 웃을 일이 아닌가? 이른 아침이라 그놈의 벌들이 잠을 덜 깨었으니 망정이지, 대낮이라면 그놈들이 떼거리로 몰려들어 봉변을 당할 뻔했다.

2008. 05. 22

# 견공의
# 법문

집에서 가까운 아침 운동 코스가 있다. 들길을 따라 작은 뒷동산을 넘어 집에 돌아오는데 거리는 약 3km로써 걸어서 40분, 달려서 20분 걸린다. 44호선 국도변을 따라 농로를 700m 달리다 보면 약 80m 높이의 뒷동산이 나온다. 소나무 숲길의 등산로를 오를 때면 솔 향기에 기분이 상쾌해진다. 이처럼 쉽게 산림욕을 할 수 있다는 것이 자랑스럽다. 솔 향도 잠시다. 산길을 200m 달리면 다시 좁게 포장된 농로가 나타나면서 과수원을 지나게 된다. 주종은 배, 사과, 복숭아밭으로 봄에는 붉고 흰 과꽃이 지나는 이들을 반긴다. 사람의 발자국 소리를 듣고 과수원 속 50m 안에서 견공 세 마리가 경쟁하듯 짖어댄다. 소리로 보아서 작은 개는 아닌 것 같고, 배나무 잎 사이로 언뜻언뜻 보이는 그놈을 발견하고 보니 목줄을 묶어 놓은 꽤 큰 백구이다.

그놈이 드나드는 진입로 입구를 지나면 짖지 않는다. 멀어져 가는 나의 발자국 소리를 들으며 자기를 해치지 않는다는 것을 알기 때문이다. 목줄이 없는 새끼 두 놈은 한참 자유분방하게 쫓아오다 이내 포기하고 만다. 과수원 길을 지나면 양옆으로 소나무가 무성하고 경사가 급한 내리막길이 나오는데 100m 정도 그렇게 뛰다 보면 산모퉁이 집이 한 채 나온다. 여기에도 견공이 있다. 이곳에선 그놈이 놀라지 않도록 배려해서 발자국 소리가 나지 않게 살살 걷는다. 이번에는 아까와는 다르다. 어떻게 알았는지 그놈이 가만히 기다렸다가 집 가까이 들어서면 기습적으로 달려들어 시끄럽게 짖어댄다. 조그맣고 악착스러운 흰색 몸뚱이에 주황색 머리인 발바리 놈이다. 역시 묶어놓았기에 그놈을 무시한다. 뒤돌아보지 않고 집을 벗어나면 그놈이 짖는 것을 포기한다. 그놈도 입만 아프다는 걸 아는가 보다.

어느 날 아침 그곳을 지나가는데 턱수염을 자랑삼아 기르는 50대 중반 정도로 보이는 주인장을 만났다. 초면인데도 자연스럽게 인사를 건넸다. "아침 일찍 시끄럽게 개가 짖게 해서 미안합니다." 라고 했더니, 주인님 말씀이 걸작이다. "괜찮습니다. 그놈은 그저 짖는 것이 법문인데요 뭐." "아, 네~ 그래요?" 그 말을 들으니 그분이 엄청 멋있는 사람으로 느껴졌다. 그 집 모퉁이를 돌아 청곡2리 2차선 군도에 접어들어 법계사 입구를 지나 집까지 달려오는데 아저씨의 말이 자꾸만 머릿속에서 떠나지 않았다. 그놈의 법문이라… 법문? 그래, 맞다. 내일도 '그놈의 법문'을 들어야지.

2009.06

# 그놈의
# 통행세

─────────────  아침 조깅을 하다 보면 진돗개로 보이는 두 마리의 흰색 개를 만나게 된다. 그놈 있는 곳을 지날 때마다 마구 짖어 사방이 시끌시끌하다. 그런 줄 알고 그놈과 마주치기 30m 전부터 사뿐사뿐 잰걸음으로 지나가려는데 영락없이 달려 나와 짖어댄다. 어미인 듯한 큰놈은 목줄을 묶어 놓았다. 이놈은 짖지는 않고 씩씩거리며 자기 키 높이로 껑충껑충 뛰어오른다. 반갑다는 건지, 경계하는 건지 그놈 상판대기를 보아선 알 수가 없다. 말썽꾸러기는 작은 놈인데 이놈은 목줄이 없으며 꼬리를 내리고 나를 쫓아오면서 짖는다. 물리면 그야말로 개망신이다.

작은놈이 계속해서 주위를 왔다 갔다 아주 천방지축이다. 뒤에 목줄에 묶여 있는 어미 빽을 믿고 그러는 것 같다. 그놈 앞을 10m 이상 지나치면 짖지 않는다. 그놈이 무서워서 내가 도망치는 줄 아는 모양이다.

지난 2월 4일 입춘이 지나고 낮이 손톱만큼 길어졌지만 아침 7시라 아직은 동이 트기 전이다. 요즘 해는 7:40분경 산 위로 솟아오른다. 한 놈이 짖기 시작하면 마을 여기저기에서 짖어대 늦잠 자는 분들에게 미안한 기분이 든다. 그래서 그놈에게 먹을거리를 던져 주면서 정을 붙여보리라 마음먹었다.

다음 날 아침, 빵이 하나 있기에 주머니에 넣고 집을 나섰다. 그곳을 지나면서 목줄 없이 짖어대는 작은놈을 향해 반 조각을 휙 던졌다. 그놈은 0.5초 간 탐색하더니 냅다 입에 물고는 두 번 씹어서 삼켰다. 그러나 역시 경계하는 눈초리로 나를 살핀다. 나머지 반은 씩씩거리며 뛰어오르는 큰놈에게 던졌다. 조금 짧았는지 앞발로 끌어당겨 냉큼 받아먹었다. 그러자 더 달라는 눈치로 짖어댄다. 나는 뒤돌아보지도 않고 내 갈 길을 달렸다. 돌아올 때 그놈 앞을 다시 지나갔는데 아까보다는 좀 유해진 듯했다. 참는 듯이 끙끙거리며 꼬리를 조금씩 흔들기도 하고 때론 큰소리로 엉! 소리를 내며 나를 탐색한다. 더 줄 것이 없어 그냥 지나치니 더욱 짖는 듯했다. 그렇지만 조금이나마 서로 마음이 통한 것 같았다. 이제 본격적으로 그놈들과 사귀어봐야겠다. 내일부터는 건빵을 사서 갈 때와 올 때 각각 3개씩 총 6개를 주면 어떨까. 그놈들에겐 성에 안 차고 감질나겠지만 최소한 나를 알아줄 것이고 시끄럽게 짖지도 않을 것이다. 나중에는 아군이 되어 꼬리까지 살랑살랑 흔드는 놈들로 만들어야지.

기대를 한껏 품은 다음 날, 건빵 대신 엄마손파이 두 봉지를 가지고 갔다. 한 봉지에 두 조각이 들어 있다. 100m 앞에서부터 인기척을 느끼고 짖고 있다. 30m 전부터 살살 걸어서 갔더니 그놈의 표정이 조금 달라졌다. 나를 경계하고 짖으면서도 눈치를 살피는 것이다. 주머니에서 파이봉지를 뜯어 한 개씩 던졌더니 받아먹는 데 급급하여 잠시 짖는 걸 멈춘다. 그러는 사이 난 벌써 10m를 지나 멀어져가고 있었다. 8자 모양 코스를 걷다 뛰다 하다가 되돌아오는 길에 다시 그놈 앞을 지나쳤다. 목줄 풀린 작은놈이 나를 보자마자 꼬리를 살짝살짝 흔들며 간헐적으로 짖고 있다. 뒤에 큰놈은 여전히 씩씩대며 뛰어오른다. 남은 엄마손파이를 뜯어 한 개씩 던져 주었다. 찾아먹는 것을 확인하자마자 그놈과 눈을 다시 마주칠세라 못 본 척하고 얼른 집으로 달려왔다. 며칠 더 지나면 그놈의 목을 쓰다듬어도 될 것 같다. 며칠 만에 나에게 포섭되다니, 그것은 통행세를 물렸기 때문이렷다. 그놈에게도 통행세가 통하다니… 하지만 통행세치고는 너무 싸지 않은가.

2월 11일과 12일 70cm에 가까운 폭설이 내려 주말 연휴도 반납하고 제설 작업 관계로 며칠 운동을 나서지 못했다. 그래서 그놈이 더 궁금해졌다. 눈이 녹으면 그놈을 만나 목덜미를 만질 수 있으려나. 그놈이 아직도 나를 잊지 않고 알아봐 줄까? 이제는 그놈들도 나를 기다리겠지?

2011.02.15

# 통행세
## 이후

3월 1일 건강 달리기를 시작으로 아침 운동을 본격적으로 해 보기로 했다.

겨울을 보내기가 아쉬웠는지 꽃샘추위로 기온이 오르락내리락하다가 춘분이 가까워지면서 좀 더 포근해졌다. 매스컴에서는 남쪽의 동백꽃, 산수유 등 봄소식을 전해 온 지 꽤 됐다. 이곳에서도 출근길에 꽃망울이 솟아나는 목련과 산수유를 만날 수 있다. 그날의 컨디션에 맞춰 몇 개의 코스를 정해 발걸음 닿는 대로 방향을 바꿔 가며 달리기를 하곤 한다. 아침 6시에 일어나면 40분 코스, 7시경 출발하면 20분 코스를 달린다.

며칠간 쉬었더니 그놈이 자못 궁금해져 다시 집을 나섰다. 3월 중순이 지나도 쌀쌀한 건 어쩔 수 없다. 이곳엔 바람이 강하여 봄이 와도 봄 같지가 않다. 그러다가 4월 말쯤 되면 갑자기 여름이 왔음을 느낀다. 나는 그놈이 있는 코스로 힘차게 달렸다. 아니나 다를까, 오늘도 역시 나의 인기척을 느끼고 100m 전부터 두어 번 짖으면서 나를 탐색했다. 그러다 나에게 슬슬 다가오더니 꼬리를 약간 치며 나의 움직임, 표정, 특히 손짓에 무척 민감하게 반응했다. 전날 결혼식에서 가져온 빵이 있어 그놈들에게 반 개씩 던져 주고, 올 때는 다른 코스로 돌아왔다.

3월 21일 월요일, 날씨가 흐렸지만 새로운 한 주를 힘차게 시작하고자 집을 나섰다. 좀 늦게 일어나는 바람에 허겁지겁 서둘렀는데 아뿔싸, 그놈들 간식거리를 잊고 말았다. 나를 쳐다보며 반가워하는 작은놈에게 "미안해, 오늘은 없다, 오늘은 없어."라고 달래며 그놈들을 곧장 지나쳤다. 정말로 미안했다. 그날은 그놈들 볼 면목이 없었다.

22일 아침에는 5㎝ 함박눈이 내리더니 오후에 다 녹아버렸다. 눈도 이제 봄기운에 완전히 항복한 것 같다. 눈이 내린 다음 날은 기온이 차가웠지만 날씨가 쾌청했다. 장모님 드시라고 사다 놓은 찹쌀전병 두 개를 주머니에 넣고 기쁜 마음으로 집을 나섰다. 오늘은 그놈 목을 만져 주리라 마음먹으며 달렸다.

44호선 국도 횡단 터널을 지나서 그놈 앞 100m, 50m, 30m가 가까워져 오자 작은놈이 먼저 나를 마중 나왔다. 나의 손이 주머니에 들어가는지 아닌지를 살피며 무척 기다리는 눈치다. 냅다 과자를 던져 주니 경계심을 풀고 내 품으로 들어온다. 드디어 그놈의 목을 어루만졌다. 그놈도 이제 나를 완전히 인정하는가 보다. 더욱 놀라운 것은 그다음에 일어났다. 알록달록하게 생긴 복스러운 강아지 한 마리가 총총걸음으로 걸어 나오는 것이었다. 새끼는 벌써 두세 달 정도 된 것 같았다. 암놈은 검은색 계통으로 이들보다 30m 떨어진 다른 우리에 있었다. 조금 있다 보니 누런 색깔의 강아지 한 마리가 더 걸어 나왔다. 두 마리인가 보다. 아주 귀여웠다. 내일은 요 놈들 사진을 찍어야겠다.

다음 날 아침 6시 30분 기상하여 창문을 여니 벌써 붉은 해가 동쪽 산을 뚫고 솟아오를 기세다. 지난밤 배터리를 충전해 놓은 디카를 들고 집을 나섰다. 사진기자도 아니면서 이른 아침부터 운동복 차림에 카메라를 들고 뛰자니 남들이 보면 미친놈이라 하겠다. 머리를 덮은 모자에 얼굴엔 마스크를 하고 걷기 운동을 하는 세 사람을 만났지만 내게는 별 관심이 없는 것 같았다. 뭐, 보면 어때? 달리기는 둘째 치고 나를 사진에 미친 사람으로 알겠지 뭐.

6시 40분인데 벌써 붉은 해가 솟아올랐다. 과자를 몇 개 가지고 가서 그놈들에게 나눠 주면서 사진을 찍었다. 어미 둘에 이어 새끼들까지 무척 분주하게 설쳐댄다. 철모르는 어린놈은 나를 자꾸만 따라온다. 어미 있는 쪽으로 몇 번씩이나 데려다 주고 급히 달려서 그놈들에게서 멀어져 갔다. 이젠 더욱 즐거운 아침 달리기 코스가 될 것 같다.

따뜻한 4~5월이 되면 제법 자라서 새끼강아지에서 개가 되어 있을 것이다. 아마 양양시장에 내다 팔기 전까지는 반가워하는 그놈들을 계속 볼 수 있을 테니 그때까지 예뻐해 주리라 마음먹었다. 아무튼 좋은 주인을 만났으면 좋겠다. 아주 소소하긴 해도 그놈의 통행세 덕분에 드디어 적에서 친구가 되었다.

2011.03.24

04)

아침 달리기 코스를 즐겁게 만들어준, 귀여운 강아지

# 一
## 달리기
## 소감

오늘도, 아니 올해도 달린다. 경포 마라톤 10km 코스 11회 완주.

2002년 제1회를 시작으로 마라톤에 입문하여 올해 제11회까지 한 번도 놓치지 않았다. 햇수로 치면 금년은 원래 제12회라야 하는데 주최 측과 방송사와의 잡음으로 어느 한 해는 대회를 열지 못했었다. 그래서 제11회다. 또한 어느 한해는 하프와 10km 없이 20km 단일종목으로만 진행하기도 했다. 우리 싸모님(?) 왈 "당신이 뭐 어린아이에요? 나이 먹은 생각은 안 하고, 이젠 그만 좀 하시지."라고 만류하지만 올해만, 또 올해만 하다 보니 11회까지 왔다.

제일 즐거웠던 대회는 2012년에 열린 제10회 대회였다. 달리는 동안 계속 비가 내렸기 때문이다. 속옷까지 비를 흠뻑 맞아 가며 50여 분 동안 10km를 달리는 동안 어릴 적 초등학교 시절이 생각났다. 비만 오면 흰 광목 보자기 책보를 어깨에 대각선으로 둘러매고 4km 가까이 뛰어다니며 학교를 오갔었다. 평소라면 빗속을 혼자 뛰고 있는 걸 보고 미친놈이라 하겠지만 2,000여 명이 함께 빗속을 달리니 홀딱 벗고 달린다 해도 누가 뭐라 할 사람이 없을 것 같았다. 암튼 올해도 잘해냈다. 비가 내렸어도 달리는 열기 때문에 더웠지만 욕심내지 않고 완주했다는 데 자부심을 느낀다.

한 번도 안 빠지고 달린다고 해서 누가 개근상을 주는 것도 아닌데 달리기는 사람을 끌어들이는 마력이 있다. 운동 중독인가? 그렇다고 하더라도 기록을 세울 일이 없으니 그저 무리하지 말고 내 몸에 맞게 즐달(즐거운 달리기)하면 된다. 대부분의 사람들은 10km든 풀코스든 겁부터 먼저 먹고 달릴 생각을 하지 못 하는 것 같다. 그런데 달리기는 그들의 생각보다 어려운 것이 아니라고 본다. 다만 도전하지 않는 것뿐이다.

이번엔 연습을 거의 하지 않았다. 다만 대회 일주일을 남겨 둔 지난주 월요일 아침에 20분 정도를 달려 보았을 뿐이다. 그 다음 날부터 비가 내려 달리지 못했다. 그 대신 아침저녁으로 주말농장에 가서 깨를 심고 감자를 파고 잡초를 제거했다. 그건 운동이 아니고 노동이라고 사람들은 말하지만 꼭 그렇지만도 않다. 하지만 노동이건 운동이건 끈기가 없으면 절대 하지 못한다. 달리기는 심신수련이고 인내이며 유산소 운동이다. 결코 손해 볼 것이 없다.

언제까지 달릴 것인가? 즐달이라면 갈 때까지 간다. 60세까지는 의무적으로 달리리라.

오늘도 해냈어! 파이팅! 하이파이브! 주최 측에서 준비한 강릉 초

당두부에 막걸리 한 잔 원 샷, 짠~ 이 맛에 산다.

2013. 07. 07

# 10800

10800. 이 숫자의 의미가 무엇일까? 일공팔공 공이라고 읽는다. 숫자이지만 콤마를 안 찍었다. 계산적인 의미가 아니기 때문이다. 어찌 됐건 그녀를 만나기 10800m 앞이 아니라 새해 100일 전을 이야기하고자 한다.

그러니까 수능 100일 전, 올림픽 100일 전 등 카운트다운을 생각하다가 달력을 거꾸로 세어 보니 2013년 9월 23일이 2014년 새해가 되기 100일 전임을 인지했다. 무엇인가 할 일이 없을까 생각하다가 108배를 하겠다고 결심했다. 운동과 소원, 그리고 작심 3일로 끝나지 않는 실행이 목적이었다.

운동시간이 아침 해가 뜨는 시간대라 사정이 생기면 저녁에라도 하리라 결심했지만 막상 저녁에 한 적은 한 번도 없었다. 방바닥에 얇은 이불을 깔았지만 초창기 때 한쪽 무릎이 까져 반대편 다리에 힘을 더 주다 보니 아물기도 전에 다른 한쪽 무릎마저 벗겨져서 힘들 때도 있었다. 108배 실행은 절에 가지 않아도 된다. 안방 거실 등 집안에서도 얼마든지 한다.

소요 시간은 빨리하면 13분, 여유 있게 해도 14분이면 된다. 서울에 있는 애들 집에 갔을 때도 했고, 친척 집에 갔을 때도 아무도 모르게 실천했다. 서울서 새벽 4시에 출발할 때에도 양양 집에 도착하여 108배를 하고 출근했다. 대전 지방행정연수원 교육을 가서도 1인 1실이라서 마음대로 할 수 있었다.

그리고 드디어 2013년 12월 31일이 되었다. 오늘이 100일을 채우는 대망의 마지막 날이다. 계산해 보니 어느새 10,800배가 되었다. 현금으로 비교한다면 10,800원은 보잘 것 없지만(아이티 빈민이라면 몰라도) 1만 800번의 절(육체적 움직임)은 결코 적은 것이 아님을 깨달았다. 한 번에 몰아서 할 수도 없다. 하루하루가 늘 최선이었고 12월 31일은 내 노력의 결실이었다. 이 기도가 끝남은 곧 또 다른 시작을 의미했다. 2014년 갑오년의 시작이 좋으니 올해는 꿈이 꼭 이루어지리라 믿는다.

2013. 12. 31

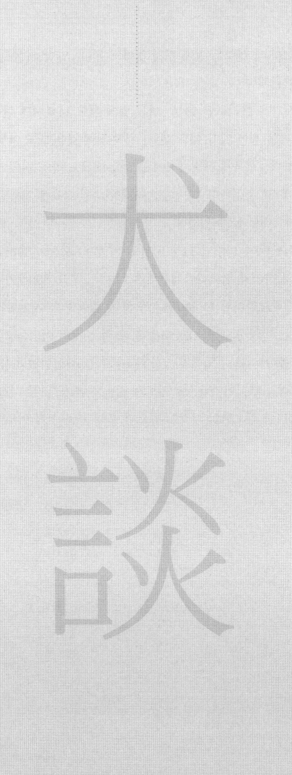

—
*끄적*
*끄적*
—

2000년 전후로 시끌벅적했던 '밀레니엄'
증후를 논하던 그때
나름대로의 고민과 사색을
수필 형식으로 정리했다
무엇이 나를 기쁘게 하는지
또한 슬프게 하는지를 생각해 보았다
한해, 또 한해를 맞이하는 느낌은 늘 새롭지만
한 세기가 바뀌는 거창한 21세기를
맞이하는 감회는 더욱 남달랐다
생각이 흐르지 않을 땐 공백으로 두기도 하고
생각이 나면 바로 책상에 앉아
끄적였던 글들을 여기에 다시 옮겨 본다
어느 한순간 슬프더라도 희망을
놓지만 않으면 인생의 봄은 반드시 찾아온다
누구나 일취월장하는 삶을 살길 기대하며

# 우리를
# 슬프게 하는 것들

——————— 한껏 기대하고 몇 장의 주택복권을 확인했는데 단 자리마저 당첨되지 않는 것, 당첨되었던 복권이 찢어져 무효화되는 것은 우리를 슬프게 한다. 매일 그런 건 아니지만 평소 시간에 쫓겨 겨우겨우 소파에 앉아 밤 10시 이후의 TV 프로그램을 신문에서 훑어보고 있는 것, 혹은 석간신문이 조간 구문으로 읽혀지는 것, 시골행 버스가 내가 오기 몇 분 전에 출발하는 바람에 택시로 뒤쫓았는데 운이 없게도 초만원이어서 버스에 오르지 못하게 되는 것은 우리를 슬프게 한다.

억울한 누명을 썼거나 믿을 만한 증인에게 외면당하는 것, 아울러 친구에게 배신당하는 것, 고향의 여자 친구를 만나 동행했는데 이를 목격한 애인이나 남편 또는 아내의 오해를 사게 되는 것, 다 팔아도 몇천 원 안팎인 서너 종류의 농산물을 놓고 해 질 무렵까지 장터에 앉아 있는 할머니 앞을 지나치는 것, 초등학교 소풍을 갈 때 어머니가 병환으로 따라와 주지 못해 동심을 잃어버린 어린이를 만나는 것, 그보다는 따라와 줄 사람조차 없는 소년·소녀 가장을 지켜보는 것은 우리를 슬프게 한다.

영화나 TV에서 슬픈 장면을 보는 것, 특히 소리 내어 울 힘조차 없는 에티오피아 기아의 현장을 방송으로 시청하는 것, 솟값 하락에 어깨 힘 빠지는 어느 농부의 근심을 엿보는 것, 거리를 서성이며 길을 묻는 노인을 만나는 것, 술 취한 젊은 여인의 뒷모습을 지켜보는 것, 밤늦게 귀가하였는데 아무도 반기는 이 없는 것, 그리고 연탄불이 꺼져가는 걸 지켜보는 것, 갈수록 흉포해지는 강력 폭력 사건을 뉴스로 접하는 것, 매사를 돈으로 해결하려 드는 황금만능주의자들을 보는 것은 우리를 슬프게 한다.

가을이 익어가는 것, 이미 노랗게 물든 은행잎이 떨어지는 모습, 찬바람이 휘몰아쳐 떨어진 낙엽을 쓸어가는 것, 그 낙엽을 한데 모아 태우면서 왕성했던 지난여름을 회상하는 것, 최근 김장값 하락으로 김장 농가의 어려움을 알면서도 좀 더 싸게 사려고 백 원, 이백 원을 깎아달라고 따지는 알뜰 주부의 탈을 쓴 계산적인 도시의 아주머니들을 보는 일은 우리를 슬프게 한다.

정을 잃어버리게 되는 것, 실연당하는 것, 물질만능주의와 자본주의가 낳은 빈부 격차로 인해 가진 자들만 펑펑 과소비하는 사치풍조를 보는 것, 은행원, 교직원, 지하철 공사 등 가진 자들의 노사 분규를 보는 것, 부동산 투기, 인신매매, 폭력 등 비인간적인 세태로 얼룩진 신문의 사회면을 매일 아침 접하는 것, 많이 없어지긴 했지만 중앙부처 등 고위공직자로 하여금 권위 의식을 느끼게 하는 일은 우리를 슬프게 한다.

하지만 온갖 슬픔이 지나고 나면 반드시 기쁨이 찾아오기 마련이다.

1986. 12. 31

# 21세기
# 문턱에 서서

한 해가 저물어 가고 있다.

'99년은 세기말이라는 점에서 감회가 새롭다.

지난 1월부터 매스컴에서는 밀레니엄 특집을 앞다투어 보도하면서 '새 천 년, 앞으로 00일'이라는 헤드라인으로 카운트다운을 시작했고 12월인 지금까지도 그 열기가 수그러들 줄 모른다. 아듀 20세기, 새 천년, 21세기 시작, 뉴 밀레니엄, Y2K, N세대, 디지털 세대를 비롯 하여, '21세기는 2000년부터인가 2001년부터인가'하는 수많은 논쟁 이 이어졌고 지난 100년간 이루어진 위대한 발견과 발명, 사건ㆍ사 고, 역사를 좌우했던 인물 등 밀레니엄 특집을 숱하게 다루었던 한해 였다. 100년의 역사를 한눈에, 한 지면에 나타낸다는 것도 무리이긴 하지만 어쨌든 지난 한 세기 동안의 사건, 사고, 문명 등이 주마등처 럼 스치며 우리를 감동시키기에 충분하다.

오늘이 지나면 또 다른 내일의 태양이 떠오를 것이지만, 산천초목은 그대로 버티고 있다. 자고 일어나 21세기가 된다고 해도 일상생활에 있어선 별다른 변화를 찾기가 어렵겠지만, 우리의 마음속에 스며드는 희망, 감동, 설렘은 2000이란 숫자와 함께 늘 움직이고 있다. 어쩌면 모르지. 연초에 밀레니엄 복권이 당첨되어 수십억 원을 횡재하게 될지 그 누가 알겠는가. 그러나 복권에 당첨되었다고 해서 성공한 인생이라고는 말할 수 없을 것이다. 아무튼 새 천 년을 맞이하는 축복과 희망이 큰 만큼 실망감도 클 수 있다는 것을 명심해야 할 것이다.

새로운 한 세기를 맞는다는 건 우리 세대들에게 그야말로 축복이 아닐 수 없다.

10세기가 되기 전인 999년에도 사람들은 이같이 떠들썩했을까? 물질문명이 지금처럼 발달하지 않았던 시대이니 말이다. 정보 통신의 발달로 세계를 한순간에 들여다볼 수 있는 지금의 현세대를 당시에는 상상도 못 했겠지만, 그 시대에 사는 사람들의 바람도 지금과 크게 다를 바 없었으리라. 좁게는 그들의 가정, 이웃과 국가, 나아가 인류의 자유와 평화를 갈망하는 차원에서 말이다. 하지만 그 이전에도 중국 요·순시대의 태평성대가 있었고, 그리스·로마신화의 시대가 있었다. 또한 고대 문명이 있었고 수메르 문명이 있었다. 고대 수메르 문명에 따르면 공룡이 멸종하기 전 물질문명과 과학기술이 지금 세대보다 월등히 발달해 있었다는 흔적이 단순 추측이 아닌 과학적 증거로써 밝혀지고 있는 실정이다.

돌이켜보면, '1984년'의 작가 조지 오웰이 말한 '세상의 인정이 메마르고 눈부신 기계문명으로 인한 파멸의 경고'에도 우리는 멸망하지 않았고, 수 세기 전 노스트라다무스의 '99년 7월 지구 종말 예언'에도 아랑곳없이 우린 아직 멀쩡하게 살아 있다. 또한 사이비 종교 광신도들의 하늘나라 행도 실패했고, 화성을 오가는 우주여행 시대에 이르러서도 오늘날의 지구는 갈릴레이가 발견한 지구 자전의 법칙에 의하여 아직도 돌아가고 있다. 대부분의 사람들은 과거를 너무 빨리 잊는다. 그것은 물론 공개하고 싶지 않은 과거, 돌이키지 못할 잘못 등을 말하는 거겠지만. 말하자면 IMF 체제나 씨랜드 및 인천 호프집 화재, 하느님과 맞바꾼 옷 로비 위증, 감옥에 갈 정도의 정치 고단자들의 말 한마디 등등이 그것이다. 과거에 좋지 않았던 것들은 하루빨리 잊고 새 출발 하는 것도 현명한 판단이겠지만 어디 그것이 하루아침에 이루어지는 것인가?

요즘 경기가 다소 되살아나는가 싶더니 연말연시가 다가오면서 과소비 바람이 일고 있고, 제아무리 Y2K 어쩌고 해 보았자 해외여행 항공권 예약은 꽉 찼으며 동해안의 호텔, 콘도 등 주요 숙박 시설도 평소의 2~3배가 넘는 가격에도 불구하고 예약이 완료된 상태다. 최근에는 증권을 모르면 왕따 취급받듯이 신문의 경제면이 부족할 정도로 난리 부르스를 추더니 결국은 가진 자들의 한탕주의가 과소비를 부추기고 있으며, 빈부 격차를 더 벌려 놓은 꼴이 되었고, 실직자나 저소득층의 사기만 떨어뜨리는 결과가 되고 말았다.

과거를 모르는 사람은 미래도 없다는 생각이 지배적이다. 새 천 년 새 시대에 새로운 각오로 세상을 받아드리겠다는 4,000만 명의 각오는 대단하지 않은가. 하루하루가 흘러 새해가 바뀌고 100년에 한 번씩 맞이하는 한 세기가 지나 이번에는 천 년 주기로써 예수 탄생 이후 두 번째 맞는 2000년이 수일 앞으로 다가왔으며, 밀레니엄 관광 상혼에 세계가 떠들썩하고 있다. 올해 단기 4332년밖에 안되었지만 예전부터 1,000단위를 반올림한 5000년도 부족하여 '반만년의 역사'라고 한다. 우리 세대 이전에도, 우리가 태어날 때도 반만년의 역사라고 하니 정말 우리는 7백 년 역사를 앞서가는 민족이 아닌가.

그야말로 하루하루를 그냥 흘려보낼 수 없는 소중한 시간들을 우리는 지금 맞이하고 있다.

40대에 2000년을 맞이했으니 망정이지 20대에 지금의 2000년을 맞이했다면 마음이 들떠서 아마 잠을 제대로 이루지 못했을 것이다. 역사는 "소수의 능력 있는 자에 의하여 창조된다."고 했다. 21세기 미래를 꿈꾸는 자들이여! 정말 멋진 꿈을 꾸고 또한 그 꿈이 이루어져 온 세상이 다 같이 평화와 행복 속에서 함께하는 태평성대가 이루어졌으면 하는 소망이다. 내게 강 같은 평화? 나무아미타불? 천지 우주의 神이시어! 새 천 년에는 단군왕검, 부처님, 하느님, 천지신명, 옥황상제 등 사상·종교를 초월한 우주 만물의 신께서 '판도라의 상자'에서처럼 우리가 희망을 잃지 않도록 이끌어 주시고 언제 어디서나 우리와 함께하리라 믿는다.

우린 이제 21세기가 2000년이든 2001년이든 상관하지 않는다. 이미 우리의 마음속 깊이 새 천 년의 기대와 희망이 싹트고 있으니까.

1999. 12. 20

05)

21세기 2000년을 맞이하여 스크랩한 신문들

# 一
## 나를 기쁘게
하는 것들

―――――――― 웃는 모습은 나를 기쁘게 한다.

간지럼을 많이 타는 나를 애들이 간질여 주거나 애교 있는 아내가 나를 웃겨 주던가, TV에서 코미디 프로를 시청하거나, 어쨌든 누군가에 의해 웃을 수만 있다면 그건 분명히 나를 기쁘게 하는 것이다. 집을 나설 때 정성 어린 눈빛으로 애정표현을 해 주고 집에 돌아왔을 때는 미소로 맞이해 주는 가족이 나에겐 큰 기쁨이다. 또한 반갑다고 꼬리치며 뛰어오르다가 벌렁 나자빠지는 우리 집 강아지를 보노라면 터져 나오는 웃음을 감출 수 없다. 기쁨이 아니라 이건 웃기는 거다. 그럼 '웃기는 짜장면'은 왜 웃기는 거야? 이것 또한 웃기는 거지만 웃음은 곧 기쁨이기도 하다.

배고플 때 먹을 것이 생기면 기쁜 것이고, 포장마차에서 붕어빵을 만드는 아주머니의 정감 있는 손놀림을 볼 때와 이를 기다리는 아이들을 볼 때도 기쁘고, 따뜻한 어묵 꼬치에 소주 한잔 나누는 사람들의 표정을 보는 것도 기쁘다. 주머니 사정이 여의치 못한 학생들, 특히 젊은 연인들의 정다운 이야기가 나를 기쁘게 하며 길거리에 스쳐 지나가는 아름다운 여인들, 그들이 풍기는 은은한 향수 냄새, 만사 호기심에 찬 어린이들의 초롱초롱한 눈망울은 나를 기쁘게 한다. 그리고 무엇보다도 사랑하는 애인이나 옛 친구를 만나는 것, 또한 기대하지 않았던 복권이나 경품이 뜻밖에 당첨되는 것, 승진이나 합격, 졸업을 하는 것, 목표를 이루는 것, 운동경기에서 이기는 것 등도 나를 기쁘게 한다.

장미 꽃다발을 들고 누군가를 기다리는 일, 노인이나 장애인을 돕는 일, 사랑하는 사람을 만나기 위해 거울 앞에서 서성이면서 오늘은 좋은 일이 생길 것 같은 설렘에 빠져드는 것은 나를 기쁘게 한다. 큰 부담 없는 5천 원권 도서상품권 2장을 누군가에게 선물할 때, 또는 선물을 받을 때, 예상치 못한 상황에서 칭찬을 받을 때, 누군가를 칭찬할 때, 웃는 모습을 볼 때, 웃음소리를 들을 때, 하하, 호호, 헤헤, 껄껄… 이 모두는 나를 기쁘게 한다. 낯모르는 길가의 할머니를 목적지까지 태워드리거나 작은 친절을 베푸는 것, 젊은이를 보고 복 많이 받으라면서 손을 잡아주는 것은 나를 기쁘게 한다.

오늘의 운세 란에 운수가 대길할 때도 기쁘고, 토요일 오후 따사로운 햇살이 창가에 비칠 때, 소파에 기대어 폴모리악 연주를 들을 때, 이 또한 나를 기쁘게 한다. 늘 출근하는 시간보다 조금 일찍 준비하여 아침 시간의 여유를 부리며 사무실에 들어설 때, 환한 미소로 아침을 열어 주는 동료들의 따뜻한 시선을 만날 때, 그리고 마음이 통하는 사람들과 영화, 음악, 책을 접하고 느낌을 같이할 때, 나로 하여금 이런 생각을 하게끔 격려해 준 지인들이 생각날 때, 그럴 때 나는 기쁘다. 그리고 남에게 알리지 않은 좋은 기쁨을 혼자 간직하고 있을 때야말로 정말 기쁘다. 좋은 일이 생기면 쉬이 남들에게 말하고 싶어지는 법인데 그 비밀을 간직하고 있다는 건 나만의 기쁨으로 작용하기 때문이다.

진정한 기쁨은 항상 자신의 마음속에 있다. 그래서 각자 진정한 마음속으로부터 기쁨을 찾아 세상을 기쁘게 살도록 노력하자. 마음을 곱게, 바로 쓰도록 하자.

때로는 기분이 좋지 않고 일이 잘 안 풀릴 때 "난 왜 이렇게 항상 기분이 좋지, 그리고 뭘 하든 일의 결과는 항상 잘 풀리더라."라는 최면적인 생각으로 자신을 다스려 나간다면 정말 괜찮은 인간이 될 수 있을 것이다. 그래서 기쁜 생각으로, 기쁜 마음으로 세상을 긍정적으로 풀어나간다면 일상생활이 보다 아름다운 삶으로 꾸며지리라고 확신한다. 神은 반드시 나의 편이니까.

2000.02.01 새 천 년 한 달 후

# —
# 봄바람이
# 거칠어도

4월은 정말 잔인한가?

자연의 섭리를 거역할 수 있는 힘이 있다면 그건 분명 神이다. 하지만 우주의 법칙 앞에서는 신도 마음대로 하지 못한다. 비바람이 아무리 거칠고 황사가 날려도 대청봉의 눈은 이미 녹아버렸고, 이곳 현산공원의 벚꽃은 곧 피고야 만다. 그 추운 겨울도 견디어 냈는데 봄바람쯤이야. 그토록 강한 바람과 지금까지 겪었던 가장 심한 황사 바람에도 불구하고, 현산공원에는 언제 바람이 불었냐는 듯이 꽃망울이 활짝 피었다. 공원 전체가 온통 붉게 어우러짐을 보면서, 봄이 오고 꽃이 피는 평범한 진리가 새삼 진귀하게 느껴진다.

엊그제의 전국적인 산불, 특히 4년 전에 있었던 국내 최대의 산불이 고성에서 다시 재연하듯이 100억 원에 가까운 피해를 내는가 하면, 재작년에 산불이 4차선 도로로 순식간에 날아 붙어 엄청난 피해를 안겨다 준 강릉 사천과 삼척에도 큰불이 났다. 강풍에 황사까지 날아와 세상이 온통 먼지로 뒤덮여 있다. 이 모두가 인간의 부주의로 인한 재해 즉, 인재임에 틀림없다. 그러나 인위적으로 통제하여 산불이 전혀 나지 않는다면 결국은 비도 내리지 않을 것이라는 역설적인 생각도 해 본다.

불이 나면(화) 만물이 잿더미로 변하고(토), 흙이 굳어 바위가 생기고(금), 뜨거운 공기가 하늘로 올라가 구름이 되어 비가 내리고(수), 비는 다시 대지를 적셔 푸르름이 돋고 생물이 자라나게 되는(목) 즉, 五行 (火 · 土 · 金 · 水 · 木)의 순환이라고 본다.

우리 군은 불이 나지 않는 것이 천만다행이다. 위에서 말한 자연의 법칙에 따른다면 이웃 지역인 고성, 강릉, 삼척에서 큰불이 났기에 주변의 열기가 올라가 다음 주 정도가 되면 당연히 비가 내릴 거라는 기대가 딱 들어맞을 것 같은 느낌이다. 물론 피해를 입은 이웃을 약 올리려는 것은 아니다. 사실 이번 같은 인근 시 · 군의 대형 산불은 참으로 안타깝고 주택 50여 채와 가축까지 죽은 사건이므로 절대로 두 번 다시 발생해서는 안 될 것이다.

한편 최근 발생한 경기도 화성 지역에 들어 보지도 못했던 구제역(口蹄疫 : 입구, 발굽제)이 발생했다. 전국적으로 불안이 감돌아 총선을 며칠 앞두고 어수선한 분위기가 형성되고 있다. 엎친 데 덮친 격으로 축산 농가는 물론 나라 경제에도 적지 않은 타격이 예상된다. 앞서 말했듯 다가오는 선거에는 여느 때와 마찬가지로 누구를 뽑느냐에 따라 나라의 흥망이 갈릴 것이다. 선거의 풍속을 얘기하노라면 매스컴을 통해 너무나 잘 알려졌듯이 금품 살포, 상대 후보 비방, 폭력 난무, 가진 자들의 세금 탈세, 신의 아들 병역 비리, 시국 등 범죄 전과 경력이 있는 후보들의 이미지가 먼저 떠오른다. 심한 말로 무지막지한 깡패 집단(?)의 60년대 선거풍토가 아직도 살아있는 듯하다. 잠깐 욕을 먹더라도 남을 졸렬하게 깔아뭉개고 당선되어야겠다는 심리가 우리를 화나게 하고 슬프게 한다. 당리당략의 줄다리기가 언제까지 지속될 것인가. 또한 병역비리 이야기가 나왔으니 말이지 예전에 있었던 '무전현역 유전방위'라는 말이 과연 명불허전임이 밝혀졌으니 참 한탄할 노릇이다.

'78~81'년 나의 군대 시절에는 병역을 면제받는 국회의원 아들은 '神의 아들', 보충역으로 판정받은 장성(현역 스타)의 아들은 '장군의 아들', 현역입영자는 '어둠의 자식들'이라고 공공연한 세태를 풍자하는 말들이 유행했다. 문제는 20여 년 전이나 지금이나 크게 다를 바 없다는 것이다.

결국엔 먹고살기 급급한 즉 열심히 살려고 하는 서민들은 정치에 관심이 있을 겨를이 없으므로 이러한 비리에는 크게 관심을 갖지 않게 돼버렸다. 또한 어느 분이 당선되어도 각자 주어진 삶에서 그다지 달라질 거라는 기대가 사라진 지 오래다.

사실 어제 오후 4시경, 퇴근길에 양양초등학교 합동 유세장에 잠시 들러 청중을 둘러보았다. 역시나 젊은 유권자들은 거의 찾아볼 수 없는 느낌이다. 간혹 운동원으로 보이는 검은색 정장 차림의 사나이들을 제외하고는 대부분이 50대 이상의 어르신이 차지하고 있었다.

하지만 그렇다고 해서 낙망할 것도 없다. 그나마 정치 풍토를 바로 잡아 보겠다는 민간 주도의 공명선거 단체로부터 낙선 운동을 벌이는 시민 단체들이 있어 조금은 마음을 놓게 한다. 그들로 하여금 후보자를 이해하는 데 조금은 도움이 되고 있으며 후보자를 결정하는 데 있어 전적으로 믿을 수야 없겠지만 이들 자체가 예년 선거 때는 없었다는 점에서 한층 환영하는 바이다.

그리고 보니 구제역, 산불, 선거 등으로 어쩌다 잔인한 4월이 되고 말았다. '머피의 법칙'처럼 우려했던 것은 반드시 찾아오고, 설마 그것이 내게 닥칠까 싶었던 일은 거짓말처럼 들어맞는다. 산불도 인간의 부주의로 발생한 인재이고 선거 풍토도 모두 인간의 입에서 나왔으니 말을 아끼는 것이 기본이라 했거늘. 이번 4월은 평온한 봄이 와서 세상일이 작년보다 잘 풀릴 것 같은 기분이 든다. 잔인한 4월이란 이미지를 탈피하여 역으로 '누가 4월을 잔인하다 했는가'라는 주제로 지껄이고 싶었는데, 갑자기 불어닥친 구제역, 산불 등으로 정말 잔인한 4월이 되어버리고 말았다.

하지만 너무 걱정할 것도 없다. 그렇다고 세상이 하루아침에 망하는 것도 아니고 국민이나 정치나 다 잘살아 보자고 하는 것이다. 어쨌거나 이번엔 보다 정직하고 양심 바른 국회의원이 당선되었으면 좋겠다. 국민들이 정치권에 눈치 안 보고 지역 현안을 국정에 서슴없이 반영하고 공약을 이행하여 지역 발전에 도움이 되고, 나아가 국가의 안정과 경제 부흥에 이바지했으면 하는 한결같은 바람이다.

그리하여 냉각된 정국을 풀고 국민 다수 공공의 이익에 이바지하고 다 같이 잘사는 세상이 되었으면 한다. 서두에서 말했듯이 봄바람은 거세도 벚꽃은 반드시 피는 자연의 순리대로 세상 형편이 돌아가니, 이 땅에 번영과 희망찬 미래가 펼쳐지기를 기대해 마지않는다. 이제 21세기는 시작에 불과하니까.

2000.04.09

# 금요일

금요일 하면 어떤 게 떠오를까. 제일 먼저 생각나는 이미지가 '13일의 금요일'이다. 부정적인 생각을 가져서 그런가? 아니면 善은 쉽게 잊히고 惡은 우리들 기억 속에 오래 남아 있어서 그런가. 일상생활에 있어 선과 악 중에 악이 먼저 떠오르는 것은 인간이 그만큼 나약한 존재이며 잠재의식 속에 무한한 공포와 호기심이 발동하기 때문이라고 생각한다. 그리고 우리가 좋아하는 일곱 번째 숫자 7은 행운의 날로 예수 탄생 후 양력을 써 왔던 서양 문명에서 온 영향이라고 생각된다. 그리고 예전에는 일주일이 월요일부터 시작하여 토요일에 끝난다고 알고 있었다. 지금까지 살아오면서 달력을 보아 왔지만 일요일이 맨 앞에 와 있었다. 일주일의 시작이 일요일부터라는 것을 난 얼마 전에 깨우쳤다. 또한 금요일은 1주일 중 가장 일을 열심히 하는 날로 느껴진다. 토요일이 가까이 와 있다는 홀가분한 심정으로 한 주의 피로를 털어버리고 싶은 심리적 작용이 있는 것 같다.

　그래서 애주가들은 친구, 동료, 계모임, 사업 관련 약속 등 각종 모임을 금요일로 정하는 경우가 많고 시장경제에도 한몫하는 날로 봐도 지나친 말은 아닌 것 같다. 앞으로 공무원뿐 아니라 각 기업에서 주 5일제 근무가 시작되면 금요일의 이미지가 변할지 몰라도… 어찌 됐든 좀 무리해도 평일보다는 부담이 없는 날로 느껴진다. 그렇다면 매주 금요일은 가정의 날로 정하는 것이 어떨까? 물론 가족과 함께 보다 많은 시간을 가질 기회가 토·일요일밖에 없지만 일상생활에서 휴일은 각종 계모임, 결혼식 등 공식적인 행사가 많은 날이라서 실질적으로 가족과 함께 보내기가 쉽지 않다.

　따라서 평일 중에서도 금요일 저녁은 그나마 가족과 함께할 수 있는 오붓한 시간을 내기에 충분하다고 생각한다. 한 달에 한 번씩이라도 좋으니 가족과 함께 많은 시간을 보냈으면 하는 바람이다. 나부터라도 내일 금요일 저녁은 가족과 함께 짜장면이라도 먹도록 시도해 볼까. '웃기는 짜장면?' 이 되지만 않는다면 말이다. 애들 말로는 4월 14일이 '블랙데이'라고 짜장면 먹는 날이라던데. 햐! 중국집 괜찮겠는데?

2002.04.01

# 철근
## 없는 교각

———————————— 매스컴이란 대중매체에서 보도되는 내용은 허위사실이 비일비재하다. 권위 있는 조선일보와 그 다음 날 이규태 칼럼에까지 언급하였기에 내가 감히 이규태 선생님께 조선닷컴에 인터넷 댓글을 올렸다. 그렇잖아도 신문과 방송의 부정적인 인터뷰에 시달려 매일매일 긴장과 분기탱천으로 지내고 있지만, 그렇다고 막말은 할 수 없는 입장이라 조용하게 불만만 표출했다. 그분이 읽거나 말거나.

사실대로라면 누가 뭐라 하지 않겠지만 실은 그렇지 않기 때문이다. 이것이 신문의 맹점이다. 이 때문에 실무 공무원들은 사정 기관 등으로부터 엄청 시달리고, 주민의 지탄을 받고 소모적인 논쟁으로 쓸데없는 시간과 인력낭비를 하는 것이다.

## 선생님께

이규태 선생님 안녕하십니까. 먼저 선생님께 글을 올릴 수 있는 기회가 주어져서 개인적으로 영광입니다. 저는 양양군청 건설과에 근무하는 문상훈이라고 합니다. 2002. 9. 12. 조선일보에 보도된 강원도 양양군에 소재하고 있는 용천교의 '철근 없는 다리' 기사와 관련하여 선생님께서도 8. 14. 유일한 고정칼럼 '이규태 코너'에서『철근 없는 교각』에 대하여 언급하신 것을 읽고 감히 몇 자 적어 올립니다.

본 교량은 원래 철근 없이 무근콘크리트로 시공하는 중력식 교각으로 부실시공이 아님이 밝혀져서 다행입니다만 애독자들께서는 달리 받아들여졌을 것이라고 생각합니다. 인제 와서 무어라고 반박하고자 하는 것은 아닙니다만 33년 전에 건설된 교량으로 이기원 기자님이 한 번쯤 확인해 보고 보도했더라면 하는 아쉬움이 있었습니다.

지금도 건설교통부에는 그 표준설계도를 보관하고 있습니다만 그 무근콘크리트 교각은 60년대 이전에 높이가 낮은 '중력' 교각에 사용되었던 공법으로써 지금은 사용되지 않고 있습니다. 평소 선생님의 고정칼럼을 즐겨 읽는 한 사람으로서 더욱 재미있고 유익한 글 부탁드립니다. (…이하생략)

06) 신문보도                                    2002.09.23

강원도 양양군 용천교의 부실시공 논란 기사와 무근콘크리트로 시공한 중력식 교각으로 밝혀진 기사

# 모두가
# 지켜본다



　　　　　　　　　　　　　논어에 보면 '군자와 소인'에 대하여 자공이 이
렇게 말했다.

"군자가 저지른 잘못은 일식이나 월식과 같아서 사람들이 모두 알
아보는데(見之), 그것을 고치면 사람들이 모두 우러러본다(仰之)." 반
면에 "소인은 아무도 안 보는 줄 알고 온갖 못된 짓을 다 하다가 들통
이 나게 되면 애써 자기가 한 짓을 감추려 한다."고 했다. 작년 태풍
'루사'로 인하여 이곳에 천문학적 숫자의 복구비가 지원되었다.

평소 우리 군 1년 총 예산의 5배 규모이고 시설비 예산은 10배가 넘
는다. 그래서 모두 큰(大 아니면 犬?) 고생을 하고 있다. 열심히 일을
하면서 보람을 느끼기는커녕, 노력 여하에 관계없이 사정기관이던
군민이던, 수해 복구 전 과정에 걸쳐 비리가 있나 없나 건수 잡기에
만 혈안이 되어 있었다. 경찰서, 검찰청, 감사원 등 높은 곳에 끌려
다니지만 않으면 다행으로 생각한다. 그렇지만 지금까지와 마찬가지

로 지역 발전을 10년 앞당긴다는 일념으로 밀어붙였다. 금품을 받는다는 것은 전무후무로 아예 상상조차 하지 않는 일이다. 따라서 수해 복구로 인하여 본의 아니게 비리가 발생한다면 당장 그만두겠다는 각오로 항상 마음속에 사표를 써 두고 근무에 임했다. 하필 우리 시대에 이런 대규모의 피해가 나서 여러 사람 고생시킨다는 불평을 하기에 앞서, 이것은 하늘이 내려 준 하나의 業報다. 한마디로 받아 놓은 밥상이었다. 어쩌면 지역 발전을 위하여 하늘이 도와주는 '대박'일지도 모른다. 인적, 물적으로 희생된 분들에겐 죄송스럽지만.

이 난제를 어떻게든 소화해야만 했다. 그래서 시민들은 이 엄청난 일들을 이놈들이 어떻게 해결해 나가는지 눈에 불을 켜고 보았고 우리는 졸지에 연구 대상이 되었다. 말도 많고 민원도 많았지만 그러는 가운데 1년의 세월이 흘러 이제는 어느 정도 마무리되어 가고 있다. 그야말로 시간이 약인가 보다.

지난여름의 어느 날, 외부 기관으로 하여금 우려의 목소리가 들려서인지 윗분께서 수해 복구 총괄 책임자인 나와 사업 부서, 계약 부서 등 10여 명을 시급히 모이도록 했다. 그 가운데 격려 반, 우려 반의 지나온 얘기, 앞으로의 각오, 문제점, 복구 완료 대책 등 다방면으로 말씀이 있었다. 자연스러운 자리였지만 아주 엄숙한 분위기였다.

"이건 어떻고… 저건 그렇고… 우리가 아니면 안 될 타고난 업보이고…(중략)…그러므로 사람들이나 각계각층에서 수해 복구의 모든 과정을 관심 있게 지켜보고 있어요. 경찰에서 보지요, 검찰에서 보지요. KBS, MBC, SBS 등 방송국에서 보지요. 각종 지방·중앙신문 기자들이 보지요. 그리고 피해 주민이 지켜보지요. 사회단체서도 보지요. 도에서도 보지요. 행자부에서 보지요. 감사원에서 보지요. 하여튼 높은 사람들은 다들 보지요! …이러하니 모두들 고생하고 있지만 정말 우리 열심히 잘해 봅시다. (…이하생략)"

그 엄숙하고 조용한 가운데서 순간적으로 어록에 남을 만한 말씀이라고 생각이 들었을 때 나는 뒤집어질 뻔했다. 웃음을 참느라 입술을 피가 맺히도록 깨물었다. 나중에 동료들에게 그 이야기를 했을 때 그 말의 의미를 미처 생각하지 못했다고 하면서 한바탕 폭소를 멈추지 못했다. 웃을 말이 한 개도 없는데 말입니다.

2003. 11. 26

# 행복의
# 조건

—————————— 행복에도 무슨 조건이 있을까?

'행복은 행복할 수 있는 심성을 타고난 사람만이 가질 수 있는 하나의 특권'이라고 했다. 내 생각엔 하고 싶은 일을 열심히 하면서 보람을 느끼고, 재미있게 사는 것이 행복인 듯싶다. 아니면 아예 행복이 뭔지 모르는 것이 그냥 행복일지도 모른다. 그나저나 웬 행복 얘기인가 싶겠지만…

지난달에 역사의 한 페이지를 장식하게 될 승용차 안 40억 원 사건의 현장 검증이 뉴스를 통해 보도되면서 전 국민적인 흥밋거리가 되었다. 적어도 올해 10대 뉴스감이다. 나는 그것을 보면서 갑자기 돈과 행복의 상관관계에 대해 진지하게 자문해 보았고 이 글을 쓰게 되었다. 능력 부족으로 A4 용지 한 장 쓰는 데도 1주일씩 걸렸지만 말이다.

이제는 어딜 가든, 대형서점이든 신문광고에서든 돈과 관련된 책자를 수두룩하게 볼 수 있다. '한국의 부자들, 부자가 되는 길', '부자의 첫걸음', '부자들의 돈 버는 습관', '부자들의 저녁 식사' 등등… 오늘은 서점에 가서 책이라도 한 권 사 봐야겠다. 지금은 좀 잠잠해졌지만 한때 복권 열풍으로 인해 장기간 인터넷 검색 순위 1위가 '로또'였다. 이것 역시 돈에 관한 것, 부자 이야기의 연장선이 된다. 애, 어른 할 것 없이 우리 사회는 모든 것이 돈으로 점철되어 있다…

그래서 김삿갓 선생이 즉흥적으로 지었다는 '돈에 관한 시'를 옮겨본다.


周遊天下皆歡迎 (주유천하개환영)

세상을 돌고 돌아도 너나없이 환영하고,

興國興家勢不輕 (흥국흥가세불경)

나라와 집안을 일으키니 그 위세 대단하도다.

去復還來來復去 (거복환래래복거)

갔다가 다시 오고 왔다가 다시 가니,

生能捨死死能生 (생능사사사능생)

사람을 살리기도 하고 죽이기도 하는구나.


과연 죽어가는 사람도 살리고 산 사람도 죽게 만드는 것이 돈이라니 예나 지금이나 변함이 없다.

2003. 12. 06

# —
# 엇!
# 수고하네

70년대 후반인 20여 년 전에는 경찰 제복에 모자까지 쓰고 거수경례를 하는 교통안전표지판(철판)을 제작하여 도로 굴곡부나 위험지구에 세워서 안전운전을 하도록 유도했다. 그때는 교통량이 많지 않았으므로 과속운전 또는 음주운전을 하는 분이 있더라도 단속을 하지 않았기에 사고만 나지 않으면 무사했다. 교통표지만으로도 안전운행의 역할을 다하였다. 그 후 90년대에 이르러서 자가운전이 대중화되면서부터 경찰의 모습과 똑같은 형체의 표지판(인형)을 취약 지점에 세워 놓았다. 멀리서 보았을 때 교통경찰이 서 있는 것으로 착각하여 가슴이 철렁하면서 미리 속도를 줄인다. 가까이 가서 짜가임을 확인하고 그냥 멋쩍은 웃음을 지었다. 그땐 확실히 속았으면서도 싫지가 않았다. 그러나 그것은 설치 장소의 고정화로 한번 지나친 경험이 있으면 두 번 다시 속지 않는 단점이 있어서 다음부터는 가뿐히 무시하면서 "나 잡아 봐라~" 하는 여유를 부렸었다.

그렇게 다시 몇 년이 지나 생활이 보다 윤택해지고 여성 운전자도 대폭 늘면서 너나 할 것 없이 모두가 자가운전 성취를 위하여 운전면허증 따기 붐이 일었고, 운전자들의 천국(?)을 이루면서 교통안전시설 등도 한층 향상되었다. 교통 위반 단속도 한층 발전하여 폐차된 차량을 경찰차와 같이 도색을 하여 적재적소에 세워 둠으로써 운전자들을 놀라게 했고, 명색이 바퀴 달린 차로써 장소를 바꿔 가며 이동식으로 설치하여 한때 운전자들을 잔뜩 긴장시켰다. 그땐 면허증도 있었고 술도 안 먹은 채로 안전운전을 하는데도 운전이 서툴러서 그런지, 지나가는 경찰차만 봐도 괜히 움츠러들었다. 죄지은 것도 없고 무엇을 잘못했는지조차 모르는데 말이다.

　아무튼 최근에 와서는 고속도로를 비롯한 교통망이 발달하여 도로의 현대화에 걸맞게 최신식 무인 카메라와 이에 대응하는 '무인카메라 감지기'까지 개발하여 암암리에 활용하고 있는 시대로 접어들었다.

　연말이다 보니 밤낮과 장소를 가리지 않고 불시에 실시하는 음주단속으로, 이젠 술 먹고 운전하는 사람들이 거의 없다는 생각을 해 본다. 하여튼 안전운전합시다! 쓰다 보니 글이 엉뚱한 곳으로 흘렀다.

　다시 20년 전으로 돌아와, 어느 선배로부터 한 에피소드를 들었다. 그때 모 높으신 분이 검은 지프차를 타고 다녔다. 차량 번호는 1000번으로 기억한다. 요즘과는 달리 관료의식이 콱 들어박힌 시절이라 그 차를 한번 타 본다는 것은 하늘의 별 따기처럼 힘들었다. 뒷좌석에 탄 사람들은 감히 말을 붙일 엄두도 못 냈다. 점심을 마친 후 어느 2차선 굴곡부 비포장도로를 운행하는데 마침 처음에 얘기한 철판으로 만든 거수경례를 하고 있는 경찰모형 표지판이 턱 나타났다. 앞좌석에 탄 그분이 느닷없이 오른손을 번쩍 들어 답례를 하는 것이 아니겠는가! "엇! 수고하네!" 라고 말하면서.

뒷좌석 분들이 입술이 터졌는지 몰라도 그땐 소리 내어 웃지 못했다. 오로지 크크 로 족할 뿐. 지금은 푸하하하~ 해도 뭐라 하지 않을 텐데…

2003. 12. 16

# 60대
## 청춘

핸드폰이 없었던 20여 년 전에 동네의 한 어르신이 논밭에서 열심히 일할 때의 이야기다. 어르신께서는 당시 친구와 함께 200m 되는 강을 사이에 두고 같이 일했는데 각자 자기 일에만 열중하다 보니 남들은 전혀 의식하지 않았다고 한다. 그러다 어르신이 술을 한 잔같이 하기 위해 친구분을 건너오라고 하려는데 200m 강 너머라서 소리를 질러도 도통 들리지가 않았다고 한다. 그때 마침 옆에 목소리가 큰 30대 젊은 일꾼이 있어 부탁을 했더니 감히 60대 어르신의 존함을 부를 수가 없다며 어르신이 부른 것처럼 하겠다고 말을 했다고 한다. 말인즉,

"제가 이름을 크게 부를 테니까 건너편에서 손을 흔들면 답례는 아저씨가 하세요."
"그러지 뭐."

"○○이!!!!! 한 잔! 하러 와!!!!~~~~"

젊은 일꾼은 그 말을 전한 뒤 재빨리 고개를 숙여 일을 하는 척했고, 저 멀리서 목소리를 들은 친구가 손을 흔들었다고 한다. 어르신은 이에 씩- 하고 웃으며 답례를 했다고.

옛날 농촌의 정이 오고 가는 아름다운 이야기지만 어제 동네 회갑잔치에 가서 어르신들을 만나 이 이야기를 들었을 땐 씁쓸하게 느껴졌다. 요즘은 농촌의 고령화로 인해 60대도 '청춘'이라고 부른다. 그래서 어르신들이 20대 애들 대하듯 잔심부름과 동네 궂은일을 다 시킨다고. 70대 전후는 한창 농사지을 일꾼이고, 80세 이상이 되어야 노인 대접을 받는 실정이다. 그래서 "인생은 60부터, 노인은 80부터"란 말이 생겨난 모양이다. 옛말 한 마디도 안 글러. 소일거리로 건강하게 열심히 사는 것은 좋지만, 70대가 주업을 하기엔 너무 힘들다는 생각을 해 봤다. 요즘은 논밭에서 일하시는 할아버지께도 자식들이 비상수단으로 핸드폰을 사 드려서 조금 위안이 된다고 한다. 어째 조금 슬프다, 슬퍼~

2004.09.13

# 잔인한
4월

──────────  2005년 4월 4일 미뤄 왔던 우리 군의 폭넓은
인사 발령이 있던 날, 본인도 그중 하나로 5년 만에 악기상과 관련이
없는 부서로의 이동이 있었다. 한편으론 홀가분했지만 또 한편으론
남은 미련이 있어 싹 털어버리고 싶었다. 그래서 동료들과 함께 주
(酒)님을 모시다가 인사불성이 되었는데…

가는 날이 장날이라고 그날 밤 12시에 산불이 나서 초비상 태세로
업무 인계인수도 못한 채 2박 3일 밤을 꼬박 샜다. 1980년 전국에서
제일 컸다고 하는 이곳 화일리 산불 사건 이래(내가 군대에 있을 무렵),
25년간 양양에서는 그렇다 할 산불이 없었는데 하필 부서를 옮긴 그
날에 역사적 기록에 남을 만한 대형 산불이 터진 것이다. 산불 피해
규모는 973ha를 태웠고, 16개 마을 243명의 이재민 발생과 주택163동,
낙산사 17동, 상가69동 등 건물 450동에 피해액이 무려 394억 원의 대

형 산불이다.

　그러니까 식목일인 5일 새벽부터 뉴스 특보가 시작되었고 '양양, 양양'으로 수일 동안 매스컴에 이름을 떨쳤다. 나중에는 너무 양양거려 앙앙(!)으로 들릴 지경이었다. 피해 조사는 연휴 없이 오늘까지 확정 짓고, 본격적인 복구 작업이 시작되었다. 어수선한 가운데 오늘부터 새로운 부서에 근무를 시작하니 일이 잡히지 않았다. 이젠 비가 오나 눈이 오나 신경 덜 쓰고 잠도 조금 더 잘 수 있겠다 싶어 왠지 마음이 편해졌다. 살이 조금 찌려나? 한 다섯 근만. 한가한 소리…ㅉㅉ.

　아무튼 매스컴에서는 상경기까지 영향이 있을 예정이라며 아우성이니 집이 불탄 이재민만큼 마음이 타들어 간다. 그런 뉴스 보도는 양양을 두 번 죽이는 꼴이다. 꽃피는 4월이지만 이번엔 정말 잔인한 4월이 돼버렸다.

　4월! 그 누가 잔인하지 않다고 할까 봐.

2005. 04. 11

07) 신문보도

집이 불탄 이재민의 마음을 생각하며 스크랩한 낙산사 산불 보도들

# 어메너티

요즘 행정에서 '변화', '혁신' 용어를 많이 쓰고 있다. 광복 60년을 이끌어 오면서 혁신은 발전을 거듭하여 왔지만 이는 모두 급변하는 세태에 적응하고 잘해보자는 뜻에서이다. 혁신이란 말뜻 그대로 가죽을 벗기는 것만큼 아픔이 따른다고 했다. 그런데 혁신은 평소에는 별다른 문제가 없는데 그것을 문서화, 계량화하여 성적을 매길 때에는 상당히 까다로워진다. 가령 인센티브 어쩌구 하는 것들이다. 그런데 앞으로는 또 새로운 말이 유행할 것 같다. 21세기 키워드인 '웰빙'이라는 단어처럼 말이다. 바로 '어메너티(Amenity)'란 단어다. 이 생소한 단어를 최근 처음 접하고 호기심을 가져왔는데, 뜻은 환경, 쾌적, 청결, 친절, 인격성, 좋은 인간관계, 등으로 번역어만 무려 80여 가지가 된다고 한다. 이를 다 포괄하면 '인간이 살아가는 데 필요한 종합적인 쾌적함'이라고 정의 내릴 수 있다.

인터넷을 검색해 보았더니 어메너티는 환경 보전, 쾌적 환경, 쾌적성, 쾌적함, 쾌적감, 종합쾌적성, 쾌적 공간, 쾌적 감각, 생활환경, 환경의 질, 생활의 질, 생활환경의 질, 도시환경의 질, 거주성, 사는 느낌이 좋음, 도시미, 미적 환경, 미관, 자연미, 역사미, 조화, 정연, 질서, 최적성, 편리성, 개성, 친수, 편안함, 윤택함, 풍부함, 풍요함, 여유, 배려, 문화성, 문화시설, 매력, 활력, 활기, 생기, 생명, 생명감, 안전, 안녕, 건강, 보건, 공중위생, 위생적, 청결, 생활감, 생활 실감, 행복, 복지, 조용함, 쾌감, 호감, 기분 좋음, 인격성, 사람이 좋음, 몸짓, 좋은 인간관계, 프라이버시, 예의, 매너, 우아, 풍아, 풍치, 풍류, 티 없음, 잘 차려입음, 사랑, 이웃 사랑, 우애, 향토애, 향토의 자부심, 인간성, 인류애, 지구애, 공생, 서비스, 더불어 기뻐함, 친절, 패셔너블 등이란다.

하지만 이 말이 사람 잡아먹는 단어도 아니고 '사람이 살아가는 데 필요한 쾌적함'이라니 좋은 단어가 아닌가. 앞으로 이 말과 친해지도록 노력해야겠다. 흔히 인터넷에 올라오는 좋은 글들, 다방면의 지식 정보, 음악, 그림, 사진, 인간관계, 다양성 등 세상 살아가는 이야기도 '어메너티'의 일부라 할 수 있겠다. 머리가 나빠서 다 외우지는 못하겠고, 이런 생각을 해 봤다. "어~메, 너 티 참 예쁘다, 얼마짜린가?" 비싼 것이 예쁜 건가? ㅍㅎㅎㅎ. 가을이 되어 T셔츠 입을 날도 얼마 남지 않았는데…

2005.09.02

# ─
# 일취월장

───────── 연초가 되면 교수님들께서는 세간의 주목 속에 새해 사자성어를 발표하여 한해가 잘되기를 주문한다. 2012년 임진 년 새해를 맞이하여 나 역시 올해 나를 대변할 사자성어를 '일취월장' 으로 정했다. 날로달로 발전한다는 뜻이다. 조그만 눈을 끝없이 굴 리면 큰 눈사람이 되듯(以小成大), 작은 바램(小望)이 모여 큰 희망(大 望)을 이룰 수 있도다. 따라서 하루에 한 가지씩 좋은 일을 하여 나날 이 발전하는 한 해가 되도록 하자. 이름하여 일취월장(日就月將)이라 하였노라!

어느 날, 중국 주나라의 2대 성왕이 신하들에게 이렇게 전했다.

소자는 비록 총명하지 않지만[維予小子 不聰敬止]
날로달로 나아가 학문이 광명에 이를 것이니[日就月將 學有緝熙于光明]

맡은 일을 도와 나에게 덕행을 보여주오[佛時仔肩 示我顯德行].

이것이 바로 일취월장의 유래로 전해진다. 매 순간 열심히 노력하면 못 이룰 것이 없다는 의미로 해석된다. 따라서 새해 사자성어를 일취월장으로 정함에 있어 다음과 같이 작은 것부터 실천하도록 한다. 한 달에 'A4 이야기' 1장씩 쓰기, 주 5일 30분 이상 운동하기(달리기, 등산, 자전거), 하루 1시간씩 명리학 공부하기. 그리고 남에게 칭찬하기. 매사에 감사하기(개콘 '감사합니다'♬), 그녀에게 더 잘하기(사고나 치지 말지?), 웃을 일 많이 찾기 등 하루 한 가지씩 좋은 일을 만든다(布施).

암튼 신비, 개혁을 상징하는 변화무쌍한 용의 해를 맞아, 물을 차고 승천(rise)하는 희망(vision)의 한 해가 되기를 나에게 주문해 본다.

2012. 王辰년 1월

# 역지사지

———————— 역지사지(易地思之)란?

국어사전을 보면 '남과 처지를 바꾸어 생각함', 즉 상대방의 입장에
서 생각한다는 뜻이다. 한국인 중에서 이 말을 모르는 사람은 아마
거의 없을 것이다.

역지사지는 공무원의 업무와 밀접한 연관이 있다. 상대방을 배려
하고 민원인의 입장에서 도와주어야 하는 행정적 의무감이 내포되어
있고 관공서에서 일을 하기 위해선 이 말을 잘 이해하고 도와주려는
마음의 준비가 필요하다. 그 좋은 사자성어를 민을 다스리는 지휘관
이라면 써먹지 않을 리 없다. 지방자치제 이후 더더욱 강조되고 있는
말이다. 역대 대통령, 정치인 등 윗분들이 그랬다. 그동안 우리 군을
거쳐 간 수장님들께서도 이 사자성어를 사용하지 않은 분이 없다.

상대편 입장에 서서 잘 들어주고 친절하게 설명만 해 준다면 민원

은 발생하지 않을 수 있다. 그러나 공교롭게도 이것이 나중에 문제가 되는 경우도 있다. 가령 긍정적으로 검토하겠다고 말했을 뿐인데 민원인은 한 수 더 떠서 무조건 된다더라고 사방에 소문을 내버리기 때문이다. 결국 나중에 다시 와서는 "된다고 해놓고 왜 안 해주느냐!"고 소란을 피우며 직원들을 곤경에 빠뜨리기도 한다.

반대로, 안된다고 하면 불친절한 것으로 판단하고 욕도 불사하며 수장과 면담하는 분이 있다. 그렇다고 되는 것은 아니지만 시간적으로나 행정적으로 큰 낭비가 아닐 수 없다. 이것이 작금의 현실이다. 물론 공직자로서 주민에게 친절하고 도와드릴 것을 찾아 행정 봉사하는 것이 의무이긴 하지만 씁쓸해지는 건 어쩔 수가 없다. 역지사지도 역지사지 나름이기 때문이다.

중도의 입장에 서서 50% 즉, ¥역지사지는 없는가?

2013.04.02

# 고정관념

───────────── 숫자 '66666', 이게 무슨 의미일까?

바로 자동차 미터기 숫자이다. 그러나 나는 주행거리가 66,666km
가 되는 그 순간을 보지 못했다. 아니, 못 본 것이 아니라 회피한 셈
이다. 일전에 60,000km를 갓 넘었을 때 언젠간 그 숫자에 이를 것이
라는 잠정적인 암시가 있었다.

그러다 2013년 11월 8일, 남쪽 방면으로 주행하던 중에 문득 계기
판을 보았더니 66650이라는 숫자가 시야에 들어왔다. 어디에서 그
숫자가 완벽하게 맞아떨어질지 호기심은 분명 있었지만 구태여 알고
싶지 않았다. 그것이 무어라고 그렇게 신경이 쓰인 건지 악마의 깃털
만큼도 닮지 않은 숫자에 불과한데 말이다. 도대체 그 누가 666을 악
마의 숫자라고 한 것인가. 운전하는 내내 그 숫자가 눈앞을 아른거리
며 머릿속을 맴돌고 있었다. 돌아오는 길에 이젠 지나갔겠지 하고 들

여다보니 어느새 66,680km가 넘어 있었다. 그냥 헛웃음이 나왔다. 이제 나쁜 징조는 지나갔다고 봐야 하나?

암튼, 고정관념이란 참으로 무서운 것이다. 혹여나 내가 운전 중에 그 숫자를 발견했다면 일순 당황하여 안 좋은 일이 생겼을지도 모르는 일 아닌가. 그러나 이런 경험은 이것으로 마지막일 것이다. 지구를 17바퀴를 도는 666,666km까지 차를 굴릴 수는 없을 테니까 말이다. (지구 둘레 약 40,000km)

그렇다면, 이제 남은 것은 좋은 징조만?

2013. 11. 08

犬談

—
순간
포착
—

"나는 왜 이런 것들만 눈에 띄지?" 라는 생각이 들 정도로
신비한 것들을 발견하여 해석을 붙여 보았다

'2002 한일 월드컵'은 우리나라 축구 최초 16강에 이어
4강까지 올라가면서 감격적인 순간을 장식했다
나 역시 그 역사적인 순간을 글로 써 보았다
대한민국 국민이라면
당시의 일을 다시 읽어도
그때의 감동을 되새길 수 있을 것이다

'돈공의 진혼곡'은 어려웠던 구제역 살처분 작업반에 자원하여
온몸으로 체험하고 쓴 씁쓸한 현장르포다
눈곱만큼도 거짓이 없는 사실 그대로로써
작업반 외 신문방송기자 등
어느 누구도 출입하지 못했던바
그 충격적인 이야기를 기자를 대신하여 써 보았다
당시 휴대폰도 메모지도 볼펜도 없었지만
그만큼 가슴에 깊이 와 닿았기에
작업 종료 후에도 뇌리에서 잊히지 않아
생생하게 정리할 수 있었다

# 2002 한일
# 월드컵

———————— 한마디로 승리의 神은 우리의 손을 잡아 주었다. 결론부터 말하자면 이것은 기적이었다. 우리는 월드컵 4강 신화를 이룩했다. 갱신! 갱신! 갱신! 또 갱신! 6월 4일 이후 22일까지 총 18일이라는 기간 동안 "월드컵 축구 역사를 '4번(4일, 14일, 18일, 22일)'이나 다시 썼다. 앞으로 또 한 번의 갱신(6월 29일 3, 4위전 승리)이 남아 있지만…

### 2002년 6월 4일

우리나라는 월드컵 D조 본선 1차전에서 폴란드와 2:0으로 이겼다. "월드컵 한국 첫 승!"이라는 감격이 이런 것이구나 하고 실감했다. 월드컵 중계를 맡은 해설자, 아나운서도 말을 잇지 못하였다. 히딩크 감독과 축구 국가 대표 선수들을 비롯하여 전 국민의 오랜 목마름을 일시에 해갈시켜 주는 짜릿한 순간이었다. 이보다 더 좋을 수 없었다. 나는 그때 중계방송 직후 흥분과 감격을 주체할 수 없어 동아 닷컴에 승리의 소감을 이렇게 전했다. "단기 4335년 만의 월드컵 첫 승리!, 우승에 버금가는 한국 월드컵 1승!"이라고. 다음날 국내외 신문, 방송과 모든 언론 매체는 우리 선수단과 '붉은 악마'의 열광적인 응원 광경을 국민적 성원과 함께 '48년 만의 쾌거!'라고 일제히 대서 특필했다.

## 2002년 6월 10일

미국과 1:1로 비겼다. 1승의 감격이 채 가시기도 전에 미국에 전반전 1골을 먼저 허용하자 "역시 이렇게 무너지는구나"하고 성급한 실망을 비쳤었다. 그러나 후반 동점 골이 터지자 다시금 16강을 향한 희망의 불꽃이 가느다랗게 피어올랐다. 다만 아직 포르투갈과의 마지막 경기가 남아 있었기 때문에 불안한 마음을 숨길 수는 없었다. 이제 D조 4개국의 남은 경기 결과만을 애타게 기다리는 수밖에 다른 도리가 없었다.

이번 월드컵에서 가장 큰 변화는 국민들의 열화와 같은 성원이었다. 서울 시청 앞 광장은 '붉은 악마'의 응원단을 필두로 하여 '6월 항쟁'('87. 6. 10.)이후 최대 인파인 20만 명을 기록했고 그들을 두고 '12번째 선수'라고 지칭했으며 내외신 기자의 취재 경쟁이 붙으면서 전 세계적으로도 큰 주목을 받았다. 특히 미국전이 있던 날은 '6 · 10 만세 운동'의 기념일이기도 하여 결과는 비겼지만 국민 모두가 힘찬 만세를 외칠 수 있었다.

2002년 6월 14일

피파 랭킹 세계 5위 포르투갈과의 경기에서 1:0으로 기적적인 승리를 거머쥐면서 16강이 확정되었다. 그것도 D조 1위였다. 경기 종료 후 '16강 확정'이라는 메시지가 TV 화면을 가득 메웠고 우리는 모두 감격의 환호성을 지르며 뛸 듯이 기뻐했다. 나는 이번에야말로 역사적인 순간을 기록하기 위해 컴퓨터 앞으로 달려가 '8·15 광복 이후 최대의 경사!'라고 동아닷컴에 소식을 전했다. 아나운서가 골인 장면을 끝없이 반복하면서 목청이 터져라 희열감에 도취되어 승전보를 전했다. 이때만 해도 세상을 다 이긴 것 같았다. 네티즌들은 '새우깡'의 이름을 '십육깡'이라 부르고 '갈아 만든 배'는 한국의 보신탕 문화를 비난한 프랑스 언론에 빗대어 '갈아 만든 개'로 짜깁기하여 인터넷에 올렸다.


2002년 6월 18일

연승 행진은 여기서 끝나지 않았다. 피파 랭킹 세계 6위인 이탈리아전에서도 2:1로 승리해 8강의 기적을 창출했다. 이때는 분명히 기적이란 말이 그처럼 생소하게 들리지 않았다. '8강!'만 해도 감지덕지였다. 그렇다고 해서 '도리깃고땡?'으로 딴 것도 아니었다. 히딩크 감독을 비롯한 스텝진과 우리 선수들의 피와 땀, 그리고 국민적 염원의 결과였다. 네티즌은 '8강으로 가자!'라는 구호를 담아 화투 8광의 달 그림에 히딩크의 얼굴을 새겨 넣을 정도였다.

경사가 겹쳐 그날은 내 생일이기도 했다. 그날 경기에 이기면 내 생애 최고의 생일선물이 될 것이라고 아침에 예견했는데 역시나 그

예견은 빗나가지 않았다. 누가 먼저랄 것도 없이 아파트가 떠나가라 소리치며 이루 말할 수 없는 흥분과 감격 속에서 만세! 만세! 만만세! 대한민국 만세! 를 힘껏 외쳤다.

집에서도 거리에서도 TV에서도 목이 터져라 소리소리 지르는 "오~필승코리아!", "대~한! 민! 국! 짝짝짝 짝짝!"이 지구촌을 흔들었다. 중계방송 아나운서도 감격을 주체할 수 없어 "아~ 아~~~"하는 고조 높은 쇳소리만 연신 내뱉었다. 그들의 생중계 방송도 역대 방송사에 남을 만한 엄청난 시청률을 기록했다. 병상에 누워 있던 아픈 사람도 벌떡 일어났다. 그날은 국민 모두가 감격의 눈물을 흘렸다.

이때부터 세계는 한국이란 작은 나라를 더욱 관심 있게 주시했고 언론은 앞다퉈 무한한 가능성을 예측했다. 이전까지는 홈그라운드의 이점과 심판 판정의 불만을 토로하며 "한국은 운이 좋았다"며 결과를 석연치 않게 바라보기도 했지만, 그날로써 그것들을 말끔히 씻어낸 듯했다. 우리는 정당한 실력으로 이긴 것이며 이제야 외신들도 그것을 인정해 주었다. 이때부터 CNN, AP, AFP, NHK, 뉴욕타임즈, 르몽드지 등 세계 주요 언론과 방송사는 이번 월드컵 주최국인 대한민국의 승전보와 함께 붉은악마의 국민적 응원을 앞다투어 취재했으며, 자국과 세계로 집중적인 보도를 했다. 88올림픽에서 외쳤던 '세계는 서울로'에서, '세계는 대한민국으로, 대한민국은 세계로'로 순식간에 퍼져 나갔다. 그 외에도 히딩크 철학, 그의 경영 방식 도입, 리더십과 정치 접목 등 무한한 가능성과 비전을 제시하고 국내외적 주목을 끌면서 히딩크 3행시가 유행되기도 했다.

## 2002년 6월 22일

그러나 그것이 끝이 아니었다. 세계 8위인 스페인과의 승부차기에서 5:3으로 승리함으로써, 4강에 오르는 또 다른 기적을 갱신했다. 전후반 90분이 0:0으로 끝이 났고 연장 전후반 30분 역시 0:0이었다. 결국 페널티킥까지 갔다. 양 팀이 3:3인 상황, 모두의 호흡이 멈췄다. 전 국민이 이토록 숨을 죽인 때가 또 있었던가. 4,700만 명이 동시에 숨 막히는 정적으로 빠져들었다.

침묵… 침묵… 침묵…

그러던 순간 갑자기 여기저기서 우레와 같은 함성이 터져 나왔다.

"아!~, 아!!~~, 아!!!~~~"

어떠한 말도 필요 없었다. 우린 그렇게 이겼다. 운명의 신은 철저히 우리 편이었다. 마지막 순간 우리는 5:3으로 승리함으로써 드디어 4강 신화를 썼다. "이게 꿈이냐, 생시냐!" 국민 모두는 감격의 눈물을 감추지 못했다. 그 순간 국민 모두는 미치광이가 되었고 전국 어딜 가나 흥분의 도가니였다.

붉은 악마 응원단도 기하급수적으로 늘어났다. 6월 4일 첫 경기 때 20만 명이었던 길거리 응원단은 6월 22일 스페인과의 경기 때는 80만 명으로 늘어났으며, 전국에서 길거리 응원 500만 명, 전 국민 4,700만 명, 남북한 7,000만 명이라는 진기록을 세웠다. 이대로라면 남북한 통일도 어렵지 않을 법한 화합, 열기, 축제, 감격이 융합된 21세기 새 역사의 드라마였다. 이보다 더 생생한 실화는 6·25 사변 이래 존재하지 않았다. 서울의 밤거리는 승리의 기쁨으로 도취된 붉은 악마와 시민들로 넘쳐나 "시내 전체가 굶주린 '불개미 집단'으로 바글바글하다"는 표현이 어색하지 않을 정도로 그야말로 불야성을 이루었다. 4,700만 국민 모두가 붉은 악마였고 모두가 승리자였다. 그날 붉은 악마 응원단은 절정을 이루었다.

국민 모두가 얼싸안고 감격의 눈물을 흘렸으며 붉은 악마의 응원단도 외국 교민들도 하나같이 "대한민국이 자랑스럽다"며 흥분을 감추지 못했다. 응원단은 스스로 시내 거리를 청소했으며 시키지도 않은 애국가를 4절까지 부르기도 했다. 그 열광의 축제는 대도시뿐 아니라 전국 방방곡곡에 밤새도록 지속되었다. 이때의 응원은 남녀노소가 따로 없었고 모두가 한마음 한뜻으로 '붉은 악마'가 되었다.

## 2002년 6월 25일

그러나 연승행진은 여기서 끝나고 말았다. 마지막 결승전인 독일과의 경기에서 1:0으로 아쉽게 패했다. 휴식할 여유도 없이 연승가도로 가다 보니 선수들의 체력이 지친 결과였다. 그렇지만 최선을 다하는 모습이 아름다웠다. 6·25 사변일이라서 감회가 남달랐고 붉은 악마의 붉은색이 남북 화합을 앞당기는 계기가 되기를 마음속으로 빌었다. 모든 매스컴은 "잘 싸웠다, 지고도 이겼다"라고 우리의 선전을 축하했고 격려했다. 그렇지만 아직도 한 경기가 남아 있었다. 26일 터키와 브라질 중 한 팀이 6월 29일 대구에서 우리와 3, 4위전을 갖는다. 이날은 또한 6.29선언 민주화의 날이기도 하여 더욱 뜻있는 날이 될 것이다. 월드컵의 국민적 열기를 서서히 마감하면서 이제 승패에 집착하지 말고 즐기는 자세로 임해야겠다.

## 2002년 월드컵 최대 이변 갱신

이번 월드컵 4강은 2002 한일 월드컵 '최대 이변'을 낳기도 했다. 이번 경기의 최대 이변은 FIFA 랭킹 1위인 프랑스의 16강 탈락이었고, 두 번째 이변 역시 랭킹 2위인 아르헨티나의 패배였다. 아르헨티나 국민들은 잉글랜드와의 경기에서 패한 직후 경기장에 울려 퍼지는 영화 에비타의 주제곡 '아르헨티나여 울지 말아요~♪'의 노래를 듣고 결국 울음을 터트렸다. 세 번째 이변은 월드컵 첫 출전인 세네갈이 FIFA 1위인 프랑스를 격파하여 16강 탈락을 맛보게 했으며 세계 8강까지 오른 것이었다. 그야말로 아프리카의 돌풍이었다. 길거리 응원단도 대기록을 수립했다. 500만이었던 스페인 경기에 이어 독일전에서는 무려 700만 인파가 모여들었다.

그러나 2002 한일 월드컵 최대 이변의 주인공은 자타가 공인하는 대한민국이었다. 우리의 월드컵 연승 행진으로 세계 4강까지 오른 것은 2002 월드컵 역사에 길이길이 남을 것이다. 아시아에서도 월드컵 역사상 4강까지 오른 나라는 없었기에 이번 월드컵은 대한민국을 세계만방에 알리는 데 큰 역할을 했으며 세계 60억 인구의 주목을 끌기에 부족함이 없었다. "영원한 승자도 패자도 없다."는 말은 바로 우리를 두고 한 말이다. 앞으로도 우리에겐 전 세계 축구 역사를 다시 쓸 또 한 번의 경기가 기다리고 있다.

승리의 神은 우리 편이다. 오~필승 코리아. 대~한민국 파이팅!

이번 4강으로 인하여 정부는 2002년 7월 1일을 '월드컵의 날'로 명명하고 임시공휴일로 정하기로 확정 및 발표했으며, 선수들의 노고를 치하하고 붉은 악마를 비롯한 전 국민의 성원에 보답했다.

## '6월의 반란'과 'W 세대' 탄생

월드컵 첫 경기를 시작할 때만 해도 처음의 구호, 소망은 '월드컵 1승'이었다. 그리고 1승의 염원이 이루어지자 이제 16강에 오르는 조금 벅찬 소원마저 이루어졌다. 더 이상 바랄 것이 없었다. 그러나 예상은 빗나가서 우린 갈 때까지 갔다. 16강 이후엔 거리의 현수막도 '월드컵 8강을 기원합니다'였다. 이후 6월 22일 스페인과의 8강 경기에서 응원석의 카드섹션은 'Fride of Asia(아시아의 자존심)'이었다. 아직 아시아에서 4강까지 오른 나라는 없었기 때문이다. 그러나 우리는 해냈다. 4강에 이어 내친김에 결승까지 간다는 각오로 열심히 싸웠다. 6월 25일 독일과의 경기 때 카드섹션 구호는 '꿈★은 이루어진다'였다. 독일과의 경기에서 아쉽게도 패했지만 우리의 꿈은 이미 첫 승 때부터 이루어진 셈이었다. 그리고 짧은 한 달간의 월드컵 기간 중 'W 세대'가 만들어졌다. 당시의 열기가 얼마나 고조되었는지 미루어 짐작이 간다.

(※ W 세대 : 붉은악마와 길거리 응원을 통하여 월드컵의 열정을 공동체험하고 정신적인 유대감을 가진 월드컵 신세대 = "W(World Cup) 세대"로서 주로 20대 전후를 지칭하며 6. 26일 신문에 첫 보도되었다.)

또한 6월 26일 자 신문에는 우리의 월드컵 4강 신화를 보고 '6월의 반란'이라고 일축했다. 공교롭게도 이번 월드컵 때 한국은 우리나라의 역사적 기념일에 경기를 많이 치렀다. 6.10 만세 운동, 6·25 전쟁기념일, 앞으로 남은 3, 4위 전 경기도 6.29 민주화 선언일에 치러진다. 아울러 월드컵 기간 중에는 '6·13 지방선거'도 있었다. 그러니 이토록 기념비적이고 뜨거웠던 월드컵을 두고 6월의 반란이라

할 만하지 않은가.

## 월드컵이 남긴 과제 = 국민 화합과 국가 발전

비록 우승까진 실패했지만 우린 이제 갈 때까지 갔다. 그 누가 이번 월드컵에서 우리나라가 마지막 경기까지 갈 것이라고 예측했겠는가. 우린 최대의 승자다. 히딩크의 말처럼 우리는 이제 더 이상 잃을 것이 없다. 이제 대구에서 열리는 터키와의 마지막 경기인 3, 4위전은 여유 있게 즐겨도 될 것이다. 지금까지의 열광, 열정, 국민적 질서, 환희, 감격의 열기를 서서히 식히면서 가정과 이웃의 화합을 뛰어넘어 국가 발전의 원동력이 될 것임을 의심치 않는다. 지금까지 잘해 온 것처럼.

29일 터키와의 마지막 경기 때의 카스섹션은 'One World'가 될 것으로 보인다. 이번 월드컵의 최대 목표는 '세계는 하나'이다. 원래 스포츠 정신이 그랬듯이. 월드컵은 세계를 하나로 묶는 지구촌의 인종과 종교와 사상을 초월한 인류 발전과 화합이다. 바야흐로 2002 한일 월드컵은 '88올림픽을 능가하는 '8·15광복 이후 최대의 기쁨'을 준 대한민국 역사의 한 과정이었다.

2002.06.27 미리 써 본 월드컵 결산

08) 신문보도

09)

2002년 온 국민의 마음을 하나로 만든 월드컵 관련 기사

# 감사합니다


임오년 태풍 '루사'의 이야기는 앞으로 100년 동안 두고두고 이야기해야 할 과제로 남겨 두고, 추석 연휴를 맞아 이제 큰 숨 한번 쉬었다. 추석 전까지 겨우 주요 도로 등 응급 복구를 마치고 10월부터 항구 복구 사업이 이루어지는 등 이제부터가 복구의 시작이다. 우리 세대에 이번 경우를 제외하고는 겪어보지 못했지만 근래에 와서도 어르신들이 이야기하는 '병자년 포락' 이야기를 갱신하게 되었다. 근 20여 일 동안 자연이 우리에게 가르쳐 준 엄청난 힘의 논리에 고개를 숙여야 했고 하나의 업으로써 받아들인다고 생각하니 차라리 마음이 평온해진다.

8월의 마지막 날은 하룻밤 새 867㎜의 강우량과 시간당 최대(시우량) 133㎜의 폭우가 내려 인간이 만든 다리, 제방, 주택, 구조물은 견딜 방법이 없었다. 양양에서만 25명이 사망한 태풍 '루사'의 피해는 공공시설과 사유시설을 합하여 5천억 원이란 복구비가 소요되는 것으로 집계되었다. 나는 재해 상황실을 챙겨야 하는 이유로 청사 밖에 나갈 기회가 거의 없었기에 추석 연휴를 맞아 이제야 피해 지역을 자유롭게 돌아다닐 여유가 생겼다. 고삐 풀린 송아지처럼.

7번 국도에서 양양 남대천을 따라 18km 떨어진 내가 태어난 원일전리 시골 마을에도 비 온 후 10여 일이 지나서 찾아보게 되었다. 자동차가 갈 수 있는 도로가 없어졌기 때문이다. 한마디로 돈 주고도 구경할 수 없는 태풍의 흔적이 곳곳에 남아 있었다. 2년 후 복구공사가 완료되면 이곳의 지도가 바뀔 것이다.

폭우가 내릴 당시 이곳에는 전화, 전기, 휴대폰도 불통이고 TV마저 나오지 않았던 칠흑 같은 공포의 밤이 연일 지속되었다. 이곳 피해 소식이 매스컴에 알려진 것은 태풍 이후 3일이 지나서였다. 덕분에 헬기를 타고 피해 지역을 돌아볼 수 있는 영광이 주어지긴 했지만 태풍이 휩쓸고 간 곳곳이 전쟁터를 방불케 할 정도로 처참하여 눈물이 앞을 가렸고 항공사진도 제대로 촬영하지 못했다. 신문도 책상 밑에 20여 일 처박아 두었다가 나중에 겨우 주요 보도 사항을 스크랩하며 들여다보면서 눈시울이 뜨거워지곤 했다. 스쳐 지나는 바람처럼 흘러버릴 것이 아니라 역사에 남을 그 사진들을 버리기가 아까워서 우리 직원들에겐 비밀로 하고 나중에 누군가 필요로 하는 사람에게 보여주기 위해 스크랩을 하고 있다.

지금까지 잠 못 자고 고생은 했지만 그렇다고 죽기야 하겠는가. 살아남은 것만 해도 다행이다. 복구는 이제부터가 시작이다. 격려와 용기를 주신 동아사랑방 회원님들에게 큰 감사를 드립니다.

2002.09.22

# ─
# 타임캡슐

──────────── 때는 2050년 어느 날.

5~60대 양양시민(양양관광특별시)들이 옛날이야기를 하고 있었다.

"2002년도에 아주 큰 포락이 났었대. 110여 년 전인 1936년, 그 옛날 병자년의 무시무시한 포락도 있었다지만 그보다 더 큰 태풍이 와서 집이 통째로 떠내려갔고(주택 피해 2,672동), 소가 수 십 마리, 돼지도 수천 마리(소69두, 돼지 6,803두, 기타 19,692두) 떠 내려갔대… 사람도 25명이나 죽었고… 바다에는 나무뿌리 등 쓰레기가 전 백사장을 새카맣게 채워버렸고, 낙산 해변에 쌓 인 쓰레기를 치우는 데 1일 30여 대의 백호우와 덤프를 동원시 켜도 1달씩이나 걸렸었대.

강우량도 1시간에 최고 133mm, 1일간 867mm가 내렸대. 그 이후로는 정전으로 측정이 불가능했었대. 전기뿐 아니라 유선

전화와 기지국 파손으로 휴대폰까지 두절되어 완전히 암흑의 세상이었다는군. 그 외에도 강수량 측정이 안 된 현북면 어성전리 계곡은 아마 1일 1,000mm가 훨씬 넘었을 거래. 우리나라 역사상 공식 기록이 없지만 아마 1000년에 한 번꼴의 빈도로 수리학자들은 추측했었다나. 그때 당시 현북면 원일전리에 살고 있는 90이 가까운 어르신(박상열 옹)께서 "내 평생 이곳에서 살아왔지만 이런 물은 평생에 처음 보았어."라고 인터뷰했다니까, 산 증인이었지.

그뿐 아니라 양양 시내가 물바다가 되어 말 그대로 난리 부르스를 떨었나 봐. 남문, 서문리, 시내권 주택 대부분이 1층까지 물에 잠기어 이웃집이나 친척 집 등으로 피난 갔던 주민들이 다음날 새벽에 와 보니 잠자는 방에까지 진흙이 10cm 두께로 쌓여 그걸 걷어내는 데만 1주일이 걸렸대. 남대천 고수부지 전체가 임시 쓰레기 하치장이 되었다니까. 지하실은 물에 잠겼고, 비 그친 뒤에도 3~4일 간 양수기로 물을 푸는 등 난리가 다른 것이 아니었대.

그보다 더욱 놀라운 것은 물고기가 모두 물에 빠져 죽었대. 얼마나 큰 물난리가 났기에… 아마 해외토픽감이었지. 난 그때 초등학교에 다녔는데 양양에서 어성전리까지 설치된 교량은 거의 다 떠내려갔었어(법정도로 94건 66km 유실). 내가 직접 목격했다니까. 용수교(지금의 수리1교)만 보더라도 160톤의 교량 슬래브 한 경간이 4~50m나 떠내려갔으니 서울 등 전국에서 구경 오는 사람들에게 돈을 받고 보여 주었어야 했어. 양양군 수입도 늘리고 말이다. 여담이지만.

(※용수교 1경간 무게 : 길이 12.5m×폭 9m×두께 0.6m×2.4톤/㎥=162톤)

당시의 피해복구액이 양양군의 5년간 예산과 맞먹는 5,092억 원이었다니 짐작이 가는군. 그때 놓은 교량이 지금 우리가 다니고 있는 길이야. 참 잘 놓았어. 50여 년이 지난 지금도 아주 말짱하니까 말이지. 그때 당시 토목 기술도 꽤 발달했지만 하폭이 넓어지고 다리가 높아지기까지 주민 설득도 쉽지 않았다더군. 물난리다 보니 하천이란 하천은 피해 안 본 데가 없었지. 57개의 법정 하천만 148km 피해를 보았으니까. 주변 농경지도 1,821ha 즉, 양양군 전체 농경지의 40%가 유실 또는 매몰되었다네.

악명 높은 그 태풍 이름이 '루사'라고 하던가? 말레이시아 말로 '삼바사슴'이란 뜻이지. 순한 사슴이 왜 그리 악명 높은지 본때를 보여주었군.

그날은 우리나라에서 최초 월드컵이 열리던 2002년의 8월 31일 토요일이었어. 하늘의 神은 임오년 8월의 마지막 밤이 시샘이 나서 그냥 내버려 두지 않았지. 그해 6월에 열린 '2002 한일 월드컵'은 우리나라 역사상 가장 좋은 성과를 내어(4위) 그야말로 사람들이 열광, 발광을 했었지. 그때 태풍도 그 이상이었나 봐.

우린 그때 태어나지도 않았다네. 태풍이 올 때마다 우리 할아버지와 어르신들께서 늘 말씀하시는 것을 들었을 뿐이지. 참 옛날 이야기로구나. TV, 신문 등 온갖 매스컴에는 양양 판이었대. 지금도 살아 계시지만 그 당시 우리들을 위해 미래를 생각했던 그분이 이와 같이 '예쁜 짓거리'로 신문 보도 자료와 함께 이 기록을 남겨 놓은 거야. 말 그대로 '타임캡슐'이지. 그분의 이름이 아마 'risevision'이라지? 2002년 4.2 양양국제공항 개항과 함께 '떠오르는 희망'이란 닉네임을 가진 사람이었지.

와~ 짱이다! 그 사람! (2002.11.11. risevision 문상훈 씀)

10) 사진 : 전영진

교량 피해(수리1교) : 통째로 떠내려온 162톤의 슬래브 1경간이 보인다

도로피해 : 이곳에 길이 있었던가?

11)

주택피해 : 양양읍 남문리 현대연립 앞

가축피해(북평리) : '산자의 슬픔'

가축피해(매립처분) : 산 놈도 있다

태풍 피해에 관한 신문보도 자료

태풍 피해에 관한 신문보도 자료

## 낙산대교

조산리와 가평리가 한 이웃 이루었네
양양군 역사 이래 108년 만의 쾌거로다!
무동력선 뗏목 타고 건넌 시절 엊그젠데
東海西山 구경하며 건너가도 잠깐이여

오산리 선사유적 맑은 영혼 이어지고
국제공항 성황 이뤄 지구촌 하나 되네
건설 초기 논란 접고 시작이 반이었지
7년 만에 완공돼도 오히려 빨랐다오

만추의 교각 아래 연어들이 모여 놀고
한낮의 딴 섬에는 갈매기 떼 쉬어 가네
대교 중심 북서쪽엔 대청봉 정기 솟고

남동쪽 동해 바다 아침 햇살 눈 부시네

470m P.C박스거더 F.C.M 공법으로
최대 경간 90m 동해안에 유일이라
낙산 일대 관광 명물 또 하나 탄생하니
세계 향한 양양 발전 그 이름 낙산대교!

2003. 10. 09 낙산대교 준공

12)

해가 떠오르는 낙산대교

# 2004
# 낙산 해맞이


2003.12.31. 23:59:50

자정이 되기 전, 짙은 어둠이 깔린 낙산사 銅鐘을 중심으로 원통보전, 보타전, 의상대, 홍련암, 해수관음상 등의 산사 일대에는 해돋이를 보러 온 3,000여 명의 시민이 운집했다. 저마다의 머릿속엔 지난 1년간의 희로애락이 짧은 순간 파노라마처럼 스쳐 간다. 아울러 각자 새해의 소망과 각오를 다짐하며 손을 모으고 담담하게 카운트다운을 기다린다.


2004.01.01. 00:00:00

사회자의 구령에 맞추어 다 같이 복창해 주세요. 열! 아홉! 여덟!…셋! 둘! 꽝!～～콰르릉 꿍꽝… 1초, 2초, 3초… 드디어 2004년 1월 1일 갑신년 새해가 밝았다. 산사에서 우렁차게 울려 퍼지는 제야의 종, 여명의 종소리와 함께 해수욕장, 방파제 등 사방에서 쏘아 올리는 폭죽 소리가 천지개벽을 알리듯이 하늘을 온통 축제의 불빛으로 수놓았다.


## 07:00

새해 첫날 일출을 보려고 전국 방방곡곡에서 밤새 달려온 10만여 인파들로 인해 이곳 해오름의 원조인 襄陽(오를 양, 해 양)에는 동해신묘, 낙산사, 백사장 등 낙산 일대를 약속이나 한 듯이 가득 메웠다.


## 07:20

먼동이 트면서 수평선이 엷게 붉어 오고, 어스름한 어둠 속에서 간간히 폭죽 소리가 고요를 깨뜨렸다. 언 손을 녹여 가며 소원 성취 촛불을 들고 있는 사람들의 모습이 경이롭기까지 했다. 이곳에 모인 사람들 하나하나가 하나님이나 외계인 같은 영적 지도자라도 눈앞에 나타날 듯 한마음으로 태양을 기다렸고 그 분위기가 가히 엄숙하기까지 했다.


## 07:30

이제 날이 완전히 밝아지면서 수평선에 잔잔하게 깔려 있던 엷은 구름이 붉어지고, 드문드문 햇살을 먼저 받은 구름이 아침노을을 이루었다. 힘찬 파도는 끊임없이 밀려오는데, 잠에서 깬 수십 마리의 갈매기 떼는 새해 소망을 날리는 연과 함께 해변을 한없이 날아올랐다.

07:38

드디어 붉은 햇살이 솟아오르자 여기저기서 탄성이 터져 나왔다. 대부분의 군중들은 두 손을 합장하고 새해 소망의 간절한 기도와 내면의 무언가를 다짐하는 시간을 가졌고 그런 진솔한 침묵 속에서 사람들의 심장 고동 소리만 나지막하게 들려오는 듯했다. 그 침묵은 어느새 태양이 흩뿌려진 해변까지 집어삼켰다.


07:40

태양이 동그랗게 완전히 솟아오르고 나서야 꿈속에서 깨어나듯이 생생한 현실로 되돌아왔다. 뺨을 에는 찬바람을 느끼면서 잔잔히 부서지는 파도를 눈으로 다시 한 번 더듬었다. 일사천리로 흩어지는 군중들의 모습도, 해오름과 함께 장관을 이루고 있었다. 각자가 가진 소중한 꿈을 간직하면서, 그리고 그 꿈이 이루어진 듯한 가상현실을 그려보면서 갑신년 새해는 이렇게 시작되었다.

인연이 닿았던 모든 분들, 새해를 맞이하여 더욱 건강하시고 바라는 소원 모두 이루시길 바랍니다.

2004. 01. 01

13)

해돋이를 보러온 사람들

—
눈도
꿈쩍 안 해!

──────────── 어제 석가탄신일이라서 휴휴암(休休庵)이라는
절에 갔었다. 원래는 낙산사에 가려고 했건만 사람과 차가 미어터져
진입할 수가 없었다. 하는 수없이 발길을 되돌려 휴휴암으로 가기로
했다.

휴휴암은 양양에서 7번 국도를 따라 남쪽으로 20km 거리의 바다와
접한 바위다. 누워 있는 불상을 닮은 바위, 발바닥을 닮은 바위, 달
마의 얼굴을 한 바위 등 기이한 모양새의 기암괴석이 있어 최근에 관
광객이 급증하고 있다고 한다. 집에서 그리 멀지 않은 위치지만 항상
인파가 많아 나도 이번이 두 번째 방문이다.

절에 가서 절도 해 봤고(그래서 사찰을 절이라고 했나 보다), 아기 동자를
목욕시키는 기회도 주어졌다. 목욕이라기보다는 물을 한 바가지 떠
서 불상 머리 위로 붓는 것인데 먼저 1,000원을 시주해야 한다. 세상

에 공짜는 없다. 돈을 내면서도 한참 동안 줄을 서서 순서를 기다려야 했다. 앞사람이 하는 행동을 지켜보다가 애기 불상 얼굴에 찬물이 흘러내리자 깜짝 놀라겠구나 생각했다. 하지만 불상은 권위를 지키며 엄숙한 자세로 조금도 흐트러짐이 없다.

드디어 내 차례가 되었고 물 한 바가지를 떠서 머리 위에 붓고 슬쩍 물러서면서 장난기 섞인 말투로 "눈도 꿈쩍 안 해!" 라고 말했다. 그러자 반응이 번갯불처럼 금방 왔다. 먼저 관불식을 하고 옆에서 나를 지켜보던 집사람이 호되게 나를 꾸짖는다. 낮은 목소리로 "방정맞게 그게 무슨 소리예요? 마음을 바로 가져야지, 남들 들으면 무슨 모욕을 당하려고. 장난할 때가 따로 있지…"

휴우~ 우리 집사람이 곧 부처님 같았다.

그러고 보니 내가 잘한 것이 하나도 없었다. 잘못을 인정하고 입을 다물었지만 웃음을 참을 수 없었다. 그래서 내가 누굽니까. 부처님의 자비를 믿고, 나도 눈 하나 꿈쩍 안 했지요! 부처님, 용서해 주셔서 감사합니다.

2004.05.27

# 一
## 대어
## 낚시

3월 1일 친척 결혼식, 입학식 등이 있어 광주, 담양, 대구 등 장거리 운전을 다녀왔다. 그런데 집에 도착하고 보니 분위기가 심상찮은 게 아닌가. 알고 보니 아내가 건조된 빨래를 베란다 밖으로 털다가 한줌도 안 되는 귀한 속옷을 떨어뜨린 것이었다. 다이빙하듯이 시원하게 땅바닥까지 떨어졌다면 얼른 주워오면 될 텐데, 하필 두 층 아랫집 베란다 난간에 걸려버렸단다. 그 이웃과 친한 사이 같으면 내려가서 사정을 이야기하고 가져오면 되는데 생판 모르는 사람이다 보니 그것도 곤란하고, 혹시 남자 혼자 사는 집이면 그 민망함과 황당함을 어쩔 것인가 말이다.

머리를 맞대고 고민하고 있는데 문득 낚시가 생각이 났다. 사실 나도 아내가 처음 얘기를 꺼냈을 때 마땅한 대책이 떠오르지 않아 큰 용기를 내고라도 아래층에 가볼까 했지만 이웃 간에 민망한 일이 생길까? 금세 마음을 접었다.

어쨌든 바로 낚싯대를 들고 와 낚싯줄을 내려뜨렸다. 한 층도 아니고 두 층 아래인지라 확신이 서지 않았는데 몇 번의 시도 끝에 드디어 낚싯바늘에 속옷을 꿰는 데 성공했다. 예상보다 너무 쉬워서 괜한 걱정을 했다 싶었다. 낚싯대가 조금 휘어져 새끼 놀래기 낚을 때의 기분과 다름없었다. 지금은 방안이라 낚싯대를 다섯 바퀴 돌릴 수도 없는 일이지만 이보다 더 큰 월척이 어디 있나.

2005.03.04

# —
# 그분이
# 오셨다

───────────── 평소 나만의 일출 사진을 언젠가 찍어야겠다고
생각했다.

2005년 12월 15일, 아침 7시에 기상하니 날씨가 무척 맑았다. 기온
이 내려갈수록 일출 사진을 찍기가 좋다고 했는데 오늘이 딱 그런 날
이다. 아침 운동 겸 디카를 들고 낙산사로 향했다. 차를 낙산비치 앞
해변 주차장에 세우고 나니 해가 솟기 직전이다. 황급히 의상대 쪽으
로 뛰었다. 근데 의상대를 배경으로 찍으려고 홍련암 쪽으로 가다 보
니 해가 벌써 떠오르고 있었다.

'오늘도 허탕 치는구나' 하면서 홍련암 바로 앞 봉황새 조각상 앞에
섰다. 해가 솟고 있어서 급히 의상대를 향하여 일출 광경을 몇 장 찍
었다. 아침 시간이 넉넉하기에 집에 돌아와서 바로 컴퓨터를 켜고 사
진을 확인했다. 사진이 흐렸다. 다음에 다시 찍어야겠다고 마음먹고
사진을 삭제하려는데 사람 얼굴 모양을 발견했다. 호기심과 함께 짜

릿한 흥분을 느끼며 가슴이 뛰었다.

그날 잠을 설치다가 16일 아침 조금 일찍 그곳으로 달려가서 그분을 배경으로 하여 일출을 몇 장 찍었다. 해는 7시 35분대에 떴다. 의상대 암벽 아래쪽에 근엄하게 동해 바다를 바라보고 계시는 얼굴상이다. 나름대로 '부처님 얼굴'이라고 이름을 붙였다. 동쪽으로 갔다는 달마를 찾기라고 하듯이 그 얼굴은 수천 년 동안 동해 바다를 바라보고 계셨다.

순간 2005년 4월 4일이 떠올랐다. 당시 양양 대형 산불이 발생했을 때 사찰 대부분이 불에 탔음에도 불구하고, 의상대가 불에 타지 않은 이유는 큰 바위의 얼굴=부처님이 의상대를 짊어지고 계셨기 때문이라고 생각했다. 지금까지 그 어떤 매스컴에 알려지지 않았던 새로운 특종이다. 머리 위에는 의상대가 있다. 머리카락, 이마, 돌출된 백옥명호, 눈썹, 눈, 코, 입, 턱을 비롯하여 전반적으로 이보다 더 완벽한 자연의 얼굴 모습은 보지 못했다. 낙산사의 또 다른 이미지로써 새로운 일출 사진 명소가 될 것으로 기대한다.

2005. 12. 16

14)

———

낙산사의 명소가 될 것을 기대하며, 일출사진을 올림

# 양양의
# 한반도

———————— 이게 뭐야, 한반도 아닌가? 고속도로와 국도
등 국내 주요 도로는 물론이고 서울 한강 주변 지역과 도시들마저 닮
아 있다.

2007년 10월 17일. 행정지도를 관찰하다가 도로 및 주요 지형이
한반도 모양과 유사하다는 걸 발견했다. 길이는 총 54.8km로써 기
존 국도, 군도, 농어촌도로 외 일부 미지정 도로를 연결하면 한반도
외곽 모양이 형성된다. 지도 내부적으로도 우리나라의 주요 고속도
로와 닮았고, 주요 지형이 서울지역뿐 아니라 나진, 평양, 강릉, 부
산, 제주에 이르는 남북한 주요 도시와도 닮은꼴로 이어지고 있어 일
명 '양양의 한반도'라는 명칭을 붙였다.

'양양의 한반도 도로'를 발견함에 따라 지역 특성을 살려 테마 별 사
업을 발굴하고 시행하면 양양의 부가가치를 한층 끌어올릴 수 있다
는 생각이 들었다.

우선, 한반도 외곽도로 54.8km의 미개설 구간을 연결할 경우 '한반도를 달리는 국내외 산악자전거(MTB)대회' 또는 '한반도를 달리는 울트라 마라톤 대회' 등 이벤트 경기를 유치할 수 있다. 사이클은 전국적으로 이름이 나 있는 양양의 자부심이다. 그리고 한반도 모양의 외곽도로에 하늘로 향하는 투광등을 설치하면(500m 간격으로 110개) 아름다운 항공 경관을 제공하여 국제적 관광 명소로도 만들 수 있다. 2002년에 개항한 양양국제공항은 '양양의 한반도'에서 동쪽 중앙에 위치한다. 또한 양양의 한반도 외곽도로가 완공되면 작은 한반도 통일을 상징할 수 있으므로 남북이 하나로 연결된다는 의미를 부여할 수 있다. 이것은 양양의 가치 재발견이자 국민적 희망이다.

2007. 10. 17

15)

남북통일의 국민적 희망을 담은 양양의 외각도로

# 얼떨리우스의
# 횡재

송이나 따러 가자!"

송이는 뭐 아무나 따나? 요즘은 산주가 송이를 길러 채취하지만 30여 년 전에는 그야말로 아무나 땄다. 발견하는 사람이 곧 주인인 것이다. 국유지건, 사유지건 입산을 통제하지도 않았다.

9월 송이가 날 때면 새벽 4시쯤 일어나 깜깜할 때 집을 나선다. 가까운 1km부터 멀리 3~4km까지 간다. 가쁜 숨을 몰아쉬며 산등성에 오르면 동이 튼다. 허리를 굽혀 온 산을 샅샅이 뒤진다. 아래에서 위쪽으로 올려다보아야 송이를 쉽게 발견할 수 있다. 송이로 보이는 볼록한 검불(소나무 마른 잎)을 작대기로 헤집지만 95%가 실패다. 그것도 모자라 하얀 송이 흙이 보일 정도로 파 헤집어 송이를 찾는다. 그리고 엄지손가락만 한 작은 송이를 따서 향을 맡으며 먹어 치우기도 한다.

내가 쭈그려 앉은 주변 여기저기에 사람들이 있다. 모자를 눌러 쓰고 옷깃을 올려 누가 누구인지 알 수 없다. 알아도 모른 체하기 일쑤고 일체 말을 하지 않는다. 불문율이다. 그때만 해도 기계화 영농이 실현되지 않아 벼 수확 등 농촌에는 애와 어른 할 것 없이 바빴다. 그렇지만 송이 한두 꼭지 따고 나면 하루 일당이 나오는지라 아침을 먹고, 때로는 점심을 먹고도 산을 오른다. 송이 따는 데는 남녀노소가 따로 없다. 낮에는 3~5명이 함께 몰려다니면서 노래도 부르고 살아가는 이야기도 하면서 제법 여유 있게 송이를 찾아다닌다.

그때 산등성이에서 잠시 쉬는 동안 어느 동네 선배로부터 아래와 같은 이야기를 들었다.

"미혼인 얼떨리우스 군은 늦게 일어나 점심을 먹고 혼자만 아는 단골 송이밭으로 갔다. 따뜻한 가을 햇살에 졸음이 몰려왔다. 조금 구석진 곳으로 자리를 이동하니 낙엽이 수북이 쌓여 있었다. 한 시간만 자고 일어날 생각으로 그곳에 누워 잠이 들었다. 한참 후 비몽사몽 간에 여자들의 이야기 소리가 들려왔다. 그녀들도 송이를 따러 온 것이다. 얼떨리우스는 잠이 퍼뜩 깨어 주위의 낙엽을 모아 얼른 몸을 감싸고 숨었다. 그녀들의 대화와 솔밭 사이로 간간이 보이는 매력적인 모습에 가슴이 뛰고 거시기가 부풀어 올랐다. 봉긋한 바지로 인하여 그녀들의 눈에 띌까봐 아예 단추를 풀어 낙엽으로 가리고 나니 거시기만 솟아올라 노출된 채 숨을 죽이고 있었다. 그녀들은 주위의 송이를 찾으러 여기저기 각자 흩어졌다. 한 아가씨가 얼떨리우스가 누워 있는 외진 곳으로 다가오고 있었다. 한참 있다가 그의 거시기를 발견했다.

'와우~ 송이가 여기 있었구나!' 라며 남들 들을까 봐 작은 소리로 기쁜 탄성을 지르며 송이를 따려는 순간. "이런 내 참! 186도 모르는 것이 송이 따러 왔냐?"며 벌떡 일어서는 얼떨리우스의 말에 처녀는 기절하고 말았다. 얼떨리우스는 그 상황에서 그녀가 죽을까 봐 도저히 도망칠 수가 없었다. 기절한 그녀를 살려야겠다는 생각으로 몸을 흔들어 깨우다가 얼떨결에 그녀를 범하게 되었다. 숨이 막힐 듯한 무게를 느끼면서 비몽사몽 헤매다가 정신이 들었을 때는 이미 일이 벌어진 뒤였다. 같이 온 일행이 알면 소문이 퍼질까 봐 고민하던 끝에 두 사람은 자연스럽게 결혼이 이루어져 행복하게 살고 있다고 전해진다. 얼떨결에 결혼한 그야말로 얼떨리우스의 횡재다."

이 같은 설화가 전해지는 양양 송이주! 바로 이 맛입니다. 크~ 대박 나는 술, 기쁜 술, 행운이 있는 술, 송이주 마시러 양양으로 오세요!

2009. 11. 송이주 스토리텔링

# 一
## 곰과
## 여우

───────── 잠이 오지 않아 숫자를 세어 본 적이 있는가?

신문에 보니 어느 분은 양을 센다고 한다. 왜 하필 양인가. 꼬리를 물고 이어지는 양 떼들의 이동을 연상하면 혼란스러워 잠이 든다는 걸까? 며칠 전 초저녁부터 자다가 밤중에 잠이 깨었을 때 그 생각이 나기에 무엇인가 세어보기로 했다. 제일 먼저 생각나는 놈이 곰이었다. 그래, 곰으로 하자. '문'을 거꾸로 하면 '곰'이 된다. 변화는 있으되 본성이 변하지 않는 곰을 좋아한다. 어릴 때 12지신 중 내가 좋아하는 곰 띠가 없는 것이 불만이었다. 단군신화에서 환웅이 되기까지 호랑이와 내기하여 매운 고춧가루와 마늘을 먹고 이긴 놈이 바로 곰이다. 곰은 우리 토템 신앙의 조상이다. 그래서 그놈(者)은 놈이 아니고 곰님 이라고 불러야 맞다.

올해가 경인년이기에 최근 호랑이를 좋아하게 되었지만 내가 만든 13 지신인 곰을 좋아한 지 오래되었다. 곰은 덩치가 호랑이보다도 크지만 재주도 잘 부리고, 뚱뚱하면서도 나무에도 잘 올라간다. 불곰, 백곰도 있지만 곰 하면 대부분 흑곰을 연상하고, 색깔이 검다는 이유로 '미련 곰탱이'로 불리지만 실제로는 날렵하고 영리하여 조금도 미련한 부분을 찾을 수가 없다. 그러므로 이제는 미련의 대명사로 불리는 곰의 억울한 누명을 벗겨주어야 한다. 미련스럽게도 벽을 문이라고 내미는 불쌍한 정치인들이 판치는 이 세상에.

TV에서 본 결과 곰은 호랑이와 1:1로 싸워도 지지 않는다. 곰 인형을 끌어안고 자는 어린이는 봐도(어른도 안고 잔다) 호랑이 인형을 안고 자는 사람은 못 봤다. "곰 세 마리가 한집에 있어…♬"라는 노래는 있어도 호랑이에 관한 노래는 없다. 그래서 호흡에 맞추어 천천히 곰 한 마리, 곰 두 마리…를 세었다. 그런데 100마리까지 세어도 잠이 오지 않았다. 그런 생각을 하니 아닌 밤중에 웃음이 나와서 잠이 더 안 온다. 옆 사람이 깨지 않게 옆구리를 들썩이며 키득키득 한바탕 웃고 이번엔 다른 놈을 셀 궁리를 한다.

어떤 놈으로 할까, 그래도 역시 동물이 좋겠지. 가만있자… 여우, 늑대, 사자, 강아지, 고양이, 다람쥐, 고래, 기린 등 끝도 없다. 동물의 종류만 세도 잠이 올 것 같다.

그중에선 늑대를 좋아한다. 북극 지방에서 서슬 퍼렇게 울부짖는 야생 늑대의 처량하고도 신비한 울음소리가 맘에 든다. 말라뮤트처럼 생겼지만 더욱 강인하고 옥구슬처럼 맑은 눈동자가 선하다. 그럼 그놈을 셀까? 여우도 있다. 꾀 많고 간사한 놈 여우, 그놈도 싫지는 않다. 세상을 여우같이 살아오지 않았기에.

어릴 때 외할아버지께서 옛날 얘기를 많이 해 주셨는데 항상 여우가 등장했다. 꼬리 아홉 달린 여우가 공중회전을 3번 하면 여자로 둔갑한다고 하여 신비하고 무섭게만 여겼는데 어른이 되어 TV프로 '동물의 왕국'을 시청하면서부터 내가 어릴 때 그렇게 무서워했던 여우는 무서운 존재가 아닐뿐더러 아주 예쁘고 조그맣게 생겼다는 걸 알았다.

보통 남자를 곰이나 늑대, 여자는 여우나 토끼로 비유한다. 오늘은 여자들의 심리를 생각해서 여우로 정했다. 늑대보다 발음이 자유로운 "여우 한 마리, 여우 두 마리…"를 세기 시작한다. 어쨌거나 그놈을 세다 보니 잠이 들었다. 아침에 잠이 깼을 때 여우를 몇 마리 셌는지 기억이 나지 않았다.

2010. 01. 19

# 九歎峰에
# 미친놈

2010년 2월 13일. 오늘이 음력으로 2009년 12월 30일이니까 내일이 庚寅년 설이다.

그러니까 설 Eve에다 3일 연휴 중 첫날이며 토요일이다. 생계 상 연휴에도 쉬지 못하는 사람들의 시샘이 있었는지, 여행자들의 발목을 묶어놓기라도 하듯이 오늘 새벽까지 3일간 쉬지 않고 눈이 내렸다. 시내에는 50cm가 넘었고 산간에는 1m 가까이 온 듯하다. 연휴라서 조금 늦잠을 자다 창밖을 보니 날이 훤해졌다. 푸른 하늘이 듬성듬성 보이고 구름이 걷히고 있었다. 눈을 치워야겠는데 갑자기 어디론가 가고 싶었다. 어릴 적 눈이 오면 토끼를 잡는다고 산과 들을 개 뛰듯이 싸돌아다녔던 것이 생각났다. 순간적으로 가까운 구탄봉(九歎峰:어느 스님이 8번 올라 9번 감탄한 봉우리)이 떠올랐다. 구탄봉에 올라 설경의 양양 시가지를 촬영하고 싶었다. 5분 만에 준비를 끝냈다. 준비라고 해 봐야 패딩 바지에 등산화, 모자 달린 파커 복장에 장갑,

디카뿐이었다.

목이 마를까 봐 물을 반 컵 마시고 집을 나섰다. 9시 정각이었다. 지난날 마라톤 하던 생각으로 아침 운동 겸 길이 뚫린 데까지는 가벼운 마음으로 달렸다. 고노동 언덕길에 접어들어 두 번째 집까지 달리고 멈춰 섰다. 거기서부터 생길이었기 때문이다.

그 집에서 큰 누렁이 세 마리가 잡아먹을 듯 마구 짖어대고 있었다. 조금 망설였지만 거기까지 가서 되돌아올 수가 없었다. 미처 준비 못 한 스패츠를 대신하여 신발에 눈이 들어가지 않도록 등산화 끈을 풀어 바지 끝을 감았다. 그렇게 신발과 함께 뒤로 묶고 나니 조금 마음이 놓였다. 아무도 밟지 않은 생길이기에 도전한다는 기분이 샘솟았다. 200m쯤 걸어 송이벨리 입구에 다다르니 3일간 내린 눈이 그대로 눈앞에 펼쳐졌다. 무릎 위 20cm까지 차오르는 생눈길을 뚫고 나아갔다. 임도에서 구탄봉으로 접어드는 작은 화살표 푯말을 보고 우측 산길로 접어들었다. 조금 지나니 오르막길 입구에서 다시 좌측으로 구탄봉까지 450m를 가리키는 푯말이 나왔다.

본격적인 어려움은 이제부터였다. 오르느냐 마느냐 한 번 더 고민을 해야 했다. 그러나 암만 생각해도 포기할 수가 없었다. 눈 덮인 양양 시내를 오늘 아니면 보기 어렵다는 생각이 들어 끝까지 오르기로 마음먹었다. 아침 해가 구름 사이를 뚫고 간혹 눈부시게 세상을 비췄다. 조금 있으면 그토록 아름다운 눈도 햇살을 받아 나무에서 녹아내릴 것이다. 눈이 녹기 전에 구탄봉을 꼭 올라야 한다. 가파른 산길을 오르다 보니 평지보다 눈이 더 많게 느껴졌다. 허벅지로 눈을 박차고 열심히 전진했다. 숨이 턱까지 차올라 한 발 내딛을 때마다 숨을 들이쉬고(흡), 내쉬었다(호). 마라톤에서는 한번 호흡에 네 걸음을 달린다. 아침 운동치고는 좀 과한 감이 있었다. 갈증도 심하게 느꼈다. 물을 조금만 먹고 나선 것이 잘못이었다. 힘들다는 것을 전혀 예상 못 했고 너무 안이하게 생각했다. 어쩌겠나. 하는 수없이 아침 햇살을 받은 깨끗한 눈을 손에 담아 입에 넣었다. 솜사탕처럼 스르르 녹아 제법 느낌이 있는 눈 맛이었다.

세상을 살아가는 데 있어 누구에게나 희로애락은 오게 마련이다. 오르막길이 있으면 반드시 내리막길이 있다. 고생 고생하여 어느덧 산을 올려다보니 '앞으로 내가 가야 할 길'이 기다리고 있고, 뒤돌아보니 '지금까지 내가 걸어온 길'이 뚜렷이 남아 있지 않은가! 이런 생각을 하며 좁은 등산로를 걷다 보니 소나무가 90도로 숙여 내게 인사를 하고 있었다. 나도 소나무들에게 고맙다는 말을 건네며 전진하다 보니 어느덧 구탄봉 전망대가 보인다. 눈 덮인 가파른 전망대 계단을 발이 빠지지 않게 한 발 한 발 더듬어 드디어 전망대에 올라섰다. 에베레스트 정상에 오르는 것 못지않은 짜릿한 감회가 찾아왔다. 9시 59분이었다. 평소 같으면 집에 되돌아오고도 남았을 시간인데.

북쪽으로 양양 시내와 낙산 비치호텔이 한눈에 보이고, 남대천이 바다에 뿌리를 내린 채 누워 있었다. 동쪽으로 솔비치 리조트, 조금 내려와서 국제공항 관제탑이 보인다. 서쪽으로는 구름이 반쯤 가려 있는 대청봉이 솟아 있고, 남서쪽으로 정족산의 눈 덮인 세상이 펼쳐졌다.

집을 나서기 전 그녀가 걱정할까 봐 "나 운동하고 올게." 라고 말하고 도망치다시피 출발했다. 한 시간이 지났으니 진짜 걱정하겠다 싶어 좋은 경치에 기분이 들뜬 상태로 집에 전화했다. 미쳐 전화를 받기도 전에 "나 구탄봉에 왔어, 창문을 열고 나를 찾아봐." 라고 벅찬 숨을 몰아쉬며 자랑하다시피 말했더니, 그녀 왈 "당신 미쳤어? 눈 왔는데 어디로 간 거야. 시내를 거쳐 가면 떡 방앗간에 제사떡 쌀이나 맡기고 가지, 서울에서 새벽 4시에 도착한 애들과 오랜만에 밥 같이 먹자고 기다리고 있는데 도대체 언제 오는 거야?" 말투가 고울 리 없다. 나도 가만있지 않고 되돌려 주었다. "걱정 마! 산에 와서 당신 잘되라고 빌고 있어. 한 시간 걸리니 밥 먼저 먹어."하곤 통명스럽게 전화를 먼저 끊었다. 맞다. 내가 미치지 않고서야 어찌 죽음을 무릅쓰고 빈속에 산을 오를 수 있겠는가? 이건 모험이다. 나만이 누릴 수 있는 스릴, 모험.

대청봉 중턱에 아침 안개가 피어오르고 봉우리는 구름에 가려 있었다. 10분 가까이 기다려도 구름이 걷히지 않아 보이는 대로 사진 몇 장을 찍고 아쉬움을 뒤로한 채 하산했다. 고노동 입구까지 걸어 나오면서 무언가에 홀린 듯이 힘이 서서히 빠지는 듯했다. 이것이 말로만 듣던 탈진, 허기라는 것을 알 수 있었다. 고노동 59호선 국도 입구까지 걸어왔을 때 집이 빤히 보였지만 걸어가기에는 너무 힘들었다. 지나가는 차가 있으면 무조건 세워 신세를 져야겠다고 생각했다. 곧 푸르미 아파트 쪽에서 내려오는 차가 뒤에서 나를 보고 빵빵 신호를 보내왔다. 돌아보니 택시였다. 순간적으로 지갑을 갖고 오지 않은 것을 깨닫고 다음 차를 탄다고 했더니 그냥 타란다. 염치를 무릅쓰고 차에 올랐다. 다음에 기사님 차를 타게 되면 갚겠다고 하고 시내까지 왔다. 기사님께 정중하게 고맙다는 말과 함께 새해 복 많이 받으라고 덕담 인사를 드렸다. 무일푼 주제에 차마 집까지 택시를 타고 갈 면목이 없어 600m 걸어서 집에 도착했다. 11시가 넘었다.

아침밥을 먹지 않고 기다려 준 온 가족과 모처럼 밥을 같이 먹었다. 영 못마땅한 눈초리와 밉지만 그래도 나를 걱정하는 눈빛을 번갈아 받아들이며 난 정말 미친놈처럼 밥을 퍼먹었다. 설음식 준비에 바쁜 아내를 두고 염치없지만 조금만 쉬었다가 나온다고 하고는 방으로 들어가 쓰러지다시피 잠에 빠져들었다. 꿈만 같았다. 두 시간 정도 정신없이 자고 나니 허기졌던 몸이 본래대로 돌아왔다. 설 제사상 차리는데 제일 힘들다는 튀김 등을 벌써 다 만들어 가고 있었다. 애들이 옆에서 보조해 주었지만 필요할 때 내가 직접 도와주지 못해 미안했다. 정말 모험을 했지만 나에겐 오늘의 눈 내린 구탄봉 산행이 오랫동안 잊히지 않을 것이다. 흥! 내일로 시작되는 경인년 새해에는 구탄봉 산신령이 나를 잘 보살펴 주시겠지 뭐.

2009년 등산로를 개설한 구탄봉은, 외국인이 엄지를 치켜들며 Good한봉이고, 무속인이 양양군 잘되라고 굿한봉이며, 여덟 번 올라 아홉 번 감탄한 九歎峰이 아닌가!

2010. 02. 13

16)

앞으로 가야 할 길

구탄봉 전망대

# 豚公의
# 진혼곡

———————— 돈공들에게 바치는 진혼곡

http://club.catholic.or.kr/capsule/blog/download.asp?userid=7692

69&seq=1&id=66812&strmember=u90120&filenm=April+%2D+De

ep+purple.wma

(곡명 : 딥 퍼플의 'April' 펌)


"양양군 손양면 남양리 양돈단지"

3박 4일 동안 그곳에선 도대체 무슨 일이 있었던가?


버릴 옷 찾아 입기가 새 옷을 사는 것만큼 어려웠다. 우선 일할 때
신으려고 모아 놓았던 양말과 색이 바랜 셔츠를 입고, 겉에는 유행이
지난 점퍼 차림이었다. 평소 잘 입지 않는 내복 하의만 새것이었다.
신발은 버릴 때가 된 안전화를 신었다. 입고 간 모든 옷과 신발까지

도 버려야 하기 때문이었다.

2011년 1월 5일 16시, 지휘부에서 구제역 돼지 살처분 작전 회의(?)를 끝내고 나니 18시가 되었다. 우리 특공대원들은 때가 되어 군청 앞에 대기 중인 버스 안에서 도시락으로 저녁밥을 해결하고 군청에서 8km 거리에 위치한 남양리 양돈단지 입구에서 하차하였다. 순간 어둠속으로 찬바람이 불어와 냉기가 몸속으로 파고들었다. 버릴지라도 새 옷을 한 겹 덜 입은 것을 후회했다. 이대로 밤을 새자니 반은 죽었구나 하는 생각이 들어 비장한 각오를 했다.

300m를 걸어서 창고에 도착하여 국방색의 방제복을 입고 보안경과 마스크를 쓰니 조금 추위가 덜했다. 갈아 신은 고무장화는 차가웠고, 목장갑은 2켤레를 착용했는데도 손이 시렸다. 총 33명으로 같은 복장을 하고 밤길을 걷다 보니 삼청교육대로 차출되어 입소하는 어둠의 자식들(?) 같다는 생각이 들었다. 가로등도 없는 어둠 속의 길을 다시 600m 정도 걸어서 양돈단지 관리소에 도착했다. 곧바로 조별로 맡은 농가의 두수를 헤아렸다. 자돈, 모돈, 육성돈, 용돈의 의미를 이때 처음 알았다. 용돈은 수컷 종자돈인데 말갈기처럼 생긴 긴 털과 전체 생김새가 한문의 龍자를 연상할 수 있는 몸길이 약 2m의 검붉은 놈으로서 일반 사람들은 이번 기회가 아니면 구경조차 할 수 없는 경험이었다.

약 2시간 동안 두수 파악을 마치고 1개소를 시범 선정하여 작업에 들어갔다. 단지 내 전체 사육두수는 21,000여 마리로 파악되었다. 7개 반으로 반당 공무원 4명에 군부대 하사관급 이상 장교들로 10여 명씩 배정되었다. 준비 과정을 거쳐 실 작업은 22시 넘어서 시작되었다. 첫 번째 작업은 돼지몰이였다. 막사에 들어서니 녀석들이 삼겹살 등 우리가 즐겨 먹는 육성돈임을 알았다. 중앙 통로만 백열등이 켜져 있고 전체적으로 음습했다. 칸막이 당 20~30마리가량이고 막사 길이는 어림잡아 80m 정도 되었다. 이곳에 동당 1,000마리 정도이며 농가당 약 2,000마리, 한 농가는 4,000마리 정도를 사육하고 있었다.

그놈들은 대부분 누워 있었는데 한 마리가 일어서니 우르르 같이 일어나 이리저리 돌아친다. 주둥이로 먹이를 찾는 분위기였고 몇몇 놈들은 먹을 것을 포기하고 아예 체념하는 듯했다. 배가 불러서 그대로 있는 건지 며칠 간 먹이를 안 주어 일어날 힘조차 없는 건지 모를 지경이었다. 그놈들은 목과 몸이 구분되지 않아서인지 고개를 돌려 방향을 잘 바꾸지 않는다. 오로지 앞으로 Go만 할 뿐이다. 놈들을 다루면서 우리들은 돼지의 습성을 몰라 어떻게 해야 하는지 막막했다. 그러자 막사 관리인 몇 분이 몰이 방법을 시범적으로 보여 주었다. 우리 안에서 서너 명이 푸른 천(갑바)을 가지고 그놈들을 몰아 통로로 내보내고 되돌아서지 못하도록 그때그때 판대기로 차단시켰다. 그다음 폭 1.5m 정도의 통로에서 우리 밖으로 돼지를 몰아갔다.

우리 밖과 기온차가 커서 그런지, 동료의 죽음을 알아차렸는지 그놈들은 곧장 통로로 되돌아오곤 했다. 나갔다가 한번 돌아선 그놈들은 오로지 Go다. 몽둥이로 사정없이 내리치고, T형 철봉막대로 찌르고, 발길질해도 여간해서 돌아서지 않는다. 가는 놈, 오는 놈들이 통로에 몸이 꽉 차서 오지도 가지도 못하는 경우가 허다했다. 병목현상이다. 힘 있는 놈들은 동료를 올라타기도 하며 밑에 깔려 일어서지도 못하는 놈들은 고래고래 소리를 지른다. 그야말로 돼지 멱 따는 소리다. 우리 밖에서는 전문가가 살처분하여 집게차로 3~5마리씩 집어 덤프트럭에 올린다. 때로는 기절하여 덜 죽은 놈들의 울부짖음이 들리기도 하고 생사를 달리하는 우리 안과 밖은 생지옥의 분수령이 되었다. 이런 것을 두고 '아수라장, 아비규환'이라고 하는구나 생각했다.

1월이라 밖에서는 추워서 발을 동동 굴리지만 안에서는 그놈들의 열기(돼지 땀, 피비린내)와 돈분 악취, 소독약 냄새에 범벅되어 땀이 연신 흐른다. 마스크를 했으나 갑갑하여 숨이 가쁘고, 벗으면 악취에 견디기 힘들었다. 눈물 콧물에 얼굴이 따끔거리고 눈은 충혈이 되었다. 마스크는 땀과 분비물, 약품과 반응을 일으켜 부분적으로 금방 갈색으로 물들었다. 돼지들의 몸에서도 진땀이 흐르고 김이 모락모락 나서 불빛을 뿌옇게 덮었다. 서로가 말이 필요 없었다. 옆 동료들을 바라보니 역시 불빛 아래 얼굴이 붉게 상기되어 있었다. 플라스틱 보안경은 김이 서려 착용할 수조차 없었다. 자세히 보니 악다구니 치는 돼지들의 눈도 새빨개져 있었다.

이 순간에 각자 무슨 생각을 할까. 점점 몸이 피로해지고 온몸에 힘이 빠지면서 그야말로 우리들은 군대에서 힘들게 훈련하다가 잠시 넋 놓고 쉴 때 써먹는 말로 '아무 생각이 없었다'. 그저 그놈들의 아우성과 처절한 울부짖음을 들으며 기계적으로 돼지를 몰 뿐이었다. 우리보다 마음고생이 큰 분들은 농장주와 축사 관리인들이었다. 눈앞의 재정 손실과 자식 같은 어린 새끼들을 살처분 해야만 하는 현실에 악이 바쳐 있었다. 어차피 죽을 놈들이라 정을 떼려고 그러는지 막무가내로 그놈들을 몰았다. 돼지들에게 세상의 원망과 분풀이를 하는 듯했다. 그분들의 행동에서 살기를 느꼈다. 지옥에서 온 사자로 보였다. 이해가 갔다. 한 무리(5~8마리)씩 몰고 조금씩 쉬는 가운데 그들의 분노도 한층 누그러지는 듯했다. 하지만 담배 연기를 길게 내뿜는 모습에서 한편으로는 깊은 한숨과 슬픔을 엿보았다.

처음 대책회의 시 1박 2일 정도면 끝내고 복귀할 계획이라고 했으나 그것은 불가능했다. 빨리 끝내고 집에 갈 욕심으로 잠시도 쉬지 않고 각자 미친놈(?)처럼 돼지를 몰았다. 작업 순서는 분업화되어서 어느 단계에서 지체되면 능률이 나지 않는다. 돼지몰이, 살처분, 집게차 상차, 덤프 운반, 하차, 구덩이 확보, 매립 등 야간에 연속 작업을 하다 보니 모두가 몸과 마음이 지쳐 있었다. 교대할 장비 기사도 없는 조건 하에 누구부터랄 것 없이 잠시 쉬면서부터 작업이 일시 중지되었다. 도망 다니며 미쳐 살처분 되지 않은 놈들도 있었는데 살아 있는 놈을 집어 올릴 수 없다는 어느 장비 기사는 되돌아가기도 했다. 그때가 새벽 2시가 조금 넘은 시각이었다. 장비 기사들도 이제는 반복적인 작업에 육체적으로 지쳐 가고 심리적인 부담으로 힘들어했다. 야간 안전사고도 우려되고, 밤을 새워도 끝마친다는 보장이 없었기 때문에 우리는 힘에 지쳐 잠시 작업을 중단할 수밖에 없었다.
쉬는 여유를 틈타 단지 입구 본부에서 호출이 있어 갔더니 두꺼운 등산 양말이 준비되어 있었다. 겹으로 끼워 신으니 발이 좀 포근해졌다. 다음 작업을 기다리는 동안 관리 창고에 여럿이 들어가 쪼그리고 앉아 있다 보니 날이 새고 있었다. 하룻밤 사이 21,000두 중 7~800마리밖에 처리하지 못했다. 실망의 눈빛이 역력했다. 그보다는 작업을 마치려면 최소한 5~7일 정도가 예상되어 어려움을 견뎌야 한다는 생각에 더 힘이 빠진 것이다. 지휘부 대책회의 결과, 아침 6시에 밥을 먹고 7시부터 다시 작업을 시작하자고 했다. 야간작업은 밤 11시까지 하고 몇 시간 잠도 자면서 작업을 하기로 결정 났다.

막사 관리실은 보일러 작동이 잘되지 않았다. 추운 방에서 자다 깨다 선잠을 잤다. 새벽 6시경 "아침식사 왔어요!"라는 식사 배달 담당인 유 선생의 외침이 꿈결처럼 들렸다. 동지가 갓 지난 1월이라 말이 6시이지 아직 깜깜한 밤중이었다. 7시 30분에 작업이 시작된다. 아직도 어둠이 가시지 않은 한겨울이다. 애초에 2일 정도하고 인원을 교체하기로 했다. 하지만 여러 가지 경황으로 보아 우리가 마치고 나가야 한다는 의무감이 앞섰다. 빨라야 4~5일, 늦으면 1주일도 각오했다. 받아놓은 밥상이었다.

최고의 강심장은 도축사님들이다. 그 옛날엔 일명 '백정'이라 불렀다. 요즘은 백정이라는 말을 듣기 힘들지만 예전에 천한 이미지로 받아들였다. 하지만 이번 일을 계기로 백정이라는 옛 명성이 과연 명불허전임을 깨닫게 하였다. 마땅히 '도축사님'으로 호칭을 업그레이드 해야 맞다. 길이 10cm의 2가닥 쇠스랑처럼 생긴 전기충격기가 주 무기다. 성돈 10여 마리씩 몰아 주면 그놈들을 사정없이 내리찍고, 찌르고 하여 10초 이내로 무너뜨린다. 쉬지 않고 다른 놈으로 옮겨가며 찌르자 비명을 지르며 주저앉아 부들부들 떤다. 이것이 살처분이다. 살처분은 연속적으로 순식간에 이뤄진다. 10여 명을 일순간에 쓰러뜨리는 검객을 연상하면 된다. 목숨은 끊어지지 않은 상태로 고래고래 소리를 지르며 발악을 한다. 자세히 관찰하니 목이 급소이다. 위에서 뒷목을 찌르면 순간적으로 30cm 정도 머리를 쳐들다가 뻣뻣해지며 주저앉거나 옆으로 고목처럼 쿵 쓰러진다. 그리곤 한참 동안 바들바들 떤다. 나보고 흉내 내라면 자신 있게 할 수 있다. 약간의 피가 흐르며 살타는 냄새, 피비린내가 주위로 퍼진다. 처참한 광경이지만 그것이 그놈들의 운명인 것이다. 그 모든 과정을 자세히 관찰하는 나도 어느새 독종 인간이 되어 있었다. 도축사님들은 작업이 끝나고 소주 한 컵을 원 샷으로 마셨다. 그럴 수밖에 없는 이유를 알 듯했다. 우리와 함께 축사 관리인으로부터 숙달된 솜씨로 빠른 돼지몰이를 하였으나 물밀듯 밀려오는 그놈들을 모두 살처분 할 수가 없는 형편이었다. 효율적인 작업을 위해서 더러는 산 채로 집어 차에 실을 수밖에 없었다. 산 놈, 기절한 놈 등 이놈들을 4~7마리씩 집게차로 집어서 덤프에 싣는다.

집게차 기사님들도 보통내기가 아닌 강심장이다. 나뭇가지나 쓰레기 집듯 한다. 머리가 집히는 놈, 다리만 집혀 끊어질 듯하며 오르는 놈, 오줌똥을 갈기며 올라가는 놈, 악다구니를 쓰며 울어 젖히는 놈, 내장이 터져 나오는 놈, 고개를 좌우로 흔들며 살려달라고 발버둥치는 놈… 그런 아우성을 억누르고 집어 올리는 기사님의 심정 또한 어떨까. 그리고 매립 구덩이에서 출렁이는 동료 시체를 밟고 도망치려 드는 놈들을 땅 파듯이 찍어 누르는 백호우 기사님들의 노고도, 덤프 트럭 기사님의 노고에도 고개가 숙여진다. 도축사님, 장비 기사님들 뿐 아니라 이 모든 광경을 지켜본 우리 대원들도 후유증 때문에 일상으로 돌아오기까지 다소 시간이 걸릴 것 같다.

살을 파고드는 전기충격으로 주저앉기는 했지만 생명이 금방 끊어지지 않는다. 매몰지로 옮겨져 백호우로 매몰되기까지 1~5시간 정도는 기절 상태로 대부분 살아 있는 것이다. 모돈은 덩치도 크고 힘이 좋아 충격을 가해도 잘 죽지 않고 사람에게 달려들어 위험하다고 한다. 돼지가 사람을 문다는 소리를 도축사님으로 하여금 처음 들었다. 그놈에게 물려 입원한 이야기를 해 주었다. 악이 극에 달하면 무슨 짓인들 못 할까. 그래서 모돈, 종돈은 일부 살처분하지 않고 산 채로 한 마리씩 집어 바로 덤프에 싣는다. 종돈은 농가당 2~3마리뿐이다. 이들이 수천 마리를 번식시킨다. 종돈은 가장 힘이 좋고 사나워서 관리인 등 전문가가 아니면 우리 밖으로 내몰지 못한다. 모돈은 육성돈보다 3배 정도 큰 덩치로써 15톤 덤프에 15~20마리 정도를 싣는다. 그놈들은 덤프 위에 중심을 잡고 서 있는다. 집게로 한 마리씩 집다 보면 산천이 쩌렁쩌렁 울리도록 발악을 한다. 자세히 보니 몰고 나올 때는 그놈들의 눈이 멀쩡하나 살처분 또는 덤프에 집어 올릴 때 보면 새빨갛다. 이 모든 광경을 처음엔 한번 대충 훑어보고 외면하려 했지만 곧 익숙해져서 나중에는 자세히 관찰하는 잔인한 인간이 되어 있었다.

소설 속의 인물이지만 삼국지의 장수들을 비롯한 무협지 '사조영웅
전'의 내공이 엄청 큰 곽정, 양과, 장무기 등 장수들의 고함도 모돈
의 '꿱~~'하는 울음처럼 크지가 않았을 것이라는 생각을 해 보았다.
길게 울려 퍼지는 그놈들의 울부짖음이 1주일이 지난 지금도 뇌리에
생생하다. 생명력 또한 끈질기다. 야간작업 운반 중 덤프에서 소하
천 다리 밑으로 떨어진 성돈 한 놈은 얼음이 얼어 있는 웅덩이에 일
부 몸이 빠졌으나 아침에 일어나 보니 그 추운 날 몸이 붉게 언 채로
배를 들썩거리며 아직 숨을 쉬고 있었다. 또한 덤프에 실린 모돈 한
마리가 차에서 뛰어 내려 제방사면 높이 4m를 구르고 다시옹벽 높이
4m를 떨어지는 장면을 여럿이 목격했다. 머리 부분부터 떨어졌으나
반사적으로 일어나 하천을 멀쩡하게 걸어 다니고 있었다. 대단한 놈
이다.

양돈단지에 33명이 같이 들어왔어도 같은 조가 아니면 얼굴도 보기
어려웠다. 반 고립생활이라고 할까. 그래서 남들은 어떻게 작업이
진행되는지 궁금했다. 그래서 2일 차 되는 날 오후 장비 대기 시간을
틈타 약 500m 떨어진 산중턱 매립지를 가 보았다. 좁은 공간에서 백
호우 8대가 쉴 새 없이 작업하고 있었다. 한 구덩이에 2~3대의 장비
를 배분해서 5×10m, 깊이 약 7m 구덩이를 만들고 있었다. 직원들
은 한쪽에선 구덩이 바닥과 사면에 비닐을 깔고, 생석회 뿌리고, 환
기통 설치하고, 분주하게 돌아갔다. 윙윙거리는 장비 소음에 돼지
울음소리 등 가쁘게 이뤄지는 대형 공사장을 방불케 했다. 매립지 준
비가 안 되면 전체 공정이 나가지 못하는 상황이었다. 한쪽에선 그놈

들을 매몰하고 있었다. 50% 정도는 숨이 끊어진 상태이고 나머지는 기절되어 운반되어졌는데 다시 살아나 버둥거리는 놈, 다른 놈을 깔아뭉개고 고개를 내밀며 솟아오르는 놈, 밖으로 도망쳐 나오는 놈, 소리소리 지르는 놈 등 참혹한 광경이 이어졌다. 곧 한 구덩이에 매몰되어질 운명이지만 숨이 붙어 있는 순간까지 살고자 애쓰는 놈들을 한참 바라보았다. 그놈들의 살려고 하는 욕망과 생명력에 내 자신이 초라해지는 듯했다. 기어 나오는 놈과 동료를 밟고 일어서 움직이는 놈을 백호우 바가지로 사정없이 내려누른다. 그야말로 반죽음이된 시체 더미는 스폰지처럼, 파도처럼 출렁거린다. 그 광경을 뒤로하고 산길을 걸어오면서 묘한 감정이 스쳤다. 그놈들은 다른 돈공을 살리기 위해 희생되어야만 하는 운명이라고 위안을 삼자니 강심장이 되어 있는 나에게도 마음이 울컥했다. 일행 모두 우울증에 빠질 지경이었다. 4일째 되는 날 마지막 돼지몰이를 하고 다시 매립지를 찾았을 때 일부 매립 구덩이가 폭발했다. 환기구를 넉넉하게 설치했는데도 불구하고 큰 구덩이에서 수천 마리의 부패가스를 견뎌내지 못한 것 같다. 두께 2m가량 되는 흙을 뚫고 통째로 솟아오른 몇 마리의 사체와 환기구에서 풍기는 악취를 견디기 어려웠다. 보강 수습하기까지 더 큰 고통을 견뎌내야 했다.

2011년 1월 8일, 드디어 3박 4일 주·야간작업을 마쳤다. 입었던 모든 옷가지를 벗어 던지고 기계 소족조에 한 사람씩 들어가 알몸 소독을 마쳤다. 이번에는 흰 가운 하나만 거치고 900m를 뛰다시피 걸어서 미리 대기하고 있는 버스에 올랐다. 큰일도 아닌데 우리 일행을 맞이하기 위하여 부군수님이 직접 오셔서 버스에 오르기 전 한 사람 한 사람에게 악수를 청하며 격려해 주셨다. 단체로 오색리에 위치한 목욕탕으로 직행했다. 목욕 후 군청에서 미리 준비한 속옷을 입고, 겉옷은 각자 집에서 택배 방식으로 보내온 옷을 입었다. 이때부터 일상생활로 접어들자니 다른 세상에 온 것 같이 모든 것이 신기하게 느껴졌다. 경험은 없지만 꽤 오랫동안 감옥 생활을 마치고 만기 출소하는 기분에 홀가분해졌다. 목욕 후 다시 버스에 올랐다. 양양 소재 식당으로 이동하는 약 30분 동안 모두가 무슨 생각을 하고 있는지, 누구 하나 이렇다저렇다 말 한마디 꺼내지 않는 침묵 속에, 멍하니 차창 밖을 바라볼 뿐이었다. 잊으려 했지만 그놈들의 살처분 광경이 동영상을 보듯이 머릿속에 연속으로 맴돌면서, 얼굴 표정 하나 일그러지지 않은 채, 고요히 흘러내리는 눈물을 멈출 수 없었다.

구제역 여파로 2011년의 시작은 4월보다 먼저 찾아온 잔인한 1월이 되고 말았다.

'Deep Purple'이 부른 'April' 음악을 돈공들의 진혼곡으로 바치며 한동안 마음을 추슬렀지만 일상으로 돌아오기까지는 후유증이 좀 오래 갈 것 같다.

이번에 겪은 살처분 업무수행은 TV프로그램 개그콘서트 '봉숭아학당' 코너의 "왕년에 내가 어마어마했거든!"라는 유행어처럼 훗날 그야말로 어마어마한 이야깃거리가 될 것이다.

본 현장에 작업관련자 외 어느 누구도 들어올 수 없었던바, 기자를 대신하여 졸필이나마 소감을 정리하면서, 여담이지만 21,000여 두가 모여 있는 그곳에 돈공의 진혼비라도 세워 주어야 하지 않을까 생각을 해 보았다.

"이웃마을에 아직까지 살아 있는 豚公들은 물론 牛公들까지의 종속 유지를 위해, 그리고 인간 세상의 안위와 생존을 위하여 기꺼이 희생된 21,000여 두의 돈공들의 혼이 여기에 잠들다. 2011.1.8."라는 묘비명을 써서.

P.S : 33명 대부분은 자진 지원하거나 차출되어 현지 상황을 받아 드리고 할 일을 했을 뿐이고, 공가와 시간 외 근무 등 충분히 보상이 되었음에도 불구하고 지휘부나 동료들이 너무 과분한 대우를 해 주어 몸 둘 바를 모르겠습니다. 대책 본부와 직원 동료님들의 물적 · 심적인 도움 덕분에 짧은 기간 내 해낼 수 있었음에 감사드립니다.

2011.01.17

# —
# 살아
# 있는 예수

창밖을 보다가 우연히 마주쳤다. 와우~~ 시
선 고정.

크레인으로 올려놓은 십자가를 방금 막 세우고 마지막으로 손보는
작업인가 보다. 아파트 8층에서 쳐다보아도 까마득하다. 내가 저기
에 서 있다고 입장을 바꿔 생각해 보니 아찔하고 소름이 돋는다. 용
감하게, 그리고 자신 있게 작업하는 그분의 모습에 저분이야말로 神
이라고 생각했다. '살아있는 神', 아니 '살아있는 예수'다.

나의 직종이 건설 분야라서인지 그 장면을 보자마자 "하느님 빽 믿
고… 생명 수당 많이 받겠다."라는 선입견이 고개를 쳐들었다. 방정
맞은 생각이었지만 아내에게 이미 한 말을 주워담을 수 없었다. 내가
어쩌다 이런 사람이 되었지! 세상 돌아가는 흐름에 편승하여 생명보
다 돈의 가치부터 따지게 되는 내 모습에 스스로 놀랐고, 몹시 부끄

러웠다. 곧 나의 경솔함을 뉘우치게 됐다.

난 단지 그분이 정말 존경스러울 뿐이다. 서 있는 키로 추정해도 십자가 높이만 8m 정도인데, 교회 전체 높이는 50m 이상일 것이다. 점심시간이 가까워져 오는데 그 사람은 곧 내려올 것이고, 다시는 그곳에 사람이 올라가지 않을 것이다. 디카를 찾을 시간도 없다. 내려오면 그만이니까. 저분 사진을 찍어야겠다고 점심밥을 차리고 있는 집사람에게 말했더니, 역시나 잔소리가 날아온다. "남은 죽느냐, 사느냐 힘들게 일하는데, 사진은 무슨?" 틀린 말은 아니다. 어쨌거나 핸드폰으로 한 판 찍은 것으로 대만족이다. 순간 포착이 아닌가!

2011.05.07

17)

촬영실시 : 2011.05.07. 11:47

# ─
# 선사시대
# 사람들을 만나다

## ──────── 찾아가는 길

하조대(양양국제공항) IC를 통과한 후 우회전하여 7번 국도를 따라 남쪽으로 700m 지점에 이르면 지하 통로가 나온다. 이곳을 통과하여 해안 도로를 따라 북쪽으로 약 3km 정도 가면 '멸치 후리기 체험'으로 잘 알려진 동호리 해변이 나온다. 이곳부터 최근 개설한 4차선 해안 도로를 따라 3.6km 더 가면 솔비치 호텔 리조트가 보인다.

내가 지금 소개하고자 하는 마을은 양양군 손양면 오산리의 작은 어촌 마을이다. 솔비치 리조트와 선사 유적 박물관도 이 마을에 위치한다. 솔비치 북쪽 300m에서 우회전하여 오산항을 끼고 500m에서 주차하면 솔비치 앞 해변에 이른다. 이곳 방사제로 걸어가면 끝 부분에 가끔 파도에 부딪치는 약 4m 높이의 바위가 시야에 들어온다. 물론 내비를 찍으면(양양군 손양면 오산리 19번지) 쉽게 찾을 수 있을 것이다. 단순히 하나의 바위로구나 하고 눈길을 다른 데 돌리면 어쩔 수 없지만, 이처럼 한 몸에 네 사람이 붙어 있는 듯한 신비한 바위를 발견하지 못한다면 큰 아쉬움이 남을 것이다. 누군가를 기다리듯 오랜 세월 파도에 깎이고 풍화되어 온 그 바위가 언제부터 그렇게 서 있었는지 아무도 알 수가 없다.

18)

## 사진설명

본인은 이곳에서 네 사람을 발견하고 나름대로 이름을 붙여 보았다.

첫 번째로, 사진에서 6시 방향으로 나를 정면으로 보고 있는 할아버지바위.

조금 험악해 보이지만 두툼한 입술에 한쪽 눈을 감고 윙크하며 안 험악하려고 노력하는 모습이다.

두 번째로 7시 방향을 보고 있는 장승바위.

눈이 튀어나오고 얼굴과 턱수염이 긴 장승 상으로 소크라테스 상 또는 예수상 같기도 하다.

세 번째로 8시 방향을 바라보는 군인바위.

삶이 깃든 빵모자를 쓰고 광대뼈를 드러낸 채 야무지게 입을 다물고 "노병은 죽지 않는다!" 며 강인한 인상을 보여 주는 군인 상으로 젊은 시절을 회상하는 듯하다.

네 번째로 10시 방향을 바라보는 할머니바위.

오랜 세월 먼바다를 바라보며 고기잡이 나간 아들이 만선으로 돌아오길 기다리며 슬픈 표정으로 상념에 젖어 있는 할머니의 모습이다.

(개콘 멘붕스쿨 버전)

갸루상에게 물었다. (송준근 : 박성호)

송 : 선사시대 사람입니까?

박 : 선사사람 아닙니다.

송 : 그럼 귀신상입니까?

박 : 귀신상도 아닙니다.

송 : 그럼 정신 나간 사람입니까?

박 : 멘붕 아닙니다.

송 : 그럼 도대체 뭡니까?

박 : 사람이 아니무니다.

(특징 : 희로애락을 겪으며 함께 살아가야 하는 인간의 모습)

전체적인 형상은 목 갈기를 과시하며 4인의 탈을 뒤집어쓰고 있는 수사자의 두상이며, 할머니를 제외하고 세 사람의 눈이 같이 붙어 있다. 이들 네 사람 모두 하나의 큰 삿갓을 쓰고 있으며, 몸은 하나지만 서로 의지하며 함께 부대끼며 살아가야 하는 인간의 희로애락을 말해주는 것 같다. 그들은 수백, 수천 년이 지나도록 버티고 있었지만 지금까지 누구하나 알아봐 주는 사람이 없었다. 말을 하지는 않았지만 그들을 발견하고 이름을 붙여 준 내게 무척 고마워하는 듯 했다.

　'선사시대 사람들'인가? 가까이 다가갔더니 그분들 중 한 사람이 내게 살짝 귀띔해 주었다.

　'잘 모시게'←←←←←라고

2012. 07. 05

# 피라미드보다
앞선 마이산?

343명 단체여행 중 진안군 마이산 문화 탐방 길에 올랐다. 3년 전 처음으로 그곳에 갔을 때는 '말의 귀'란 느낌밖에 없었는데, 이번에 새로운 것을 발견했다.

"마이산은 고대 이집트의 피라미드 이전 시대에 이미 존재했던 무근 콘크리트 축조물로서 철근도 사용하지 않으면서 이처럼 거대한 축조물을 어떻게 만들었는지 놀라울 뿐이다"라는 충격적인? 추정을 해 본다. 추정이 아니라 상상에 가깝다. 그 산은 또한 십자가 또는 '大' 字로 서 있는 사람의 형체도 보인다.

말이 山이지만 실제는 거대한 바윗돌로서 가까이 관찰해 보면 오래되어 탈락되어 가는 콘크리트 구조물이라는 생각을 아니할 수 없다. 갑자기 '인공 축조물'이라는 생각에 이를 널리 알려 지금보다 더 유명한 세계적인 관광 명소로 만들 수는 없을까? 이거 원~ '천일야화'나 '그리스 · 로마 신화'보다 더 엽기적으로… 뻥이지만 잠시 즐거운 상상을 해 보았다. 상상이 아니라 망상?

　형체를 먼저 발견하고 사진을 찍은 것도 아니고, 찍고 보니 형체가 박혀 있었다.
　타 지역에 가서도 이런 것 만 눈에 띄니 참~~, 난 이상한 것들 만….

2015. 09. 15

19)

마이산 (십자가, 펭귄, 大字로 서있는 사람 같음)

마이산 근경 (탈락되는 콘크리트 표면 같음)

—
개똥
철학
—

자유 칼럼 형식으로 정리해 보았지만 스스로 수준
미달임을 인지할 수밖에 없었다
속된 말로 ×같은 이야기(?)에 불과하다는 생각이 들었고
곧바로 이 책의 제목이 떠올랐다
따라서 이 책을 읽는 분들이 욕을 하여도
괜찮겠다는 생각이다
'犬'字가 들어가면 어차피 좋은 말은 아닌 것 같기에…


'공무원 도, 청탁처벌…' 이야기는
내게 있어 뼈저린 경험을
몇 줄의 이야기로 수십 년간의 갈등을 대변했다
인생 후반기에 채근담의 '서수도적자 적막일시 의아권세자
처량만고'처럼 살지 않기 위해서

# 숫자 2000의
의미

정확히 15년 전인 1985년 당시, 다가올 2000년
에 대하여 꽤 넉넉한 미래라고 생각하고 이에 대한 숫자개념을 나름
대로 생각해 본 적이 있다. 그 15년이 어느새 다가와 2000년이 된 지
금, 또다시 2000이란 숫자개념이 어떻게 달라졌을까 생각해 보자.
숫자라기보다는 경제적인 개념으로 말이다. 즉 2,000원의 가치에 대
하여.

## 1985년 당시 내다본 2000년의 의미

1985년의 어린이에게 2,000원은 군것질하기에 충분한 돈이었
다. 갤럽 조사 결과 당시 초교생(그땐 국교생)의 40%가 한 달 용돈이
5,000원이었다고 한다. 이 돈은 안방 놀이 문화에서 빼놓을 수 없
는 고스톱(?)으로 따지면 9점에 해당한다. 그땐 3·5·7·9 고스톱에
서 3점에 500원이 공식화되어 있었으니까. 아무튼 시간적 여유가

있는 사람들은 2,000원으로 시내버스를 몇 번 갈아타고 서울 거리를 방황할 수도 있었고, 살림하는 주부들의 경우에는 콩나물 등 몇 가지 밑반찬 거리를 살 수 있는 금액이었다.

KDI에서는 2000년대 정치, 경제, 사회 등 각 분야에 대하여 한국의 미래상을 발표한 바 있다. 미래의 국민소득이 5,000불을 넘을 것으로 예상하였고('85년 당시 2,355불), 눈부신 산업 발전에 따른 정보화, 산업화, 기계화로 인해 인간의 감정이 메말라 가고 이에 따른 각종 범죄 등 사회문제가 우려된다고 했었다. 그땐 미래라고 해서 그저 별 관심 없이 받아들여졌는데 지금 2000년에 와 보니 KDI 미래상이 크게 어긋나지 않은 것 같다.


## 2000년 현재의 의미

우선 물가 인상에 대한 금전적 의미를 부여하자면 2,000원은 슈퍼에서 라면 4봉 값은 된다. 분식집에서 라면 1봉지를 끓여 주는 데 1,500~2,000원을 받으니 점심 한 끼는 해결이 된다. 애연가는 1,700원짜리 담배(리치) 한 갑에 300원짜리 라이터(불티나) 1개를 사면 하루는 심심치 않겠다. 양양에서 속초까지(20km) 시내버스 요금이 1,260원이니까 편도만 가능할 뿐 되돌아오기는 어렵다. 중간에 내려서 걸어올 수도 없는 노릇이고⋯

그리고 중국집에 짜장면 한 그릇(2,500원)도 사 먹을 수 없다. 그나마 도깨비방망이 같이 웃기게 생긴 1,000원짜리 핫도그 2개는 사 먹을 수 있으니 친구들끼리 맛있는 거 먹기에는 충분하다. 콩나물도 2kg은 되려나? 그 돈이면 어린이 세뱃돈은 되겠다. 단, 철모르는 유

아원 어린이의 세뱃돈.

초등학생에게 2,000원을 주고 뭘 할 생각이냐고 물었을 때 저금할 거예요, 학용품 살 거예요, 라고 할 아이가 몇이나 될까. 중고생인 우리 애들만 해도 한 달 용돈이 최소 3만 원으로, 이것도 적다고 더 달라고 투정한다. 저 나이에 돈 쓸 일이 뭐가 그렇게 많을까 싶어 애들이 용돈을 어떻게 쓰는지 지켜보니, 차곡차곡 모아 뒀다가 나중에 목돈 만들어서 유행하는 메이커 옷이나 신발을 사는 모양이었다. 2천원이면 여자애의 머리띠 한 쌍을 살 수 있을 테고, 남자애의 경우엔 피시방 정도겠지.

내가 겪은 386세대엔 용돈이랄 게 없었다. 뭘 사야 하는지 고민하는 것 자체가 사치였으니까. 더 정확히 말하자면 용돈은 설날에 받는 세뱃돈 아니면 학비가 전부였다. 용돈이란 개념 자체가 따로 없었다. 그때의 2,000원에 비하면 지금의 2,000원은 주머니 속에 넣어놨다가 잊어버려도 아무렇지 않을 정도로 있으나 마나 한 돈이 되어버렸다. 참 세월이 무상하다.

암튼 실없는 넋두리를 해 보았다. 다음엔 2050년 예측?

2000. 12. 19

20) 신문보도

1985년 당시에 내다본 2000년의 예측보도

# 전국노래자랑과
여성 지위

———————— 매주 일요일 낮 12시 10분에 KBS1 채널에서
는 '전국 노래자랑'이란 프로를 방영한다. MC와 음악대가 전국을 순
회하면서 노래, 춤, 끼가 넘치는 일반인을 무대에 출연시켜 몇 십 년
넘게 장수 프로로 사랑받고 있다. 남녀노소 누구나 참여하는 게 이
프로의 장점인데 노래 실력이 출중한 출연자, MC와의 호흡을 자랑
하며 입담을 선보이는 출연자, 장기를 선보이는 출연자 등 여러 이벤
트로 중장년층 시청자를 즐겁게 한다. 또한 지방 특산물 홍보를 비롯
해 시장, 군수, 구청장으로 하여금 홍보 효과도 한몫하고 있다. 이
프로는 1980년 11월부터 시작하여 올해 벌써 21년째 방영 중인 장수
프로로써 12월 2일에는 2시간 동안 연말 결산 특집으로 진행되었다.
초창기 때 기억으로는 분명 처음부터 끝까지 남자들의 독무대였다.
80년대만 하더라도 남자 2~3명에 여자 1명 터울로 노래를 불렀다.
그 후 90년대 초반에는 남자 1명에 여자 1명씩 조화를 이루더니 90년

대 후반부터는 여자 2명에 남자 1명으로 역전되었다. 최근에 와서는 완전 역전되어 여자 2~3명에 남자 1명 터울로 노래를 부른다.

앞으로는 '전국 노래 자랑'이 아니라 '전국 여성 노래 자랑'으로 명칭이 바뀔지도 모를 일이다. 그때 되면 간혹 재주 있는 남성들이 희귀동물(?)로 출연하지 않을까? 노래뿐 아니다. 생활 전반에서 여성의 지위는 상승 가도를 달리고 있는 반면 남성은 권위를 잃어가면서 따분하고 서글픈 존재가 되어 가는 기분이다. 예전부터 남성은 돈 벌어오는 기계로 전락하면서도 아내에게나 애들에게 가부장적 권위를 내세울 수 있었다. 그러나 오늘날엔 여성의 경제활동 기회가 다양해져서 여성의 권위가 남성과 동등해지다 보니 상대적으로 남성의 권위와 존재가 약해지고 있다. 권위 얘기가 나왔으니 한 가지 예를 들자면 국경일을 생각할 수 있겠다. 국민학교 시절에는 지금의 어버이날 이전에 '어머니날'이 존재했다. 나는 당시에도 '아버지날'은 왜 없는지 의아해 했었다. 70년대만 해도 고된 살림을 떠안은 어머니의 설움에 완고한 남존여비 성향까지 극단화되어 생활이 말이 아니었기에 고생하시는 우리 시대의 어머니들의 노고를 하루만이라도 덜어드리고자 국가가 제정한 경축일이었다. 그 후 여성의 조그마한 그 권위에도 남성들은 위협을 느껴서인지, 아니면 일선에 나가 고생하면서 돈만 벌어온다는 측은한 뜻에서였는지 1973년 어버이날로 다시 제정되었다. 그러나 이젠 아버지가 불쌍해졌다. 추운 겨울 서울 지하철을 나가 보면 여자 노숙자는 별로 찾아볼 수가 없다. 김정현의 '아버지'란 소설이 이 시대의 베스트셀러가 된 것도 시대상을 잘 반영한 게 한 요인이 되지 않았나 싶다. 이대로라면 앞으로는 '아버지날'을 별도로 정할지 않을까.

　지금도 서울 명동을 비롯한 대도시의 유명 백화점에 가 보라. 낮에
는 우리나라 경제를 휘어잡는 아줌마들의 시대이다. 백화점 물건은
생각보다 비싸지만 백화점 세일 매장에는 발 디딜 틈이 없이 붐빈다.
그나마 아줌마들, '좋은 말로 미씨들'의 절약 정신이 살아 있는 것을
보고 조금이나마 위안이 된다고 생각했다. 저녁 무렵이 되면 휴일과
평일을 막론하고 러시아워가 시작되고 명동 거리는 일순 사람들로
가득 메워져 젊음과 낭만이 살아 숨 쉬는 장소가 된다. 연령별로 보
면 20대 초반이 대부분을 차지하고, 그중 7,80%가 여성들이다. 점차
권위를 잃어가는 남성들이 여성들을 상대로 남성의 지위를 드높여
달라고 시위라도 해야 할 시대가 오지 않을까 두렵다. 지상의 남성들
이여! 그리고 아버지들이여! 힘내십시오.

　　　　　　　　　　　2001. 12. 02. 전국 노래 자랑 21주년을 보면서

# 一 돈의 철학

만물의 근원은 돈이다. 돈이 있으면 살고 없으면 죽는다. 뭐니 뭐니 해도 머니(money)가 최고다.

그렇다면 인간은 돈이 있음으로써 존재한다?

한편, 모든 악의 근원도 돈이다. 돈에 울고 돈에 웃는다. 돈은 사람을 죽일 수도 있고 살릴 수도 있다. 돈 없는 것이 죄다.

∴유전무죄, 무전유죄다.

요즘 일명 '게이트'의 발단은 이 모든 것이 돈으로 시작되어 돈으로 끝나는 것임을 증명해 주고 있다. 매스컴에 오르내리는 이용* 게이트에 이어 진승*, 정현*, 윤태*, 이형* 게이트. 그리고 앞으로 또 누구(?) 게이트라고 명명하는 '게이트 시리즈'를 생산해 낼지 모른다.

이것은 게이트 공화국인가, 부패 공화국인가.

그 원인은 어디서 오는 걸까. 먼저 우리의 고질적인 '빨리빨리 병'
이 원인일 수 있다. 속전속결, 빨리 벌어서 빨리 쓴다. 한탕주의, 흥
청망청주의, 쉽게 돈 벌려는 심리 등이 그것이다. 노숙할지언정 일당
3만원의 일은 하지 않겠다는 즉, 이대로 하루 벌고 하루 놀고먹겠다
는 심리가 작용한다. 그래서 3D직업 기피 현상이 사회적으로 팽배해
있다. 이에는 도서 출판도 한몫한다. '공자가 죽어야 나라가 산다',
'부자 아빠 가난한 아빠', '가난해도 부자의 줄에 서라' 등의 베스트셀
러 책들은 이런 사회적인 문제를 조장하고 있다. 물론 도서 출판업도
하나의 장사 수단이지만 말이다.

그러나 그것뿐만이 아니다. 급변하는 세계화와 정보화 열풍이 국
민의 투자 심리를 부추긴다. 이기면 살고 지면 죽는다는 강박관념,
초 다툼의 투자 정보와 주식 투자, 경제의 경쟁 원리가 돈을 끌어들
이는 역할을 한다. 황금만능시대다. 또한 사라져 가는 양심과 윤리
의식이 부족하다. 어릴 때부터 윤리와 도덕 과목을 제대로 교육해
야 할 때가 온 것 같다. 한글도 모르는 아이를 영어유치원에 보내고
또 속셈, 미술, 피아노, 웅변 학원 등으로 내몰아 과도하게 혹사시
킨다. 이것은 부모로써 틀림없이 지양해야 할 교육 태도이고 그 전에
올바른 가치관과 도덕관을 먼저 가르쳐 주어야 할 것이다. 물론 경쟁
이 곧 목숨 줄인 양 학생들 피를 말리는 대학 입시 제도가 먼저 개선
되어야 하겠지만 말이다.

그런 면에서 지금의 우리 시대에는 도올 김용옥 같은 세기의 기인

이 필요하다. '도올 논어'같은 프로그램을 정규방송시간에 지속적으로 방송하여 사람들에게 잘못된 사회 인식의 변화를 선도해야 한다. 연예인 말잔치나 하는 오락 프로는 안 봐도 그만이다. 우리는 돈을 벌 줄만 알고 쓸 줄은 모른다. 이제 버는 것 못지않게 쓰는 철학도 가져야 하겠다. 돈을 벌지 말라는 얘기가 아니다. 정당하게 벌어서 올바르게 쓰자는 얘기다.

"태양이 있는 동안 내게 일할 수 있는 기회를 달라."고 신에게 기도했던 '밀레'의 말이 감명 깊게 와 닿는 날이다. 열심히 일하자. 그리고 정당한 대가를 받고 떳떳이 쓰자. 물론 개같이(?) 벌어서 정승같이 말이다. 알뜰하게, 그리고 깜찍하게

2002. 01. 31

돈의 주인
"돈을 모으기만 하고 쓸 줄 모르면 그건 돈의 주인이 아니다. 자기가 모았으면 자기가 쓸 줄 알아야 주인이다. 주인이 자기를 어디에 쓰느냐를 돈은 지켜본다. 귀신보다 더 밝은 것이 돈의 눈이란 말이지요."

'07. 10. 13 조선일보 why? 지개야 스님의 말

# 一
# 빨리
# 빨리


───────────────  단기 4335년 만에 열리는 한일 월드컵 축구경기 기간과 6.13 지방선거가 겹치는 바람에 매스컴은 연일 이 두 가지 타이틀로만 연명하고 있다. 다른 기삿거리가 없다고 해도 과언이 아니다. 월드컵만 하더라도 지구촌 60억인의 축제라는 슬로건을 내걸고 우리나라는 단군 이래 처음으로 16강 문턱에 와 있다. 오늘 아침 시내 거리에는 '월드컵 8강 진출을 기원합니다'라는 현수막이 곳곳에 걸려 있었다. 문득 이것을 '월드컵 8강 성공을 축하합니다'라고 붙여 국민적 암시를 제공하면 어떨까? 라는 생각도 해 보았다. 예측이 빗나가면 그때 가서 떼어버리면 되니까 말이다.

너무 성급한 생각인가? 예전으로 치면 지금은 비할 바가 없다. 오히려 요즘은 많이 여유로워진 편이다. 우리가 한창 산업 발전에 시동을 걸었던 새마을 사업과 해외 건설 수주를 할 무렵엔 '빨리빨리'의 대명사로 불려졌다. 몸에 밴 국민성은 하루아침에 고쳐지기는 어려울 것이다. 나의 국민학교 시절만 해도 1970년대 전후(단기4300년대)임에도 불구하고 그때부터 이미 '단군의 노래'와 같은 축가를 부를 때 '반만년 역사'라는 구절이 들어 있었다. 각종 공식 행사시에도 '5000년 역사'라는 구호를 사용해 왔다. 반만년이 되자면 665년이 더 있어야 하건만…

그렇다고 빨리 빨리 하자는 행동이 꼭 나쁜 것만은 아니라고 본다. 외세의 침략이 많았던 지난 역사를 돌이켜 보면 이런 국민성으로 성장할 수밖에 없는 배경이 분명 존재했고 그로 인하여 우리도 이만큼 성장할 수 있었다고 생각하기 때문이다.

그렇다면 '빨리 빨리'의 이점은 무엇이 있을까. 위급할 때 도망치기(36계), 선착순 이벤트 시 혜택 받기(경쟁심), 하나를 가르치면 열을 아는 것(국민적 천재성), 음식 값 계산 먼저 하기(예쁜 짓), 우께도리(일본어로 군대에서 작업을 빨리 끝내고 휴식을 찾는 것을 말한다) 등 얼마든지 찾을 수 있다. 물론 어린이 영어 조기 교육을 위한 혀 수술 같은 비정상적인 행태는 '빨리 빨리'가 없어야 한다. 선거 이야기를 하려던 것이었는데 설레발치는 현수막이 떠올라서 그만 헛딴데로 가버렸다. 어쨌든 축구는 '빨리빨리' 뛰어서 8강에 오르라는 결론이다.

그럼 다시 선거 이야기로 돌아가 보자.

지난달 선거 홍보물에 실린 지방선거 후보자들의 프로필을 자세히 한번 관찰해 보았다. 주량은 대부분 소주 1병~반 병 정도이고, 취미는 등산이 가장 많았고 바둑, 독서가 그 다음이다. 운동은 요즘 대세인 축구가 많았다. 그 정도의 위치에 서면 골프를 안치는 분이 거의 없다고 보는데, 서민의 뜻을 고려하여 숨기는 게 아닌가 싶다. 존경하는 사람은 이순신, 김구. 세종대왕 등이고 특이한 것은 어머니를 적은 후보도 있었다. 또 요즘은 신세대 성향에 맞게 좋아하는 가수, 연예인까지 프로필에 명기해 놓았다. 한 가지 주목할 것은 독서 항목이다. 후보자들이 좋아하는 책은 '목민심서'가 가장 많았고 그 다음으로 최인호의 '상도'를 택했다. 그 바쁜 정치 일정 가운데 그 책을 진짜 읽었는지는 알 수 없겠지만 정말 임상옥이 가진 '상업의 道'를 국민을 위한 정치의 道, 즉 정치 철학으로 승화시킬 수 있는 분이 당선되어야겠다는 생각을 잠시 해 보았다.

'재물은 평등하기가 물과 같고(財上平如水), 사람은 바르기가 저울과 같다(人中直似衡)'라는 임상옥의 정신으로 개인의 이익보다 義를 중시하고, 재물보다는 사람을 남기며, 넘치면 모자람만 못하다는 계영배의 신화적 가르침으로 세상을 살아간다면 얼마나 좋을까. 축구와 함께 상도를 읽으며 한번 얘기해 보았다. 정치 논쟁은 아니오니 오해 없기를.

2002.06.03

# 여성 상위의
## 소비 주체

─────────────── 며칠 동안 평소 생활권을 한번 벗어나 봤다.
특별한 계획도 목적도 없이 그냥 차 굴러가는 대로, 마음 내키는 대
로…

정처 없이 가다 보니 남산이 보이기에 서울 구경 한꺼번에 해 보자
싶어 그곳에 올랐다. 서울에 살면서도 남산에 한 번도 못 가 본 시민
이 2,30%나 된다고 하니 놀라지 않을 수 없다. 그곳에서 몸이 비틀
어지는 귀곡산장(똑바로 걷는데 몸이 돌아가 나선형으로 걷는 느낌) 등 환상 체
험을 즐기면서 잠시나마 애들처럼 마냥 즐거움을 만끽했다. 모처럼
동가숙 서가식의 고삐 풀린 자유다.

돌아오면서 점심때가 되어 모 음식점에 들렀더니 손님의 95%가 여
성분들이어서 순간 당황했다. 시내 중심 번화가는 아니지만 괜찮은
낙지 전문점이었다. 겉으로 보기에 교양 있어 보이는(?) 손님들이 빈

자리를 채우고 있었다. 아이들 방학 시즌이고 평일이라 그런가 보다 하면서 사장님과 몇 마디 나눴다.


"요즘 대부분 여성분들이군요?"

"애들 방학을 해서 그런지 여성분들이 조금 여유가 있나 봅니다."

"대부분 40대 전후로 보이는데 살기가 좋아서 그런 건지 모두 얼굴이 둥글둥글, 반질반질해서 보기가 좋네요."

하고 웃었다. 그러자,

"그런가요? 그래도 짜장면 집에 가면 남자 분들이 더 많아요."

중국집에 남자가 더 많다는 말에 순간 나도 모르게 찡한 감정이 솟구쳤다.

"그렇군요. 남자들은 죽어라 일해서 가족 먹여 살리는데, 여성분들은 소비 쪽으로?"

"꼭 그런 건 아니지만 요즘 세상이 여성 주축인가 봐요. 계모임. 먹자모임, 여행모임 등… 뭐가 많죠."

"하긴 그러네요. 사실 소비 쪽이 아니고, 아껴 쓰고 쪼개 쓰는 살림이라고 해야겠죠." (여성분들께 120점은 받겠다)


점심을 먹고 집으로 돌아오면서 운전은 맡은 직원 분이 150~170km로 새 차 성능 시험을 하는 동안 (경찰관님 죄송합니다^^), 난 왜 자꾸만 음식점 주인과의 이야기가 떠올려질까? 서울에서의 이틀 동안 극히 한 단면을 본 것에 불과하지만 짜장면집의 남성분들과 고급 음식점의 여성분들의 대조된 모습이 계속해서 떠올라 쌀쌀한 차창 바람과 함께 울적해지려는 걸 애써 붙들어 매야 했다.

2004. 02. 06

—
불쌍한
아버지들

피서가 절정이다. 남들이 이곳에 와서 어떻게 여름을 지내고 있는지 궁금해서 은어, 연어가 계곡을 오르는 산 좋고 물 맑은 양양남대천 상류마을 법수치 계곡에 가 보았다.

南大川은 남쪽으로 길게 뻗은 하천이란 뜻으로 지방하천이며 연어의 고향이다. 유로연장 54km로써 우리나라에 같은 이름이 몇 곳 있지만 양양남대천은 유일하게 남쪽에서 북쪽으로 물이 흐른다.

도로변 빈 공간은 주차된 차로 빈틈이 없고 수해 복구가 완료된 다리 밑과 그늘진 공간에는 앉을 자리가 없고, 개울은 사람들로 붐볐다. 며칠 전 비가 와서 적당히 여울과 소가 생겼고 물 흐름이 빠른 곳에는 애 어른 할 것 없이 고무보트를 2~4명씩 타고 즐기느라 여념이 없었다. 아빠는 미리 3~40m 하류 안전한 지점에서 기다리고 있다가 떠내려 오는 애들을 받아 주고 있었다. 부주의해서 그런지, 물질이 풍부해서 그런지 간혹 놀다가 슬리퍼, 고무풍선, 그릇 등 수시로 떠

내려 보내 어른들은 그걸 주워 나르느라고 개울 옆으로 오르락내리 락 뛰어다니기에 분주했다. 아닌 게 아니라 피서철이 끝날 때쯤이면 쓸 만한 물품을 잃어버리거나 버리고 가는 분들도 적지 않다.

애들과 같이 놀아주는 것도 좋고 그것으로 잠시나마 일상을 잊고 가족과 함께 좋은 시간을 보낸다는 것은 더 없는 즐거움이자 보람이고 추억이다. 그런데 보살핌을 한 몸에 받고 자란 그 어린놈들이 어른이 되면 그 고마움을 알고 은혜에 보답할까? 하는 생각을 잠시 해 봤다. 스스로 내린 답은 '아니다'이다. 사회생활로 지친 요즘 아빠들은 모처 럼 휴가를 나와서도 편히 쉬지 못한다. 애들이 상전이고 아내들 눈치 까지 보며 살아야 하니 같은 남자로서 가엾다는 생각이 들었다.

저녁에 모임이 있어 이웃사람들에게 이 이야기를 했더니 어느 분은 왈, "지금까지 이혼하지 않고 사는 것만도 다행이지요."라고 하신다. "아내가 상전이라고?" 극단적이지만 그냥 웃어넘긴다. 그러자 내게 암기가 막 날아오는 것 같다. 여성분들 방방 뜨는 거 아닌가? 어쨌거 나 불쌍한 아버지들, 그리고 남편들 힘내세요. 어찌하다 보니 이번 엔 '아저씨 연구'가 되었다.

2004.08.05

# —
# 쓸데없는
# 부자들

———————— 부자들은 돈을 안 써 더욱 부자가 된다. 안 쓰는 것이 아니라 못 쓰는 것이다. 누가 따가운 눈총을 받아가면서 돈을 쓰겠는가. 가난한 사람들은 돈벌이를 못해 더욱 가난해지고… 금리가 낮으므로 여윳돈은 주식투자를 한다. 경제가 안 돌아도 주식은 오른다. 그래서 한탕주의 심리로 주식에 손댄다. 대부분은 잃는다. 손해 보는 사람은 개미들이다. 성급하게 모든 걸 걸고, 남아도는 돈이 아닌 본박으로 투자하기 때문이다.

그러나 부자들은 절대로 망하지 않는다. 망할 수가 없다. 그들은 일부 잃어도 재투자가 가능하다. 그들은 잃는 것 이상 다시 얻는다. 부자들은 경영 철학을 잘 알고 있기 때문이다.

요즘 매스컴에서 경기가 좋지 않다고 경쟁하듯 보도를 하고 있는데 그것은 서민들에게 불안감만 심어줄 뿐이다. 혹자는 IMF 때보다 더 힘들다고 한다. 나 역시 외환 위기 여파로 이제야 체감 경기를 실감한다. 요즘은 집안끼리도 선물을 주고받지 않는다고 한다. 세상 참 편하게 잘 돌아간다. 시장경제가 안 좋긴 하지만 이제 거품은 사라졌고 옛날처럼 흥청망청 소비도 끝났다. 본래의 모습으로 돌아왔다. 다시 재정비하는 데 족히 몇 년은 걸릴 것이다.

부자들이 돈을 써야 경제가 조금은 풀릴 텐데 그들도 눈치 보느라 돈을 쓸 수가 없다. 노가다의 3요소인 술, 여자, 돈. 요것들이 시장경제에 한몫한다는데… 특별소비세 해제? 그건 별 도움이 되지 않는다. 가난한 자는 그런 것들 비싸서 거들떠보지도 않는다. 그리고 부자들은 이미 특별소비성 물품은 예전에 일찌감치 다 사 놓았다. 정이 오가는 소주방에 가 보자. 단골은 필요 없다. 경제 분배를 위해서 김삿갓 선생처럼 이 집 저 집 돌아가면서… 그러면 경제에 조금 보탬이라도 될까? 이제 거품은 걷혔으니 다시 시작해야지. 쓸데없는 부자? 부자들 들으면 큰일 나겠다. 그게 아니라 돈 쓸데없는 부자들인 것을.

2004. 10. 02

# 숫자
# 5의 이야기

———— 올해가 2005년이라서 5가 나타내는 의미를 생각해 보았다.

가정의 달은 5월이다. 그중 氣가 가장 왕성하다는 5월 5일은 어린이날이다. 완전한 주 5일 근무제도 2005년 하반기부터 시행한다(주5일과 관련 없으신 분들에겐 정말 죄송^^). 5각형의 상징은 별이다. 가장 균형이 잡히고 안전함을 나타낸다. 최고의 특급호텔은 별 5개로(5성) 나타내며 펜타곤도 5각형이다. 5성은 수성, 목성, 화성, 토성, 금성을 말한다.

사람은 5개의 손가락과 발가락을 가지고 있으며, 네 발 가진 동물들 대부분이 그렇다. 5감(시각, 청각, 후각, 미각, 촉각)을 가지고 있으며, 미각에도 단맛, 쓴맛, 신맛, 짠맛, 매운맛의 다섯 가지 맛으로 나타낸다. 인간이 살아가는 이치와 우주의 조화를 음양, 그리고 목, 화, 토, 금, 수의 오행으로 나타낸다. '태극이 나누어져 음과 양이 되고,

음양은 오행을 낳고, 오행은 만물을 낳는다'고 했다. 오행은 곧 순리이다(상생).

사람이 두 다리를 벌리고 두 팔을 옆으로 뻗으면 머리를 포함해서 5각형이 되어 몸의 완벽한 균형을 이루며 이것은 우주 질서의 화합을 의미한다. 인체의 5장은 간장, 신장, 심장, 비장, 폐장으로 구성되어 있다. 사람의 관상을 볼 때도 이목구비와 눈썹을 나타내는 5관을 본다고 한다.

올해는 닭의 해로써 그놈에게도 文武를 겸비한 5덕이 있다. 모이를 서로 나누어서 먹고(仁), 싸움에 물러서지 않고(義), 벼슬이 머리 위에 있으니 예의 바르고(禮), 항상 주위를 경계하며 둘러보는 지혜가 있고(智), 매일 아침에 울어 때를 알리는 믿음이 있다(信).

식물 중에도 5각형 모양의 잎이나 꽃이 많다. 잎으로는 개두릅, 단풍, 오가피나무, 산삼 등이 있으며, 꽃으로는 무궁화꽃, 나팔꽃, 매화꽃, 벚꽃, 도라지꽃 등을 쉽게 발견할 수 있다. 5각형 식물 중에 약효가 좋거나 이름값을 하는 식물들이 많다. 그리고 수천 년 전 1에서 9까지의 숫자로 만든 '낙서의 마방진'에서도 가로, 세로, 대각선 합이 모두 15가 되며, 5가 그 중앙에 있다.

| 8 | 1 | 6 |
|---|---|---|
| 3 | 5 | 7 |
| 4 | 9 | 2 |

기본적인 숫자 1에서 10까지 더하면 55가 된다. 기하학에서 정다면체는 5개만(정4, 정6, 정8, 정12, 정20면체) 존재한다. 공사입찰, 당첨 등에 성공하려면 5각형을 마음속으로 그리고 기도하면 이루어진다는 속설도 있다. 믿거나 말거나… 로마숫자 V(5)는 승리의 상징이다. 2일장, 7일장도 있으나 5일 만에 돌아온다고 해서 5일장으로 부른다. 참고로 양양 5일장은 4일과 9일이다. 또 곡식도 여러 곡식이 많이 있지만 3곡밥이란 말은 하지 않고 5곡밥(쌀, 보리, 조, 콩, 기장)이라야 위신이 선다. 음악에는 5음(궁, 상, 각, 치, 우)이 있고, 그밖에 5색, 올림픽 5륜기와, 바다 5대양이 있다.

다시 별 이야기로 돌아가서, 별은 실제 모양이 둥글지만 표시를 할 때는 항상 5각형으로 나타낸다. 그리고 하늘에 별이 있다면 바다에는 불가사리가 있다. 불가사리 또한 5각형이며 수천 년을 살아도 모습이 변하지 않고 잘게 부셔서 바다에 넣어도 "내가 바로 죽지 않는 불가사리다!"하면서 되살아난다. ("별가사리"가 아닌가?) 쓸데없는 소리긴 하지만 요새 같은 경제 한파 시기에 불가사리처럼 강하게 사는 건 너무 야박하다는 생각이 든다. 가끔 막걸리도 먹고, 소주도 먹고, 때로는 소비하면서 사는 것도 인간의 미덕이 아닐까 싶다.

아무튼, 마지막으로 인간에게는 5욕이 있다. 식욕, 색욕, 수면욕, 재물욕, 명예욕이 그것이다. 좀 야속한 말 같지만 이것을 줄여 말하면 가장 평범하면서도 진실한 말로 대체할 수 있다.
'잘 먹고 잘 살자.'

사실 이것 빼면 뭔 재미로 사는겨? 하지만 그 5욕을 다 갖추고 사는 사람은 얼마나 될까.

2005. 01. 12

# 창업
## 아이디어

———————— 불경기에도 먹는 장사는 남는 장사라 하는데 요즘 그것도 잘 안되어 문 닫는 음식점이 많다고 한다. 건강, 웰빙이라는 단어가 뇌리에 박힌 요즘 이런 장사를 하면 괜찮겠다 싶어 공개한다. 며칠 전 모 신문에서 색깔별로 궁합에 맞는 음식이 소개된 적이 있는데 그것에 착안했다. 식당을 하고자 하는 사람들에게 아이디어를 주어 소문내면 대박은 못 터져도 그냥 먹고사는 데는 큰 지장이 없을 거라는 생각에⋯

• 음식점 상호 : 오행식당
• 메뉴

| 요일 | 상관관계 | 밥 | 반찬 | 디저트 |
|------|----------|-----|------|--------|
| 화요일 | 적색, 쓴맛, 심장 | 수수, 붉은팥밥 | 된장찌개, 육류, 당근볶음 | 포도, 사과, 토마토 |
| 수요일 | 흑색, 짠맛, 신장 | 검은콩밥, 흑미 | 곰버섯, 콩자반, 김, 미역 | 커피, 검은깨 차 |
| 목요일 | 청색, 신맛, 간장 | 청미밥, 찰콩밥 | 등푸른생선, 야채 쌈, 시금치 | 녹차, 청포도 |
| 금요일 | 백색, 매운맛, 폐장 | 흰쌀밥, 감자밥 | 생선류, 두부, 양파, 무우요리 | 식혜, 율무차 |
| 토요일 | 황색, 단맛, 비장 | 은행밥, 차조밥 | 계란찜, 배추속쌈, 카레요리 | 오렌지주스, 인삼차 |

• 영업 전략

– 김치는 기본이고, 반찬은 국 포함 5가지 이내로,

– 값은 5,000원 내외, 식당 수용 인원은 30명 내외.

– 월요일은 주인이 하고 싶은 특별요리를 선보이고,

– 일요일은 음식 재료 준비를 위해 휴업한다.

– 주인은 항상 오행에 대하여 연구하고 새로운 메뉴를 발굴하며,

– 유명인사, 한의사 등의 사인을 받아 인테리어를 꾸미고,

– 전단지 홍보도 하고 우선 조그마하게 시작하다가,

– 성업 여부에 따라 사업을 확장한다.

2005. 02. 01

# 空無圓道

- 公務員은 가난할 수밖에 없다?
- 텅 비어 있고(空)
- 가진 것 없고(無)
- 그저 둥글다(圓)
- 겨우 동그라미 3개('아우디'도 아니고)
- 그래서 公務員을 空無圓이라고 써 본다.

- 하지만
- 비어 있어서 오히려 맑고
- 무에서 유를 창조한다.
- 일은 멈추지 않지만
- 모나지 않게 행동한다.
- 空無圓은 둥그니까

- 청렴을 떠나서는
  - 항상 국민의 지탄과 검경의 표적이 되고
  - 하루아침에 직을 잃게 된다
  - 항상 사표 쓸 각오가 되어 있어야 한다
  - '시이저의 아내는 소문도 안 된다'고 했다.

- 아부는
  - 잘하면 충신이요, 못하면 역적이라.
  - 당장은 몰라도 결코 오래가지 못한다.
  - "非我而堂者는 吾師, 諂諛我者는 敵也"라고 했으며
  - 또한 "서수도덕자 적막일시, 의아권세자 처량만고"라 했다.

- 따라서 公務員에게도 道가 필요하다.
  - 도가 없다면 철학도 없고 희망도 없다.
  - 도덕 교과서를 초등학교 1학년부터 배우지만
  - 생존 경쟁 속에 살아가면서 도덕관념이 희박해지는 것이 아쉽다.
  - 그래서 동양 철학을 공부해야 한다.
  - 노자의 道(도덕경)를 비롯한 사서오경 등.

2006. 07. 26

# 청탁 처벌
## 어디까지 진실인가

──────── 결론부터 말하자면, 인사 청탁하는 자는 반드시 불이익을 주겠다고 언급했다.

절대로 승진을 시키지 않겠다고 했다.

그것도 월요 조회 시 전 직원이 모인 공식석상에서의 선전포고였다.

처음 듣는 이야기도 아니고 그 전, 전전 수장님들께서도 그렇게 이야기했었다.

오죽 골치 아프면 그렇게 공개적으로 이야기할까 하는 생각도 해본다.

바꿔 말하자면 기회주의자들은 여전히 청탁을 하고 있다는 사실이 밝혀진 셈이다.

자문한다,

1. 그대여! 귀관은 뭘 하고 있는가?

2. 순진하다, 청탁자 승진 제외라는 그 말을 믿냐?
동서고금을 통하여 아직까지 뿌리 뽑지 못하는 청탁이건만…
3. 한심하다, 변화의 시대에 아직도 이런 구시대적 인물이 있다니?
쯧쯧…


그러나, 그것은 그렇지 않다.
노자의 上善若水, 세상은 그래도 순리대로 굴러가고 있지 않은가?


순리의 반대말은 역행이 아니다. 역린(逆鱗)이다. 반드시 후환이 따를 것이다.

유전무죄라고 했다, 돈과 질긴 악어 가방이 없으면 아부의 기술이라도 있어야 한단 말인가?

한심하고 비열한 인간들.

"기는 놈 위에 나는 놈 있고, 꿩 잡는 게 매다"라는 얕팍한 논리를 핑계 삼아, 수단과 방법을 가리지 않고 자기합리화 하려는 쓰레기 같은 인간들… ×××들.


2000년 11월 21일자 대한매일의 김삼웅 칼럼 '시저의 아내는 소문도 안 된다'에는 정약용이 인용한 상산록의 염결(청렴)의 기준, 노나라 재상 공의휴 이야기와 중국 오은지 이야기가 등장한다. 이 칼럼에서 시저는 아내의 소문이 나돌자 "시저의 아내는 소문도 안 된다."라고 하면서 냉정하게 갈라섰고, 작심하여 로마 건설에 매진했다. 공직자들은 비리의 '소문'도 안 된다고 했다.

또한 명나라 홍자성이 쓴 채근담을 보면

"서수도덕자 적막일시(棲守道德者 寂寞一時)요, 의아권세자 처량만고 (依阿權勢者 凄凉萬古)"라 했다.

이는 도덕을 지키는 자는 한때 적막하지만, 권세에 아부하는 자는 만고에 처량하다는 의미로 직을 매수하지 않고, 내 기본을 팔지 않는 떳떳한 인간이 되리라는 내 인생 철학과도 일맥상통한다.

충무공 이순신의 '서해어룡동 맹산초목지(誓海魚龍動 盟山草木知)'라는 어휘 역시 새겨들어야 한다.

바다에 서약하니 물고기와 용이 감동하고, 산에 맹서하니 초목이 뜻을 알아준다는 의미로 임진왜란 당시 이순신의 충정을 잘 드러내는 구절이라 하겠다.

어쨌거나, 세상은 결국 순리대로 간다.

흐르는 강물처럼, 노자의 上善若水처럼…

2009. 10

21)

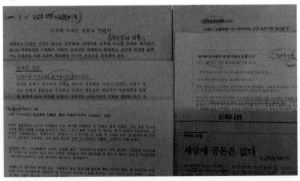

인사의 기준과 청탁 관한 기사 모음

# ―
## 시골
## 도시의 거리

————————— 결론부터 말하자면 경기가 부진하다. 12시 점심 한 끼 때우려고 사무실을 나섰다. 목적지는 재래시장 안에 있는 모 국밥집이다. 작은 골목을 빠져나가 시내 중앙로를 건넜다. 그런데 거리가 너무 썰렁하다. 하마터면 다른 도시에 온 것으로 착각할 뻔 했다. 주정차한 차가 한 대도 없었고 횡단보도를 건널 때까지 오가는 차량을 볼 수가 없었다. 오늘따라 도로가 무척 넓어 보였다. 노상 주차 예방을 위해 무인 카메라가 설치되어 있긴 하지만 이처럼 썰렁한 느낌은 처음이다. 평소에도 그런데 내가 눈여겨보지 않아서일까? 그런 생각을 하면서 재래시장 상가 안으로 들어섰지만 그 안에도 손님이라곤 한 사람도 마주치지 않았다. 우리가 찾은 그 식당에도 밥을 다 먹을 때까지 우리뿐이었다.

되돌아오면서 로또 복권 가게를 지나쳤다. 견물생심이라 가끔 호기심에 사곤 했는데 오늘은 유혹을 물리치고자 고개를 그쪽으로 돌리지 않고 그냥 지나쳐 왔다. 잘한 건가? 아니면 대박을 놓친 건가. 이것도 경제 사정인가, 분위기 탓인가.

　요즘엔 정가, 관가 분위기도 한몫한다. 오늘자(2011.06.28) 중앙일보 1면 머리기사에는 '공정사회, 외칠수록 서민은 힘들다'와, '과천식당, 공무원 손님 줄어 매상 반 토막, 월세 못 낼 판'이라는 기사가 대문짝만하게 찍혀 있다. 이런 기사를 보면 정, 관가 및 시장 분위기를 짐작할 수 있다.

　이곳 지방 소도시는 유행의 물결도 한발 늦는 편인데 통신 수단의 발달로 정보가 빨리 확산되어서일까. 각종 사회 부조리로 인하여 정, 관가가 얼어붙었다. 반복되는 공무원의 비리감찰, 사정 등으로 인하여 점심 먹으러 나가기도 꺼려지고 그 틈에 시장 경제가 더욱 위축되는 것 같다. 시민과 직장인 모두 선의의 피해자다. MB대통령까지 나서서 경제를 살리고자 언급하시고 시장 막걸리도 드셨다. 매년 몇 번씩 사회 부조리를 없애자고 언급되기를 수십 년이지만 고쳐지지 않는 것은 무엇 때문인가? 내 짧은 소견으로는 소수의 기회주의자들이 노력 없이 이익을 보기 위해 헛딴데 머리를 쓰기 때문인 듯하다.

　경기 부진에 대해 얘기하다가 이야기가 엉뚱한 곳으로 흘렀다. IMF가 오기 전에 흥청망청 돌아갔던 시장경제도 이제 거품이 다 빠지고 그나마 공정 시대로 접어들었다. 모쪼록 시장경제가 잘 풀려 다 같이 득 보면서 잘사는 사회가 되었으면 하는 바람이다. 예전에 어시장 골목에 '실비식당'이라는 가게가 있었는데 없어져서 아쉽다. 그야말로 실비라서(?) 이윤이 좀 덜 남았는지 모르지만…

저녁이 되면 느긋하게 삼삼오오 모여 더치페이 실비로 먹자골목을 점령했던 풍경이 언제쯤 다시 오려는지…

2011. 06. 28

# 아빠
어디가?

요즘 일요일 저녁에 방영하는 '아빠 어디 가'라는 tv프로그램이 인기다. 한 번도 제대로 시청하지는 않았지만 한마디로 유명인이 아버지로서 자신의 아이들을 데리고 나와 산이고 들이고 함께 여행을 다니는 포맷의 프로그램이다. 평소 아이들이 도시 생활에서 할 수 없었던 시골에서의 경험을 통해 참교육을 이끌어 주고 아버지와 자식 간의 공감대를 만들어 나간다.

그렇다면 90년대 어린이들은 어땠을까? 우리 애들이 초등학생이었던 90년대 초, 나는 30대 후반이었고 밤낮 일거리에 시달려 서류 보따리를 싸 들고 퇴근하던가, 아니면 집에 와서 저녁을 먹고 사무실로 다시 가야 했다. 1주일에 4~5일이 그랬고 휴일은 더더욱 시간이 없었다. 낮에는 주로 건설 현장으로 뛰어야 했고 일거리를 만들어 와 집에서 저녁을 먹고 야근을 할 수 밖에 없는 실정이었다. 밤늦게 서류를 집으로 가져와 책상에 앉았다가 그냥 잠드는가 하면 다음날 다시 풀지도 않은 서류 보따리를 그대로 들고 출근하기도 했다. 그 시절 동료들도 대부분 그렇게 일했다.

스트레스를 풀려고 酒님과 친해지는 건 여사였고 1주일에 최소 4~5일은 퇴근 시간이 대부분 밤 12시 전후였다. 지금처럼 시간 외 근무 수당은 상상도 하지 못했다. 무조건 몸으로 때우는 것이었고 당연히 그렇게 해야 하는 것으로 알았다. 평소보다 일찍 퇴근하면 어김없이 애들의 단골대사가 날아온다. '아빠 어디가?'가 아니고 "아빠 또 가?", "아빠 아주 왔어?" 사무실에 다시 안 나가는 날이면 애들과 조금 놀아줄 여유가 생겨 애들이 좋아했고, 다시 나가게 되면 애들의 실망이 이만저만이 아니었다. 지금 생각해 보아도 정말 열심히 살았다. 그때만 해도 맞벌이가 일반화되지 않았던 시절이라 그나마 아빠들은 대접받는 시대였다. 좋은 말은 아니지만 '가부장적 권위'가 먹혀들었다.

지금의 2010년대는 어떤가. 父권은 권위를 잃어가고 가母장적 권위가 어울린다. 남녀평등사회란 말이 입에 오르내리고부터 속도가 붙어 여성 상위 시대(7~80년대만 해도 엄마들은 밥상 아래에서 양푼 그릇에 밥 비벼 먹었다)로 발전하였고 남성에게 없는 여성시대, 여권 신장, 주부대학, 여성대학, 각종 여성단체며, 최근에 여성부 발족, 동북아 최초라는 수식어가 붙은 여성 대통령 시대에 와 있다. 그러니 상대적으로 어깨에 힘이 빠지고 삶의 무게에 지쳐가는 요즘의 아빠들에게 힘을 실어줄 때가 온 것 같다. '아빠 어디가'라는 프로는 그야말로 거친 경쟁 사회에서 살아남기 위해 힘든 일 마다하지 않고 열심히 일하면서 애들과 놀아주는 것까지 도맡아 해야 하는 아빠의 의무감을 떠미는 프로그램이다. "강아지는 놀아 주어 좋고 아빠는 왜 있는지 모르겠다."라는 순수한 동심이 요즘 시대를 대변해 주고 있지 않은가.

물론 요즘처럼 여성 일자리가 늘어난 시대에는 여성들도 놀지 않고 열심히 일한다. 남자는 힘이 세지만 남자를 다루는 분은 어머니라 하듯이 깡다구 제일 좋은 사람이 엄마이고 자식을 위해서라면 그 어떤 것도 마다않는 사람이 엄마다. 아이들과 놀아 줄 시간이 없는 아빠들을 위한 프로가 '아빠 어디가?'라고 한다면, 아빠들보다 잘 나가는 우리 시대의 엄마들을 위한 프로도 존재해야 되지 않을까. 가령 '엄마 어디 가?' 같은 제목으로 말이다.

외람된 이야기고 자칫 엄마들의 비난과 국가 발전을 후퇴시킨다는 질책을 감당하기 어렵지만 나는 이런 생각도 해 본다. 요즘 직장 구하기가 하늘에 별 따기고, 결혼 연령, 출산율도 늦어지고 있으니 경제를 되살리고 저하된 국가 경쟁력을 강화하기 위해서 여성의 취업률을 줄이고(직업 : 가사), 父권을 2000년대 이전으로 돌려놓는 것이다. (이크~ 큰일 났다. 경멸의 시선, 짱돌 날아오는 소리… 36계다.)

앞으로는 어떨 것인가? 남녀평등이 정점에 와 있으니까 서서히 저울추가 남성 쪽으로 기울어져 실추된 남성의 권위가 조금은 살아나지 않을까. 착각은 자유라구요?

2013. 05. 27

# —
# 더위도
# 진화한다

──────── "30도를 오르내리는 폭염 속에…"라는 앵커의 말은 옛날이야기가 되었다.

2~30년 전만 해도 30도라는 말은 더위에 대한 최고의 표현이었다. 그러나 이젠 숫자를 한 단계 업그레이드 해야겠다. 10년이면 강산도 변한다더니 수십 년 동안 기상도 변하지 말라는 법이 없다. 그래서 앞으로는 "40도를 오르내리는…"이라고 해야 더위도 체면이 설 것이다.

어제(2013.08.08.) 울산 낮 최고 기온이 38.8도였고 한때는 40도까지 치솟아 역대 최고 기록을 갱신했다고 한다. 오늘 강원일보 머리기사에는 '아침에도 30.9도…102년 만에 가장 더운 밤'이라고 보도되었고 '어제 강릉 최고 기온 36도, 아침 최저 기온 30도, 106년만의 폭염'이라는 부제가 달리기도 했다. 1911년 강릉 기상 관측 이래 가장 높은 기록이란다.

그런데다 지구 온난화 현상으로 인해 지구가 더워져 30년 전보다

강추위도 줄어들었다. 내가 초등학교를 다니던 70년대 겨울에는 등교할 때 도로 상태가 좋지 않아 물이 흘러 얼어버린 빙판 도로가 많았다. 물을 밟고 돌을 밟으면 신발이 딱 달라붙어 여름철에 슬리퍼를 질질 끌고 걷듯이 걸을 때마다 쩍쩍 소리가 나도록 추웠다. 그런데 적자생존이랄까, 냉난방 시설이 잘 갖춰진 현대 문명 속에 크게 아쉬운 것도, 부족한 것도 없이 그럭저럭 살다 보니 만성이 되어버린 것 같다.

물론 적자생존이다. 개구리가 서서히 더워지는 냄비에서는 주변의 온도를 감지하지 못해 도망 못 가고 죽는다는 얘기도 있지 않던가. (물론 이건 만들어 낸 이야기로 사실과 다르다는 최근의 신문 보도가 있었다). 어쨌거나 이런 살인적인 무더위에도 사람은 잘 적응해 나간다. 만약 인간이 더위를 경험하지 않았다면, 그래서 더위에 적응하기 위해 노력하지 않았다면 에어컨이나 선풍기는 발명되지 않았을 테니까.

한편 사람마다, 직업마다 더위를 느끼는 기준은 다르다. 실내에서 정신노동을 하는 근로자들은 에어컨이라는 문명의 혜택을 얻고 있기에 바깥기온이 40도라 해도 크게 더위를 느끼지 못한다. 오히려 냉방병이라는 새로운 질병에 시달린다. 반면 야외 건설현장에서 뜨거운 햇살 아래 육체적 노동을 하는 근로자는 26도(에어컨 실내 권장온도)만 되어도 온몸에 땀이 비 오듯 흐른다. 이런 다양한 분위기를 고려하지 않고 조금만 기온이 올라가도 '더워죽겠다'는 말을 함부로 내뱉는다면 우리나라의 경제 발전의 원동력이 되는 건설기술자님들에 겐 매우 미안한 일이 될 수 있다. 덥다는 말도 함부로 할 것이 못 된다.

더우면 더운 대로, 추우면 추운 대로, 자연 그대로에 적응하며 생활하는 것이 최선이다. 물론 물질문명이 발달된 현시대에 그 편리한 혜택을 거부하기가 어디 맘대로 돼야 말이지.

아무튼 점점 더 진화해 가는 기후의 변화로 앞으로는 "40도를 오르내리는 폭염 속에서…"라는 글을 보아도 그러려니 하는 날이 오지 않을까 두려워진다.

더위도 진화한다?

2013.08.09

# 一
# 神은
# 죽었다?

2014년의 4월은 그 어느 때보다 잔인한 달이 되었다.

2014년 04월 16일, 오전 08:58분경 진도 앞바다에서 '세월호' 여객선이 침몰했다. 침몰된 지 14일 후인 4월 30일 현재, 탑승객 총 476명 중 첫날 구조한 174명을 제외하고는 단 한 명의 생존자도 나오지 않고 있다. 대한민국의 침몰, 국민적 트라우마(정신적 외상) 등등, 공영방송은 물론 케이블의 대부분 채널에서는 연일 24시간 현 시각 세월호 상황을 보도하면서 국민들의 분노를 더욱 더 부채질하는 형편이다. 그러나 현장은 이보다 수십 배 더한 어려움과 고통 속에 몸부림치고 있다. 유가족들의 슬픔과 분노가 극에 달해 그야말로 아수라장이다. 물론 나역시도 TV를 보면서, 신문을 읽으면서, 라디오의 슬픈 음악을 들으면서 하루 종일 우울감에 빠져 있다. 대한민국 사람이라면 눈물을 안 흘린 사람이 없을 것이라 본다.

진도, 안산, 광역시도에 이어 시군단위까지 분향소를 설치하여 전 국민이 추모하기에 이르렀다. 양양군도 5월 1일 문화 복지 회관에 분향소를 설치하였고, 실과소별로 분향하기에 이르렀다. 본인은 우리 과 담당일인 5월 4일 일요일에 다녀왔다. 일이 이 지경에 이르기까지 체계적이지 못한 구조 활동과 미비한 정부 측 대책 방안이 국민들의 지탄을 면하기 어렵게 되었다. 대부분의 지자체 행사는 취소되었고, 국가적 상경기가 더욱 침체되었다. IMF 때도, 천안함 침몰 때도 이보다 심하지 않았던 것 같다. 수년 전의 일본 쓰나미 침몰보다 더 충격적이다. 우리나라에서 일어났기 때문에 그렇게 느껴질까?

그렇다면 한 가지 엉뚱한 생각을 해 본다. 그동안 神은 어디에 있었는가? 전지전능하신 신들은 대체 어디에 숨어 계시는가? 피해자 가족은 물론 전 국민이 2주 가까이 애타게 기도해도 결코 들어줄 수 없다면 신이 정말 있기는 한 건가? 불가사의도 아니고 모두가 기적이 일어나길 소원했건만 신은 꿈쩍하지도 않는다. 신을 모독하려는 것이 아니다. 불교, 기독교, 천주교, 토속신, 그리스 로마신 등, 신을 믿는 사람은 물론 무신론자라 하더라도 이런 생각을 한 번쯤은 해 보았을 것이다. 어느 인터넷 유저인 '금빛 오오라'의 말대로 "신은 전지전능하지 않다. 신(우주, 자연)은 그대로 있다. 신이 사람을 만든 것이 아니고 사람이 신을 만든 것"이 아닐까 싶다. 지금까지 우리가 믿어온 神은 다 허구이며, 전 국민을 무신론자로 만들 참인가?

그간 사고로부터 구조 활동, 사후 수습, 국가 안전 등 전반적인 문제점, 향후 대책까지 다 나왔다. 아니 앞으로 더 좋은 개선 방안이 계속 나올 것이다. 그리고 아픔을 딛고 한 단계 발전할 것이다. 이번 사건을 어떻게 잘 수습하고 일상으로 돌아올 수 있을까가 관건이다. 빨리 잊는 우리 국민적 정서처럼 이번에도 '이 또한 지나가리라'하고 세월을 기다리면 잊힐까? 그러나 그렇게 잊기엔 슬픔과 고통, 원망과 분노의 시간이 너무나 길다.

### P.s : 사회적인 원인

1. 예로부터 기술자를 대우하지 않는 세태도 원인일 수 있다. (역대로 무관보다 문관 우대)

예를 들어, 노임을 많이 받아야 할 사람은 생명의 위험을 감수하고 건설 현장에서 일하는 극한 직업의 기술자(기능공)들이다. 또한 세월호를 인양하러 왔던 초대형 크레인 기사와 잠수 작업자, 고층빌딩이나 철탑 작업자, 환경미화원 등이 사무직보다 급여가 많아야 한다. 그러나 현실은 그렇지 않다. 모든 전문가, 권세가, 사회지도층은 줄줄이 하향 지시만 할 뿐 마지막 현장의 일은 결국 기술인부의 몫이다. 예전에 기술자가 툭툭거리는 것을 많이 겪어 봤다. 그들을 무시했기에 툭툭거릴 수밖에 없는 것이다. 그래서 '기술자의 곤조'라는 말이 나왔다.

2. 우리 사회가 언제부터인가 황금만능주의와 이기주의로 물들어 윤리 의식이 결여되어 있다.

우리 시대의 양심 도덕, 나아가 공맹 사상, 노장 사상은 다 어디로 갔나. 그저 돈이 사람을 만들고, 돈 있으면 양반이고, 법을 어겨서라도 수단과 방법을 가리지 않고 돈을 벌면 그만인가. 김삿갓의 '貧者還富富還貧(빈자환부 부환빈)'이라 했건만…

2014. 05. 04

犬談

## 나의 삶
## 나의 사랑

남에서 점하나 떼어내고 님으로 살아오면서
평소 잘해주지 못해 미안했던 아내로 하여금
내 자신을 돌아보게 되었다
글로나마 용서받고 보답하는 계기로 쓴 이야기로
나의 인생과 가족의 사랑을 담았다
앞으로 아내에게 'you first'라는 각오로 산다면
보다 나은 인간이 되지 않을까 생각된다

그동안 부부라는 인연으로 살아오면서 잘한 것보다
잘못한 것이 더 많다
남자는 나이가 들수록 아내로부터 배운다고 했던가
아내 말을 잘 들으면 떡이 생긴다더니…
너 이래가지고 언제 철드니?

# 一
## 그녀의
## 하루

───────────  치이익~~ 예약된 압력 밥솥의 밥이 다 되어
압력이 빠지는 소리가 들렸다. 나는 비몽사몽 잠이 깬다. 그 소리는
언제나 꿈결에서처럼 평화롭게 들린다. 아침 7시다. 어서 일어나야
지. 그런데 눈이 떠지지 않는다. 조금 더 자야지, 아니 10분만 더.
그러나 잠은 더 이상 오지 않는다. 더 잘 수도 없다. 내가 늦게 일어
나면 사랑하는 아빠와 애들도 늦어질 것이고 모두가 나 하나로 인하
여 오늘 하루 기분이 석연치 않겠지, 아빠가 태양이라면 난 빛일 테
니까! 그래, 어서 일어나 아침 식사를 차려 줘야지. 난 잠깐이면 되
니까. 식구들에게 조금이라도 부담될라 내가 희생해야지, 그래, 일
어나는 거야. 셋을 셀 때까지.

오랜 시간의 가사 노동으로 숙달된 밥과 반찬 만들기가 불과 20여
분만에 뚝딱 해결이 된다. 반찬을 만드는 동안에 밥은 이미 찜이 들

었고, 아빠 따라 애들도 좋아하는 된장국을 끓인다. 매일 먹어도 물리지 않는 음식은 곧 밥과 김치와 된장국이다. 7시 30분 경, 아빠가 애들을 깨운다. 거의 매일 같은 시각 일어나 세수를 하고 머리를 감고 화장실이 빌 틈이 없다. 아빠와 애들이 밥 먹는 동안 난 애들 도시락을 싼다. 일찍 일어나 설친 탓인지 난 밥 생각이 별로 없다. 그저 먹는 구경만 해도 즐겁다.

우리 집 식구들은 작은놈이 8시 10분, 큰놈이 8시 20분, 아빠는 8시 30분대에 집을 나선다. 큰애는 사춘기라서 그런지 요즘 멋 내기가 한창이다. 거울 보는 시간과 머리 손질 등 시간을 너무 허비하는 것 같다. 등교 시간이 암만 늦어도 할 것은 다하고야 집을 나선다. 지각을 하거나 말거나다. 외모 꾸미기에 그 바쁜 아침 시간을 다 허비한다. 작은놈도 멋을 내기는 하나 동작이 빨라 내가 미처 뒤돌아볼 시간도 없이 후다닥 현관문을 뛰쳐나간다. 집을 나설 때 애들을 안아주는 등의 애정 표현을 하자고 아빠는 가끔 큰소리를 치지만 잘 이행되지 않는다. 그리고 나는 애들 챙겨주는 데 정신이 빠져 있고, 애들도 뽀뽀할 여유도 주지 않고 총총걸음으로 뛰쳐나가기 바쁘다. 아빠가 시간 여유가 있을 때는 다시 애들을 나무라고 불러들여 엄마에게도 아빠에게도 애정표현을 하고 나간다. 그것도 기분 좋을 때나 실천이 될 뿐 거의 일주일에 1~2회에 불과하다. 이런 가규를 정한 것은 가족의 사랑은 물론이고 아이들로 하여금 소속감을 심어주기 위해서다.

식구들에게 아침밥을 차려주고 나서 8시가 되면 아빠가 제일 싫어

하는 아침드라마를 본다. 요즘은 TV소설 '민들레'가 방영되고 있다. 이 시간만큼은 내 꺼다. 아빠마저 출근하면 이젠 소파에 기대거나 안방에 누워 하루 일정을 생각하며 아침을 맞는다. 그러다 보면 해는 중천에 떠 있고, 긴장이 풀려 오늘은 뭐 좋은 일이 생기지나 않을까 기대해 본다. 누군가한테 전화가 걸려 오기를 기다린다. 아니나 다를까. 이웃집에서 커피를 마시러 오라고 전화가 왔다. 나는 아침잠이 유달리 많다. 누군가 깨우지만 않는다면 한나절까지라도 자게 될 것이다. 그래서인지 아침잠이 덜 깬 상태에서 헐레벌떡 애들 학교 보내고 아빠 출근시키고 나면 이내 긴장이 풀려 나른한 기분으로 아침 드라마를 즐긴다. 그러던 중 거실을 울리는 이웃집 전화벨 소리는 하나의 구원이요, 천당에서 부르는 유혹의 소리와도 같다. 세수니 뭐니 그냥 집에서 입은 그대로(몸빼가 아니길 다행이다) 끼질러(?) 가노라면 벌써 둘은 와서 수다를 떨고 있다.

오늘은 어떨까. 그날 일진을 기대하면서 누구랄 것도 없이 48단 그림책을 깔아 놓는다. 자아, 다들 뭐하고 있어? 시간도 없는데, 어서 복구해야지! 어서 붙자구, 까짓 꺼. 고작해야 3점에 100원, 5점에 200원이지만 어떤 친구들은 이것으로 모험을 걸듯이 싸우기도 하고 속보이는 짓도 한다. 처음엔 오락이고, 재미로 시작했지만 일어설 땐 섭섭했던 만족했던 간에 다음 기회를 기다릴 수밖에 없다. 많이 잃거나 따도 하루 5천원에서 1만원 내외지만 말이다. 눈알을 팍팍 굴리며 잠시도 여유를 주지 않는다. 경로당의 시시한 화투에 비하면 정말 이 아줌마들은 수준급이다. 판은 끊이지 않고 돌아가면서도 할 얘기는 다한다. 이웃집 아저씨가 어떻고, 시내 모 여편네는 또 어떻고,

어제 어느 집이 싸웠으며, 누구는 도박판에 끼어들어 수천만 원을 날렸다는 등 별별 이야기가 다 나온다. 아마 이런 것이 살아 있다는 증거이며 흔한 말로 '세상사는 이야기'인가 보다. 대한민국 아줌마들이야말로 우리나라 시장경제를 이끌어온 주역들이 아닌가? 아줌마들의 파워에 대하여는 그 누구도 부인하지 않을 것이다. 아줌마들은 70년대 새마을 사업에서 길을 만들면서 돌과 자갈을 머리에 이고 날랐고, 가사 부담에다가 남녀 일도 따로 구분하지 않고 닥치는 대로 일해 왔다. 손발이 닳도록 일을 하여 자식들 공부시켰으며, 오늘날 여성 상위 시대로 위상을 높이는 데 큰 역할을 했다.

어느새 점심시간이 되어 간다. 허기도 느끼고 아침 설거지와 집안 청소를 못 한 것이 내내 신경이 쓰여 집 생각이 설설 난다. 금전상 손해 본 것도 없고, 누구에게서 전화도 왔겠다, 집안일 핑계 대고 한 여자가 집에 간다며 일어선다. 그러자 곧 판이 깨져 각자 집으로 온다. 오자마자 상 차릴 것도 없이 넓은 그릇에 먹을 만치 밥을 퍼서 김치와 고추장에 비벼 미친 듯이 퍼먹으며 동전 100원짜리를 세어 본다. 때로는 1000원짜리 지폐가 몇 장 있는 날도 있다.

온갖 빨래를 세탁기에 넣어 돌리는 동안 설거지며 진공청소기를 윙윙 돌리면서 방안을 말끔히 정리한다. 그러다 보니 오후 2시쯤 되었다. 이제야 조금 한가한 시간이다. 싱그러운 봄의 햇살이 베란다의 화초를 비추노라면 조용한 사색에 잠겨 또 한 잔의 헤이즐넛 커피를 마시고 싶어진다. 4박자의 뽕짝 음악도 좋고 팝송도 좋다. 느끼면 느끼는 대로 취하면서 야해지고 싶은 여자의 마음이다. 한껏 가야 시장이고 별다른 외출 계획도 없는데 몸은 어느덧 화장품 바구니를 들고 거울 앞에 선다. 자신의 얼굴이 아직은 세련되었다고 만족감을 느끼며, 고등어나 신선한 산나물 등 시장 볼 물품을 구상한다. 이 얼굴이면 평소 마주치는 거리의 아는 사람이나, 시장 가게 사람들에게 기본 이미지는 깎이지 않는다고 생각하면서 시장을 보아 집에 돌아온다. 애들은 와 있을 거고 오늘은 남편이 늦게 올까 일찍 올까 평소 전화를 거의 하지 않는 야속한 아빠를 긍정적으로, 때로는 부정적으로 생각하다 보면 어느덧 아파트 정문 앞에 서 있다.

실은 아파트가 아닌 연립주택이라서 조금은 속상하다. 그렇지만 당장 어떻게 되는 것도 아닌 게 현실이라 서운함을 감출 길이 없다. 가끔 노래방에 갔을 때 윤수일의 노래 '아파트'를 "♬~기다리는 나의 연립주택~" 이라고 가사를 바꿔 부르면서 즐거워하던 우리들이었기에, 넓은 집에 대한 욕망이 날이 갈수록 커져만 간다. 그러나 언젠가는 좋은 집으로 이사 갈 수 있다는 희망이 나의 기분을 맑게 해 준다. 아빠와 애들은 아는지 모르는지 그저 현실에 주어진 삶에 충실하다 보니 나의 속상한 기분을 잘 이해하지 못하는 것 같다. 아니면 모르는 체하는 것일까. 그래서 약간 내숭을 떠는 걸까? 그렇지만 나는 아빠의 마음을 알고 있다. 햇볕 잘 드는 넓은 집으로 이사 가서 애들 방 따로따로 주고 원하는 풍수 인테리어로 꾸미고 싶어 하는 건 나와 똑같다는 걸.

오늘은 아빠가 전화까지 온다. 곧 퇴근한다며 "뭐 필요한 것 없나?"라고까지 물으면서 말이다. 야근을 하거나 술 마실 기회로 늦어질 때는 연락이 없을 때가 더 많지만, 부서를 옮기고부터는 많이 달라졌다. 대부분 전화를 해주는 편이며(인간이 되려나?), 그럴 때는 항상 그 말을 잊지 않는다. 꽤나 나를 생각해서인지 아니면 건성으로 그러는지는 몰라도 어쨌든 그 말이 싫지는 않다. 내게 관심을 보이다니, 오래 살고 볼일이다. 그럼 나도 상냥하게 대답한다. 필요한 게 없으니 "어서 빨리 오셔요."라고. 오늘은 일찍 7시 반에 퇴근하셨다. 모처럼 온 가족이 저녁을 같이 먹게 되었다. 평소 아침밥은 내가 잘 안 먹을 때가 있어 실패고, 점심은 각자 알아서 때우고, 저녁에도 퇴근 시간이 일정하지 않다. 애들은 나름대로 약간의 과외 공부 등으로 제각각 밥을 먹는 때가 대부분이다. 그래서 아빠는 휴일만이라도 온 가족과 저녁을 함께 먹을 때가 가장 즐겁다고 말씀하신다.

오늘은 바지나 벗고 자야지. 잠잘 때나, 밥할 때나, 설거지할 때나, 이웃집에 커피 마시러 갈 때나 주야장창 입고 있어 아빠가 늘 불만조로 놀려댄다. 몸뻬보다는 폼이 나며 감촉도 부드럽기만 한 나의 전천후 바지를 나도 이젠 처분해야겠다는 생각이 없진 않다. 옷감이 부드러워서 편하긴 하지만 그이는 웬쑤 같은 바지라면서 '두더지 뱃가죽' 같은 바지라고 놀려대곤 한다. 우습다. 혹시 모르지, 바지를 벗고 자면 발이라도 만져줄지 말이다. 애들 낳고 몸조리를 제대로 못한 탓인지 최근에 이르러서 발바닥에 감각이 없고 답답하기만 하다. 아빠가 가물치며, 잉어, 사골 등을 권했었지만 그때나 이때나 그저 돈 때문에 아등바등 살아온 터였는지라 엄두도 못 냈다. 무엇인가 나를 위하여 해주려 했던 아빠의 성의를 그때 받아들이지 못한 것이 조금 미안한 기분도 들고 후회스럽기도 하다.

  그리고 난 지금도 군것질을 거의 하지 않는다. 어디 여행을 가거나 가까운 거리를 드라이브 할 때도 별로 입맛이 당기지 않는다. 그저 좋아하는 건 늘 먹는 밥뿐이다. 그것도 고급 음식점에 가서 먹는 요리가 아니고 매일 먹는 삼시세끼의 그 밥 말이다.
  어렸을 때 밥도 제 시간에 못 먹어 배를 곯았던 것이 한이 맺혔는가 보다. 그래서 남들이 흔히 즐겨 먹는 돼지갈비나 불고기, 중국요리, 생선회 등도 좋아하지 않게 되었는지도 모른다. 그나마 아직 철이 덜 들어서(?) 짜장면 정도는 좋아하고, 간식을 한다면 순대정도를 꼽을 수 있다. 하기야 돈이 문제지 싫어하는 것은 아님을 아빠가 모를 리가 없다. 몇 년 전 아빠는 애들이 있는 앞에서 내게 제의를 했다. 늦어도 한 달에 한 번 정도는 짜장면이라도 좋으니 외식을 하자고. 그러나 그것마저 실천이 안 되어 아빠에게 미안할 때가 있다. 나가 보았자 비싸기만 하고 먹을 것도 없으니 집에서 삼겹살이나 구워 먹는 것이 낫다고 말이다. 사실 아빠는 삼겹살만큼은 집에서 먹는 것보다 맛있게 먹어본 적이 없다고 늘 말한다. 자타가 인정하는 나의 요리 솜씨를 알아주는 것일까, 아니면 비행기 태우는 것일까 모르지만 말이다.
  어쨌든 하루 일과는 저물어 가고, 발을 안 만져 주면 앞으로 잠을 쉽게 이루지 못할지도 모른다는 생각이 불안하게 하지만, 이제부터라도 조금은 철이 들어 나를 많이 이해해 주는 그이가 고마울 따름이다. 애들도 공부하는 것이 피곤한지 쌔근쌔근 잘 자고 있다. 이젠 나도 잘 때가 된 것 같다. 문단속과 가스밸브 등 다시 한 번 점검하고 또 다른 내일을 위하여 쌀을 씻는다. 그리고 언제나처럼 밥솥의 타임을 7시에 예약해 놓고 들어와 나의 보금자리에 눕는다. 시계는 벌써 밤 12시를 가리킨다. 이제 하루 일과가 끝난 것이다.

잠들기 전 눈을 감고 잠시 명상에 잠겨 본다. 오늘도 보람된 하루가 되어 주어 고맙고, 아빠와 애들, 온 가정에 늘 건강과 행복이 함께하기를…

기도하다 보니 어느새 잠이 쏟아진다. 천사가 나를 황홀한 꿈의 세계로 안내하겠지? 복권에 당첨될 돼지꿈을 내게 선사할지도 모르니까? 그리고 보니 내일 모레가 석탄일이다. 큰맘 먹고 애들과 가까운 낙산사라도 가볼까 보다. 휴일이 되면 어디론가 떠나지 못해 안달복달하지만 나나 애들이나 따라나서지 않아 늘 외로워 보이는 아빠(?)를 위하여, 밑지는 셈 치고 한번 따라나서 볼까? 신바람 날 아빠를 생각해서 말이다. 내가 평소에 너무한 게 아닌가? 아빠를 외롭게 해 드리다니…

어쨌거나 그 꿈이 현실로 다가와 새해 소원이 우선적으로 이루어지기를 기대하면서, 잠들 때까지 아빠의 팔베개에 내 몸을 맡긴다. 아빠 사랑해!♡ 그리고 내 꿈 꿔~

2000.05.09. 훔쳐 쓴 아내의 일기

# 엄마의
# 이야기

──────── 엄마는 젊은 시절에 무척이나 고생하면서 보낸 것 같다. 그 시절 또래친구들 대부분이 그러했겠지만.

3남 2녀 중 맏딸로 손위 오빠가 두 분 계시고, 흔히 쓰는 요즘 말로 '여자라는 이유'로 부모님을 떠나 서울 객지에서 공부하면서 오빠들 챙겨가며 제 밥벌이 하는 등 악발이, 짠순이로 자랐다고 한다. 그래서 박봉에 먹고 싶은 것 못 먹고, 입고 싶은 옷 못 입어, 그야말로 덜 먹고 덜 쓰기 작전으로 객지 생활을 버텨 나갔다. 덕분에 오빠들까지 공부시켰고 엄마와 이모도 간호사로 생활할 수 있었나 보다. 당시 엄마네 집에서는 쌀은 떨어질 일 없는 농사일을 하면서 썩 괜찮은 생활을 보냈다고 한다. 그때만 해도 딸은 살림 밑천이라고 온갖 심부름과 가사 일을 부려 먹으며 귀여움도 받지 못했고, 외조부모님도 아들만 공부시켜야 한다는 사대주의 고정관념이 남들보다 완고하셨다고 한다. 하지만 지금은 역전되어 식구들 중 엄마를 최고로 인정하는 사람은 외할머니뿐이다.

틀에 박힌 직장생활에 연애라는 것은 생각조차 할 수 없었던 1984년, 다행이도 엄마는 다른 사람이 아닌 우리 아빠를 만났다. 나는 온 가족이 함께 생활하면서도 큰 불편이 없이 지내고 있음을 무척 자랑스럽게 느끼고 있다. 엄마는 잡일도 많이 했고 쉬는 날도 거의 없었다고 한다. 예를 들어 신혼살림을 도맡아 하면서도 밤낮으로 오징어 찢기, 과수원 적과, 피서철에 밤잠 안자고 민박 받기 등 돈이 되는 일은 마다하지 않았다고. 말이야 쉽게 하지만 따지고 보면 여자 몸으로 그보다 중노동이 따로 있을까 싶다. 보채는 우리들을 달래가며 남의 일 하기가 그렇게 쉽진 않았을 것이다.

내 귀에는 생소하게 들리는 '오징어 찢기'는 아빠가 출근하고 10시가 되면 시작되었다고 한다. 일단 오징어 차가 마을 앞에 오면 몇몇 엄마 또래를 제외하곤 거의 할머니들과 나란히 서서 그 일을 해야 했다. 남들이 보면 창피하기도 하고 일도 힘들어서 도저히 신혼의 젊은 나이에 할 일이라고는 볼 수가 없었다. 손톱이 닳으면 도로코 칼로 찢고 하여 3kg 분량을 아주 가늘게 찢어야 하고 3~4mm 이상만 되어도 제값을 주지 않거나 퇴짜를 맞는다. 낮에는 이웃집에 놀러가서 수다를 떨면서 그 일을 할 수 있지만 다른 일이 있을 때는 그마저도 밤에 할 수밖에 없다. 퇴근해 돌아온 아빠의 성화를 견뎌내야 하는 것이다. 그나마도 도와주면 다행이고 안 도와준다 해도 요구할 순 없기에 꾸벅꾸벅 졸면서 밤늦게까지 찢고 또 찢었다. 소요 시간은 4시간 내외이며 85년 당시 3kg에 1,300원이었다. 커다란 원양오징어로

1차 가공을 한 것이어서 맛이 기막히게 좋았다. 그래서 아빠나 놀러온 손님들이 심심풀이로 조금씩 주워 먹을 때가 있었는데 그럴 때면 어김없이 감량이 모자라 손해를 보게 되었다. 아빠는 시내에 나가서 동료들과 약주를 하게 되면 몇 만 원은 그냥 날려버렸기 때문에 엄마의 1,300원을 너무 우습게 보았고 결국 견해 차이로 다툴 수밖에 없었다. 아빠는 오징어 찢는 일을 하지 말라고 부부싸움까지 해 가며 말렸고, 엄마는 그렇거나 말거나 거기에서 작은 보람이나마 느꼈던 것이다. 엄마의 궁극적 목표는 1,300원의 금전적 가치를 아빠가 알아주는 것이 아니라 자신의 그런 모습을 보여줌으로써 아빠로 하여금 소비 습관을 돌아보게 만들고 함부로 낭비하지 않도록 하는 것이었다.

남들처럼 할아버님 재산이 많아서 신혼 초 전세금이라도 도와주시면 다행이겠지만, 그럴 만한 여유가 없는 관계로 엄마 아빠는 월세로 살면서 같은 또래의 전세방에 사는 신혼들과 보조를 함께 하기 위해 정신적인 고통을 감당해야만 했다. 생활비를 드리면 드렸지, 시댁의 도움을 받는 일도 거의 없었다고 한다.

엄마는 이어서 과수원 적과 이야기도 들려주셨다. 이른 봄철 '양강지풍'으로 유명한 이곳에서 샛바람이은 불어닥치는 와중에 흰 수건을 뒤집어쓰고 일하는 엄마의 모습을 상상해 보라고 했다. 사과나 배나무의 높이가 대부분 2~3m라서 나무에 올라가는 것까진 무리였지만 대신 하루 종일 팔을 하늘로 뻗어 일하다 보니 초등학교 때 복도에서 손을 들고 꿇어 앉아 벌 받던 모습이 떠올랐다고 한다. 물론 그때처럼 창피할 것도 없고 어디까지나 돈을 버는 일이니 벌 받는 것에 비유할 수도 없지만 어쨌든 그만큼 팔이 아팠다고.

첫날 일할 때는 같이 간 동료들과 세상 이야기며 신혼 이야기, 옛날이야기 등 그런 대로 견딜 만 했으나 하룻밤 자고 일어나니 몸이 천근만근이었다고 한다. 남의 일 하기가 쉽지 않다는 것은 이미 뼈저리게 느낀 터라 애들과 살림에 보탬이 된다고 생각하면서 그런 대로 견뎌냈지만 5일이 지나자 와장창 무너졌다고.


과수원 일에 이어서 또 고생했던 일 중에 하나가 여름밤을 지새우며 민박 손님을 받았던 일이었다. 제일 힘들었던 건 아무래도 잠을 못 자는 것이었다. 초저녁부터 12시까지는 숙박업소에서 손님을 받으므로 집에서 대기하고 있다가 이웃집 누군가가 시내 여관에 불 꺼졌으니 나가 보자고 전화가 걸려 오면 그때서야 나간다. 자정이 넘으니 한여름에도 쌀쌀하여 긴소매 옷을 걸쳐야 했고 비가 오는 날에도 쉬지 않고 나가서 감기 들기가 일쑤였다. 여름철에는 새벽 2~3시가 성수기다. 서울서 늦게 출발하여 그 시간대 도착하면 숙박업소에는 빈방이 없기 때문이다. 그런데 생판 모르는 사람 차를 세워서 다짜고짜 "아저씨 민박하세요."라고 한다는 게 말처럼 쉽지가 않았다. 그것도 3~5명이 같이 행동하다 보니 내 순서 찾기도 어렵다. 차가 오는 순서대로 하든지, 손위 아줌마부터 챙겨주든지 어쨌든 엄마와 친구는 보이지 않는 이웃 간의 의리가 깨지지 않는 범위 내에서 양심껏 받았다. 허탕 치는 날도 수두룩했다. 문제는 손님이 얼마나 착실한가에 달려 있었다. 신혼부부나 연인들은 가장 선호하는 손님에 속했고 남자들만 우르르 타고 있는 차는 무서워서 피했다. 때로는 용기 내서 집까지 데리고 와도 방을 보고는 그냥 나가버리는 경우도 많았다고 한다. 어찌 되었건 손님에 따라서 여관보다는 조용하게 잘 수도 있었다. 손님이 원하면 아침밥까지 차려 주었고(물론 밥값은 조금 받지만) 그 틈에 얘기를 나누다 보면 손님들은 방이 깨끗하다며 어쩜 이렇게 살림을 깔끔하게 꾸며 놓으셨냐고 칭찬을 아끼지 않았다. 당시 한여름에 4~50만원은 거뜬히 벌었으니 잠 못 자는 대가는 충분했다. 솔직히 말하여 돈 욕심에 힘든 줄 몰랐다고 해야 맞을 것이다. 엄마의 성미를 조금씩 알고부터는 아빠도 이번만큼은 별로 말리지 않았고 오히려 잘 협조해 주는 편이었다. 18평 연립이지만 우리들 방과 안방까지 내 주고 아빠는 말 그대로 정확히 한 평짜리 골방에서 어린 내가 잠깨지 않도록 애쓰며 자야 했다. 아니면 내 방에 손님을 먼저 받은 후 안방에서 자다가 밤늦게 승용차 문 닫는 소리에 잠을 깨야 했다. 근데 대부분은 그러기 전에 엄마가 급히 방으로 뛰어올라와 아빠를 급히 깨워 골방으로 보낸다. 이건 완전히 군대의 5분 대기조와 다를 바가 없다. 아빠가 군대를 갔다 왔기에 망정이지…

가장 복병은 어린 우리들이 자다가 우는 것이었다. 그럴 땐 가볍게 머리를 쓰다듬어 올리거나 또 다른 방법으로 깨지 않도록 해야만 한다.

그 외에도 엄마는 시간적 여유와 돈이 되는 일은 마다하지 않고 어떤 일이든 했다. 우리들 학교와 아빠 뒷바라지에, 다른 맞벌이 직업은 생각할 수가 없었다. 오로지 아빠와 우리들을 위해서였다. 아빠가 항상 말씀하셨듯이 "양심 바르고 긍정적으로 매사에 웃음을 잃지 않고 열심히 살아가는 우리 가정이기에 神은 항상 우리 곁에 있다."

는 것을 의심치 않으며 오늘도 부모님께 감사드린다. 그리고 아빠께
서는 우리 가족을 위하여 헌신적으로 애쓰는 엄마에게 항상 미안하
게 생각하고 더없이 고맙게 생각한다. 어릴 때 남보다 고생하며 자랐
다는 엄마에게 더 이상의 불행은 있을 수 없다. 탄탄대로를 나서는
21세기의 아름다운 세상은 우리들 것이기 때문에…

2000.09.30 '엄마의 삶'을 써 오라는 애들 학교 숙제

# 나이스
# 구리마쓰

———————  어제 평소보다 일찍 퇴근하면서 하루만이라도 모든 걸 잊어버리고 가족과 함께 쉬자고 마음먹었다. 제발 눈만 오지 말라고 고대하면서. 물론 '화이트 크리스마스'를 기다리는 사람들, 특히 젊은 연인들에게는 눈이 안 오면 크게 섭섭한 말이지만 내가 하는 일을 알게 되면 백번 이해할 것이다. 아무튼 새해에는 책도 한 권씩 읽어보자면서 우리 팀에게 도서상품권 두 장씩을 성탄 선물로 베풀었고 동료들과 인사를 나누며 각자 가정으로 돌아갔다.

집에 돌아와서 잠시 이웃 가족과 함께 시간을 보내다가 늦게 잠들었는데 아기 예수가 깨웠는지 아침 일찍 잠이 깼다. 날씨가 좋아 안심하고 아침 9시까지 개기고 있는데 아내가 먼저 일어나더니 깡충깡충 뛰며 난리 브루스를 떨고 있다. "와우~! 화이트 구리마쓰다!" 라고 외치며… 초교에 입학할 이웃집 아이(별칭:짜우)가 와 있어 같이 기분 내자는 심보였다. 나도 그 순간 용수철처럼 일어나 밖을 보니 이건 난리 브루스 이상이었다. 휘몰아치는 눈보라 때문에 30m 앞 건물도 분간이 되지 않았다. 신난 아내와는 반대로, "어이쿠 난 죽었다. 사무실 나가야 돼."라고 공복이라 투정 섞인 말투로 어깃장을 부렸다.

한 시간도 안 되었는데 눈은 20cm 정도 쌓였다. 우리 동료들은 벌써 나와 있었다. 누가 시키지도 않았는데. 하긴 5분 대기조 마냥 거의 동시에 출동하기는 하지만. 아무튼 다들 겉으론 웃고 있으나 속으론 정말 열이 받았을 게 틀림없다. 그동안 출근하면서 마주치는 타부서 직원들이 그저 농담조로 "고사를 안 지내 그렇잖아?"하고 너스레를 떨면 의미심장한 미소로 되돌려 주었지만, 이번엔 정말로 새해 첫 시무식을 돼지머리 고사로 시작해야 되지 않을까 하는 생각을 해본다. 암튼 하루 종일 눈과 싸울지라도 '메리 크리스마스'라 하니 그래도 즐겁다. 오늘은 정말 화이트, 나이스, 크리스마스였다.

2002. 12. 25

# 시골
# 여름의 추억

―――――――――― 20여 년 전만 해도 시골의 인심이 좋았고 이웃 간의 정이 넘쳐 그야말로 그 맛에 사는 재미도 있었다.

먹고 살기 바빠 육체적으로 힘들었지만 마음은 지금보다 훨씬 편했다. 여름철이 되면 논밭에 나가 김매기, 농약·비료치기, 감자 파기, 강낭콩·고추 따기 등 쉴 새 없이 바빴다. 지금은 어울리지 않는 '농자천하지대본'이란 말이 먹혀 들어가던 시절로써 낮일은 고되었지만 저녁이면 모든 식구들이 마당에 멍석을 깔고 등불을 뜨락에 내걸고 식사를 하곤 했다.

에프킬라나 모기향이 없던 시절, 장작불을 한참 피우다가 가동나무 가지(독해서 모기가 도망감)나 쑥잎, 소가 먹다 남은 꼴(생풀)을 타오르는 불에 덮는다. 연기를 일으켜 모기를 쫓는 방법이다. 여름철은 간식이나 주식으로 감자떡이나 칡가루 떡(속이 없는 반대기)을 만들어 먹었다. 가까운 이웃과 한 그릇씩 나누어 먹는 것을 잊지 않는다. 줄 때의 기쁨과 받을 때의 즐거움을 안다. 이웃 어르신께서 놀러오면 옛날이야기, 세상사는 이야기를 들으며 모기에 물리지 않으려고 담요(라기보다는 빨아 놓은 이불 껍데기가 정확하다)를 덮고 북두칠성과 삼태성(오리온자리), 그리고 별똥별(유성) 그 밖의 흘러가는 밤하늘의 별(인공위성이라고 불렀다)에 취하고 옛날이야기에 빠져 그냥 잠들어버리곤 했다.

10시가 넘으면 아버지께선(때론 어머니, 형님) 나를 깨지 않도록 사알~짝 안아서 안방에 재운다. 분명 마당에서 잠들었는데 일어나 보면 방안인 것을 확인할 때면 가족의 따스함을 느끼곤 했다. 국민학교 시절 우리 동네는 60여 가구가 살았는데 그 집의 가장(할아버지, 할머니도 해당된다)의 생일이면 온 동네 어르신을 집으로 초청했다. 그리고 80cm 정도 높이의 옹기단지에 담은 막걸리와 성의껏 만든 음식으로 마을 잔치를 열어 온정을 베풀었다. 암만 없이 살았어도…

애주가('주태백이'로 불렀다) 어르신들은 저녁 늦게 술 단지 바닥이 드러나 쪽 바가지 긁는 소리가 빡빡 나서야 파산했다. 그렇게 주정을 떨어야 잔치 잘 치렀다는 얘기를 들었다. 그때의 어머니들은 얼마나 힘들었을까? 그러나 할머니가 가장이거나 정말 살림이 어려워 잔치를 베풀 능력이 없는 분들은 초청을 해 주어도 미안해서 참석을 하지 않는 서글픈 속사정도 있었다.

대부분 일터에 나가기 전 아침 일찍 초등학생 또래에게 심부름을 시키는데 주인장이 안 계셔서 2~3회 다시 가더라도 빠짐없이 초청을 한다. 그리고 잘 참석하지 않는 어르신이 계시므로 잔치집 주인께서는 빈말로라도 꼭 오시라는 말씀을 드리라고 일러 준다. 그래서 어떤

아이는 이웃 어르신 마당에 들어서서 곧이곧대로 이렇게 말씀을 전
달한다.

"계십니까? ⋯⋯계십니까아~ ⋯⋯계세요!"

"왜 그러냐? 뉘 집 아들?"

"우리 아부지 생신인데요, 낮에 빈말로라도 꼭 놀러 오시래요."

"오~냐, 알았다. 근데 빈말로라도 오라는 건 뭐니?"

"네? 저도 몰라요. 집에서 그렇게 말씀하셨어요."


어르신은 푸핫, 하고 너털웃음을 터트리며 말한다.


"이걸 가, 말어?"

2003. 08. 21

# 알바
# 이야기

———————— 고3인 큰애가 긴 겨울방학 동안 먹고 놀고 뒹굴
더니 어느 날 갑자기 친구를 만난 뒤 당장 알바를 한다고 하기에 세
상 경험 한번 쌓아 보라고 승낙했었다. 작은 카페에서 서빙을 하는
일이었는데 평일에는 오후 5시부터 10시까지이고 남들이 노는 주말
에는 오전 10시부터였다. 인생 수강료(?)는 시간당 2,200원이었다.
말이 10시까지고 대부분은 밤 12시경 집에 도착하여 도리어 엄마 아
빠를 과외시키는 듯 했다. 어쨌든 어제까지 일을 마감하고 '삶의 체
험' 수강료를 받아 왔다. 한 달 가까이 했는데 정확히 391,000원이었
다. 시간이 곧 돈이므로 하루하루 시간과 분 단위까지 기록했다고 한
다. 정확히 계산하면 390,800원이었는데 200원 보태서 주더라고 말
했다.

세상은 역시 대단하다. 우리가 흔히 쓰는 4사5입해서 800원은 버
리고 39만원을 주던지, 아니면 선심 써서 40만원을 채워줄 수도 있

을 터인데, 그러지 못한 카페 주인의 아량이 좀 부족하다는 생각도 해 보고 조금 섭섭한 생각이 들었다. 그 카페에 한 번도 가본 적이 없지만.

그러나 잠시 후 내 생각이 잘못되었음을 스스로 인정했다. 노력한 만큼의 대가를 정확하게 받는 것이 당연한 일이기 때문이리라. 현실성 있게 세상을 가르쳐 준 그 카페 주인에게 한편으론 고맙다는 생각을 했다. 소중한 그 돈을 받은 뒤 딸에게 물었다.

"소감이 어때, 힘들지?"

그랬더니 아이의 얼굴에 갑자기 생기가 돌면서 그냥 돈에 아랑곳하지 않고 당장 내일부터 안 나가서 좋다는 대답을 했다.

내가 다시 물었다.

"세상 공부 많이 했지?"

"……"

"많이 느끼고 생각했겠지만 세상은 니가 생각하는 것 이상으로 냉정하고 힘든 일이 많아. 평소에 용돈 타 쓰기만 했지 돈의 소중함은 잘 못 느꼈지? 벌기는 힘들어도 쓰기는 얼마나 쉬워. 넌 오늘 39만 1천원보다 수십 배 가치 있는 소중한 삶의 체험을 배운 거야. 그러니 네 맘대로 써라. 그러나 소중하게 쓰되, 동생에게도 한방 쏘고. 용돈은 필요한 만큼 더 보태 줄 테니까. 그런데 우선 먹고 보자, 애들아 통닭 시켜!"

라고 했더니 딸은 한 수 더 떠서 "아빠 돈으로?"라고 되받아친다. 요놈 봐라! 그래, 아빠가 쏜다!!

결국 이렇게 해서 어젯밤도 알바 시간을 초과했다.

2004.02.27

# 많이
# 발전한 양말

지난 휴일 아침이었다. 조그만 주말농장에 고구마, 상추, 오이, 시금치 등을 몇 포기씩 심으러 가기로 했다. 영농 경험은 학교를 다닐 때 부모님 농사일을 도와드린 것이 전부였다. 한마디로 농사일은 왕초보라서 씨가 싹이 안 트거나 모종이 말라죽으면 창피한 생각이 들어 여러 종류를 몇 포기씩만 준비한 것이다.

농장에 도착하면 곧 흙을 묻혀야 하기에 새 양말을 신을 필요가 없었다. 체질상 '아침형 인간'이 못되는 집사람은 우리 고3 아이 수험생보다 일어나기 힘들어 했다. 갑자기 여름이 다가온지라 덥기 전에 일을 끝내려고 이른 아침 출발해야겠는데 그녀는 아침잠이 많아 눈만 뜬 상태로 내게 양말을 찾아달라고 했다. 말 안 해도 어제 신던 양말이 뻔했다. 그런데 어디에서도 양말을 찾을 수가 없었다. 원래 무엇을 찾는 데는 문외한이긴 하다만은. 신기할 정도로 평소 무얼 찾으려고 하면 서랍을 다 뒤져도 못 찾는다. 찾기 싫어서인지, 대충 대충 찾아서인지, 걔네가 내 눈에 띄기 싫어서인지 이유는 도통 알 수가 없다. 그러나 내가 뒤졌던 서랍 등을 집사람이 다시 열면 언제 없었냐는 듯 얄미운 모습을 드러낸다.

어쨌거나 난 도둑 체질은 못 되나 보다. 다른 때 같았으면 "양말이 없다야. 당신 찾아봐." 라고 말했을 텐데. 오늘은 비밀리에 작전이 성공했다. 한 수 더 떠서 옷장 서랍에서 비닐 포장도 뜯지 않은 아주 새 양말을 찾아 건네주었던 것이다. 그러자 아무것도 모르는 집사람이 피식 웃으며 말한다.

"당신 어쩐 일이야? 많이 발전했네요?"

나도 회심의 미소를 띠며 속으로 외친다.

'내가? 아~니, 양말이…!'

집사람은 새 양말을 신더니 오늘따라 주말농장에 가는 게 기분이 좋다고 말한다.

이거 속 보이는 구만.

2004. 05. 18

# 엎드려
## 절 받기

         어제 출근하면서 큰애한데 "오늘이 무슨 날 같은데 뭐 없냐?"하고 말을 건넸다. 큰애는 내심 미안했던지 잠도 덜 깬 얼굴로 '아빠, 잠깐만!'하더니 밖으로 뛰어나간다. 잠시 후에 큰애는 초콜릿 종류를 한 아름 안고 들어와 식구들에게 골고루 나누어 주었다. 엎드려 절 받기라고는 하지만 평소에 엄마 아빠 생일이나 기념일 같은 걸 원체 챙기지 않는 성향이라 오늘따라 갑자기 화가 벌컥 났다.

    두 놈 다 방학 핑계로 공부는 내팽개치고 허송세월만 보내고 있는 것에 더 화가 난 것인지도 모른다. 잔소리도 안 하고 늦게까지 TV 보는 것, 컴퓨터 하는 것, 오락하는 것까지 그냥 내버려 뒀더니 기강이 이만저만 빠진 게 아니었다. 세상에서 제일 쉬운 것이 공부(?)인데, 공부하는 게 뭐 특권인가?

그런데다 요놈들은 외출하고 돌아오면 아빠 엄마보다 '쭈주(강아지)'부터 먼저 챙긴다. 평소에도 나보다 더 일찍 일어나서 공부해도 시원찮은 판인데 내가 출근할 때까지 침대에 드러누워 꿈속을 헤매는 꼬락서니를 보니 배알이 꼴려서 더 이상은 참기가 힘들었다.

내 인내심에 한계에 다다른 것이다.

"이놈들 이리와 봐! 내일부터 아빠 일어날 때 같이 일어나 밥 먹고, 출근할 때 현관까지 나와 허그하고, 퇴근 때도 내가 문 열고 들어오면 즉시 쫓아 나와. 안 그럼 느네들 그냥두지 않겠다, 컴퓨터 앞에 앉아 있으면 컴을 박살내겠다!"

라고 크게 엄포를 놓았다.


애기를 제대로 들은 건지 어쩐 건지 그대로 현관문을 열고 나왔다. 늦어진 출근길을 재촉하면서도 그 와중에 초콜릿을 몇 개 챙겨 왔다. 노가다 과라서 여직원이 없는 관계로 우리 아이 이름으로 직원들에게 초콜릿을 나누어 주는 기분이 생각보다 '짱'이었다.


자리에 앉아 조금 전 아이들에게 내린 엄포를 떠올린다. 사랑방 입방 신고할 때는 둘 다 고등학생이었는데 세월이 흘러 올해 작은놈까지 대학에 갈 시기가 되었다. 그 놈들이 어른이 되면 될수록 나와 아내로부터는 한 발자국씩 더 멀어질 것이다. 나는 그런 섭섭함을 예견하고 호통을 친 것이었다. 단순한 노여움이 아니었다. 객지에 나가도 가정의 소중함을 알아주었으면 하는 마음에서 내뱉은 말이었다.

그래서 어떻게 됐냐고요?

오늘 아침 출근할 때 아내는 물론이고 두 놈들까지 허그하자고 달려듭니다.

이거 대박 아닌가요?

2005. 02. 15

# —
# 악하게
# 살자

한때 악하게 살자고 결심한 적이 있었다. 별 희한한 사람이 다 있네? 라고 생각하겠지만 당시에는 선하게 사는 것보다 악하게 사는 것이 더 이득이라고 생각했다. 그러나 겪어 보니 사람의 본성은 아무리 노력해도 크게 바뀌지 않는다고 스스로 결론 내렸다. 저 사람 착하다 혹은 악하다, 로 양분되는 철학적인 의미를 떠올리지 않더라도 인간의 본성은 언젠가는 원래대로 돌아온다는 생각이 든다. 물론 살아오면서 믿을 만한 사람에게 배신을 당했거나 인생이 송두리째 바뀔 만한 어떤 계기나 충격을 경험하여 단숨에 악한 인간으로 변모하는 것을 제외하고 말이다. 그러나 그마저도 잠시뿐이지, 오랜 세월이 흐르면 그 악에 받친 모습도 무뎌져서 결국엔 원래의 착한 본성으로 되돌아온다는 게 내 생각이다.

10여 년 전, 지금의 직장 생활을 이어오면서 매일 같이 반복적이고 틀에 박힌 업무를 다루다 보니 새로운 것, 재미있는 일이라고는 도무지 할 기회가 없었던 것이다. 그래서 똑바르고 정직한 생활을 하는 이면에는 늘 매너리즘과 슬럼프가 그림자처럼 나를 따라다녔다.

좋게 말하면 법 없이도 살 사람이고, 비꼬자면 '그렇게 FM대로 살아서 되겠어? 사람이 좀 센스도 있고 융통성도 있어야지' 이런 말을 듣는 세상이다. 더구나 사회생활은 그 '착함'이 더더욱 용인되지 않는 비정상적인 시스템 속에 있다. 착하고 근면성실하게 일하는 사원은 무시당하기 일쑤고 차별 받고 손해를 본다는 게 언젠가부터 정설이 되었다. 아닌 게 아니라 임기응변에 강하고 아부 잘하고 목적을 위해서 수단과 방법을 가리지 않는 사람들은 이 착한 사람들을 이용해 사리사욕을 채우려 든다. 진실은 언젠가는 밝혀지겠지만 그럼에도 불구하고 악한 사람들의 욕심은 끝이 없다.

나 역시 예전에 남의 보증도 서 보고 채권자도 되어 보았다. 한두 번은 병가상사라 하여 그냥 속아 주었는데 그 이후로도 의리운운… 기회를 주었다가 배신 때리고 나니 '인간'이란 철학적 용어가 나온다. 그야말로 콩으로 메주를 쒀도 믿을 수 없도록 평소 나를 犬고집으로 만들게 하였다.

한국 사람들이 그렇게 좋아하는 삼세 번, 4전 5기도 내게는 위로의 말이 아니었다. 내가 할 수 있는 건 그저 아무 일 없던 것처럼 사는 것, 안 좋은 경험도 미덕으로 삼고 편하게 사는 것이었다. 하여간 살면서 크든 작든 사람들에게 몇 번 데여 보니 내 본성에 대해 한층 가깝게 다가간 기분이 들었다. 배신당하는 건 남 일로 치부했던 40대

초반에 배신을 당하고 악하게 살기로 다짐한 것이다. 그렇게 마음을 먹으니 앞으로는 살면서 손해 볼 것이 없겠다는 생각에 오히려 마음이 편했다. 어쨌거나 40대 이후에는 순탄한 인생을 살아 왔다. 내 결심이 하늘을 움직인 건지, 정말 운이 따랐던 것인지는 모르지만 말이다.

그러던 어느 날 이웃집에서 예고 없이 집으로 초대했다. 소주 한잔 마시러 오라는 것이었다. 모처럼 우리 그녀와 술자리를 같이하게 되었다. 다섯 분 모두 현업에서 은퇴한 연배 높으신 분들이었고 마시는 내내 덕담도 하고 옛날이야기를 떠올리며 화기애애한 분위기를 유지했다.

그러다 다들 조금씩 취한 상태에서 어떤 분이 나를 바라보며 '저 사람은 법 없이도 살 사람이야, 참 착한 사람이지."라고 하는 것이었다. 평소 같았으면 "네, 그래요? 별말씀을요. 좋게 봐 주시니 감사하네요."라고 말했을 텐데, 그 말을 듣자마자 순간 악한 사람이 되고자 했던 지난날이 불쑥 떠올라 나를 화나게 만든 것이다.

나는 아주 큰 실수를 하고 말았다.

"그래요? 나보고 착하다고 하는 사람들은 가만두지 않을 거야, 언젠가는 한번 당할 줄 알아…"

라고 말을 해버린 것이다. 이후 나는 그 분과 언쟁을 벌였고 뒤늦게 후회해도 이미 엎질러진 물이었다. 취하지 않은 아내가 사태를 알아차리고 나를 나무랐다.

"착하다는데 뭐가 나빠? 당신이 잘못 생각한 거야, 착하게 산다고 생각해 주면 고마운 거지, 정말 알다가도 모르겠어!"

여차저차 진정은 되었지만 완전히 분위기가 엉망진창이 되었다.

서먹서먹한 가운데 나는 변명을 늘어놓았다.

"그게 아니고 전에 나를 착하다는 명목으로 역이용한 인간쓰레기 같은…" 어쩌고저쩌고…

겨우겨우 수습은 되었지만 이제와 생각하니 그때 왜 그랬는지 모르겠다. 정말 그런 태도가 악하게 사는 방식이라고 생각했던 걸까? 잘못 생각해도 한참 잘못 생각한 것 같다. 반성한다.

그런데 이렇게 썼다고 또 나를 정말 악한 인간 취급하는 건 억울하다.

저 정말 착해요. 착한 거 아시죠? 왜냐하면 착하지 않다면 이런 글은 쓸 수가 없거든요?

2005. 12

# 정 있는
# 사람으로 발전하다

———————— 일요일인 어제 처조카의 결혼식이 있어 부산
을 다녀왔다. 새벽 5시에 출발하여 밤 11시에 이곳에 도착했는데 아
침엔 평온한 맨땅이었으나 밤이 되니 온 세상이 하얗게 변해 있었다.
양양 대청봉에 눈이 세 번 정도 내린 후에 마을까지 네려 온다 이곳
에선 이걸 첫눈이라고 한다. 올 첫 눈은 이렇게 시작되었다.

눈이 내리는 것은 자연현상에 불과했지만 눈이 내리는 결혼식은 어쩐
지 특별하고 낭만적으로 느껴졌다. 신랑은 씩씩한 부산 사나이였다. 신
랑신부 입장에 이어서 신부 친구가 피아노 반주에 맞추어 축가를 부르
기 시작했다. 고요하고 숙연한 분위기 속에서 그녀의 목소리에만 집중
하는데, 신부가 노래를 듣다가 몇 번이나 고개를 떨어뜨렸다. 보는 사
람들도 함께 눈물지었다. 행복에 겨워서일까? 아무래도 그동안 열심히
살아 온 과정이 파노라마처럼 스치면서 몇 년 전 돌아가신 아버님 생각

이 많이 났을 것이다. 그녀는 1남 3녀 중 막내딸이니까 더더욱 말이다.

그런 모습을 보는 나도 눈물이 맺힌다. 전에는 결코 이런 일이 없었는데… 분위기 때문인가? 물론 그 시간만큼은 어디서든 엄숙한 분위기다. 그렇다고는 해도 나를 이해할 수 없었다. 신부 친구들, 친지들이 여기저기서 눈물을 감추고 있었다. 뒷좌석에 앉은 집사람에게 들키지 말아야 하는데… 빈자리가 없어 예식장 옆벽에 기대어 있었기 때문에 감정을 억제하려고 눈동자도 움직이지 않았다. 잠시 딴생각을 하면서 눈물을 감추려고 애썼지만 자꾸만 그 분위기에 빠져들었다. 축가를 잘 부른 탓인가? 감정을 억제할 수 없었다.

살아오면서 평소 눈물을 흘린 적이 거의 없다. 어릴 적 좋지 않았던 가정사로 인하여 감정이 메말라버린 듯하다. 눈물을 흘리려고 억지로 노력할 필요까진 없겠지만 아무튼 이상하게도 슬플 때나 기쁠 때나 눈물이 나지 않은 나였다. 때로는 "인간 문상훈, 넌 왜 눈물이 없는 거니?"라고 자문하면서, "난 정말 독종 인간이로구나." 하는 생각이 들었다.

그래, 맞다. 15년 전에 부모님이 돌아가셨을 때도 나는 눈물이 나오지 않아 이웃사람들이나 집사람으로부터 '냉정한 인간'으로 취급받았던 적이 있다. 집사람은 그 일로 줄곧 나를 놀리곤 했다. 그러던 내가 50대에 들어서면서 느닷없이 눈물이 나기 시작했다. 그럼 그 이전까지는 정이 없이 살았단 말인가? 그건 결코 아니다.

애들이 초등학교를 다니던 시절 온 가족이 tv를 보면서 눈물을 흘렸던 드라마가 있었다. 집사람은 이런 상황에서도 내가 울지 않는지 확인하려 했다. 어느 슬픈 장면이 나오면 기습적으로 내 눈을 빤히 쳐다보는 것이었다. 집사람은 눈물이 그렁그렁한 나를 발견하고는, "얘들아! 아빠가 울었어!?"라고 큰소리로 놀려댔다. 그 바람에 애들이 내 희귀한 눈물을 보려고 달려들어서 한바탕 곤욕을 치르며 웃은 적이 있었다. 그때 처음으로 내 약한 모습이 들통이 났다. 약한 것이 아니고 감정이 강한 것인가.

오늘 결혼 축가를 보면서 눈물을 흘렸다고 해서 정이 있다 없다 이야기하기는 그렇지만, 나이 50이 되어서야 조금씩 변해가는 내 자신이 자못 놀랍다. 그래, 이제야 조금 철이 들어가는가 보다. 아니, 늙어간다는 표현이 맞는 말이겠다. 슬퍼~

너무 우는 얘기만 한 것 같다. 이쯤에서 한번 웃어야지. 돌아오는 길에 '관광버스 막춤'을 추는 아줌마들의 노는 열정에 나는 정말 놀라움을 감추지 못했다. 정말 대단하다, 대단해. 관광버스 메들리의 위력이 그렇게 큰 줄 몰랐다. 나도 그 분위기에 흠뻑 망가지는 날이었다.

양양에 도착하니 눈이 많이 내리고 있었다. 결혼식 날 눈이 오면 잘 산다는데, 그러겠다고 약속이나 한 듯이 눈이 내리니 그들의 앞날을 걱정 안 해도 되겠다. 그들의 영원한 행복을 빈다. 결혼식 스케치였는데 글이 엉뚱한 이야기로 흘렀다. 그래도 나 정 있는 사람 맞지요?

2006. 12. 18

# 사고 치면
# 편한 사람 된다

———————— IMF 이후 직장을 잃은 남성들의 권위가 점점 당위성을 잃게 되었다. 반면에 억눌려 있던 여성들의 입김이 세다 보니 여성정책 또한 점진적으로 반영되었다. 2000년대 이후 급속 성장과 변화를 가져온 지금은 말 그대로 대등한 입장으로 여성의 지위를 끌어올려 놓았다. 하여간 2000년대 이후 맞벌이 부부가 늘다 보니 가정에 돌아와 부부 간, 가족 간 집안일을 분담하지 않더라도 서로 도와주는 것이 관례화되어 가는 세태다. 특히 젊은 세대일수록. 직장에서 사회에서 매스컴에서 '변해야 산다'고 외치기에 세뇌가 되어 있다. 변화를 받아들이고자 노력하는 편이나 적응하는 데 시간이 꽤 걸린다. 주역에서도 (우주)변화의 논리를 나타내듯이, 변화하는 데 익숙해져야겠다.

내가 할 수 있는 가사 일은 고작 이런 것들이다. 예를 들어, 밥하기

(1주일에 한두 번), 재활용품 선별하여 수거함에 버리기(더 가끔 2주에 한 번), 설거지하기(아내 없을 때만 한 달에 한두 번), 공과금 납부와 은행 돈 찾아 주기(당연히 할 일), 수건·양말 등 빨래 개기(군대 생활 때 관물 정리 경험으로), 명절 때 시장가서 한두 가지 빠트린 물건 사 오기(1년에 한두 번).

이 같은 것도 가사 분담이라고 할 수 있을까? 며칠 전 그녀(휴대폰 저장 이름은 '싸모님^^♡')가 외출 후 돌아와 엄청 피곤해 보였다. 저녁을 먹자마자 안방으로 들어가기에 깜찍한(?) 나는 칭찬을 들으려고 큰맘 먹고 설거지를 도와주기로 마음먹었다. 평소 숙달되지 않은 실력이지만 소리 안 나게 하려고 노력했다. 그런데 세제가 왜 그리 미끄러운 거야? 그릇을 헹구려고 옮기다가 미끄러지면서 거실 바닥에 떨어뜨리고 말았다. 꽤 비싼 밥공기였던 데다 포개져 있어 두 개 다 깨뜨리고 말았다. 소리가 꽤 컸는데도 주위가 소란해서 못 들은 건지 아니면 피곤해서 알면서도 모른 척 하는 건지 알 길이 없었다. 속으로 '아이고 이걸 어쩌나!'라고 당황해 하며 깨진 그릇을 얼른 수습하려는데, 올해 초교 1학년에 입학한 이웃집 어린이 짜우(별칭)가 거실에서 tv만화를 보다가, 겁에 질린 얼굴로 휙 둘러보더니 안방으로 얼른 들어가 그녀에게 아뢰었다.

"큰엄마! 사고 쳤어! 깼어!"

집사람은 나와 보지도 않고 짜증 섞인 말투로 말했다.

"내 그럴 줄 알았어. 그냥 두라는데 누가 설거지 하라고 했어? 제대로만 하면 내가 왜 안 시키겠어, 매사 일거리를 더 만들어 놓아…"

그녀가 힘들어할까 봐 스스로 도와주려 했지만 결과는 항상 그 모양이었다. 죄진 것도 아닌데 쑥스럽고 미안하여 할 말이 없다. 그래도 아주 큰소리로 한마디 했다.

"미 · 안 · 해!"

뭘 잘했다고?

그 후 이 글 제목처럼 더욱 편한 백성이 되었다.


"앞으로 당신 설거지 같은 것은 절대로 하지 마, 절대로!"

그녀는 내게 그렇게 충고하며 엄포를 놓았다.

그리하여 난 그녀가 외출했을 때 한 달에 한두 번 하던 설거지마저도 하지 않게 되었다. 모르는 게 약이라더니 못하는 게 약이 되었다. 차~암 잘했지요? 오늘이 부부의 날이라는데… 그럼 이제 그녀를 위해 뭘 도와줘야 하나. 허그라도…?

2008.05.21

# 말짱 도루묵에다
# 덤터기까지 쓰다

그녀의 올해 나이 만 49세 도야지 띠다. 난 9라는 숫자를 좋아하는데 그것은 여러 가지 이유가 있다. 돈으로 생각하자면 백만, 천만을 채우기 위해서는 반드시 9라는 숫자를 거쳐야만 하는 이치라고 해야 할까. 좀 모자라는 듯하지만 10이라는 숫자가 없다면 한창 실세의 권위를 누릴 수 있는 숫자다. 정치권에 있어서도 권모술수에 능한 자를 두고 10단, 11단이라 하지 않고 '정치 9단'이라고 하지 않는가? 살림에 통달한 주부 역시 주부 9단이라고 부른다.

일명 '섯다놀음'에서도 마찬가지다. 장땅 밑에 9땅이지만 위세 등등하고, 두 장 빼기에서 사활을 건다면 9 한 장에서 이미 70%의 승산이 있다. 9 한 장이 더 오면 바랄 것이 없지만 4가 와도 팔땅보다 한수 위가 아닌가?(엉뚱한 소리).

그런데 유독 나이에 있어서는 9라는 숫자가 힘을 못 쓴다. 29, 39,

49… 아홉수라는 말과 함께 말이다. 이때가 되면 한 번씩 강산이 변해서인지, 심적 부담이 되어서인지 어쨌든 한 단계 위축되는 것 같다. 그녀도 40대의 마지막 몸살을 앓는지 가끔 심하게 아플 때가 있다. 한참 아프던 엊그제 만사가 귀찮아지고(권태기?) 의욕이 나지 않는지 드디어 내게 진심 어린 말을 했다.

"여보, 이제 설거지해도 뭐라 안할게… 그릇을 좀 깨면 어때, 이제 상관 안 할게. 방 청소 할 때도 같이 좀 도와주었으면 좋겠고…"
"그래, 알았어. 내가 할 수 있는 일이라면 열심히 도와줄게."

오후에 외출했었는지 퇴근해 보니 집사람이 만사가 귀찮은 표정으로 누워 있었다. 몸을 가누기조차 힘이 드는지 창백한 얼굴에 낮은 목소리로 내게 다시 말해 왔다. 기진맥진 상태였다. 순간 심각하다는 것을 직감하고 정신이 번쩍 들었다.

눈을 감은 채로 "화장대 위에 물 티슈가 있어, 그걸로 내 얼굴 좀 닦아줘…"

마치 유언처럼 들려 깜짝 놀란 나는 티슈를 들고 가서 그녀의 부탁대로 해 주었다.
모르는 사이 해쓱해진 얼굴이 정말 안쓰럽고 안타까웠다. 그렇게 한참 약간 번진 화장을 지우다보니 내게 말로 표현하지 못할 서러움이 올라왔다. 고였던 내 뜨거운 눈물 한 방울이 아내 얼굴에 떨어졌지만 혼수상태라 눈치 채지 못했다. 나중에 알고 보니 갑자기 몸을 움직일 수가 없을 정도로 어지럽고 메스꺼워 화장실에 겨우 기어가 토하고 운 기행공을 하면서 내가 올 때만을 기다렸다고 했다. 어느 노래 가사 같은데 난 어느새 '화장을 지우는 남자'가 되어 있었다. '화장을 지워주는 남자?' 이런 남자 있으면 나와 보라 그래. 평소 집사람과 의견 충돌을 감당하기에는 아직 멀었지만 그래도 이해하고 조금씩 철이 든다는 걸 느낀다. 아등바등 살아온 것에 대한 미안함이 가슴을 짓눌렀다. 그동안 내가 못돼먹었다. 아픈 만큼 성숙해진다더니!

아무튼 일전에 한 달에 한두 번씩 하던 설거지도 안하고 편한 인간이 되었다고 좋아했는데, 말짱 도루묵이 되었을 뿐 아니라 가끔 방안 청소까지 도와줘야하는 덤터기까지 쓰게 되었다. 지금까지 그녀보다 편하게만 살아 온 나도 이제 좀 거들어 줄 때가 온 건가 보다. 늙어서 밥이라도 얻어먹으려면 잘하라는 어느 선배님 말이 떠오른다.

2008.09

# 희로애락이
# 담긴 한 줄 메시지

———————— "26번째 약혼 기념 축하하며 당신을 만나 늘 행복하고 있어, 앞으로 더욱 잘하려고 노력할게♡"

지난 12월 11일 휴대폰으로 그녀에게 보낸 문자메시지 내용이다. 그럴듯하지 않은가? '당신을 만나 늘 행복하고 있다'는 문구는 다시 생각해도 만족스럽다. 이 한마디에 지금까지 살아온 희로애락이 다 들어 있기 때문이다. 그리고 보니 지난 이야기를 먼저 해야겠다.

올해 3월 12일은 25주년 결혼기념일이었다. 그래도 은혼식이라는 이름을 가진 날이 아닌가. 아등바등 살아오면서 그녀에게 못해준 것이 많아 이것저것 다 해 준다고 큰소리치며 그날만을 기다렸다. 기대가 크면 실망도 크다 했듯이 막상 기념일이 다가오니 이번에도 허무하게 지나칠 것 같았다. 그래서 그녀에게 맛있는 식사라도 하자며 반강제로 끌고 오다시피 간곳이 고작 곰장어 집이었다. 전문요리점도 아니고 서민들이 소주 한 잔 하기 좋은 곳이라 부담이 덜하고 또 시내에서 한 곳뿐이어서 다른 선택의 여지가 없었다. 평소 외식이라도 하자 하면 집에서 먹는 밥 이외에는 별로 좋아하는 것이 없는 그녀이기 때문이다. 돈에 비하여 먹을 만한 것도 없거니와 이왕이면 다홍치마라고 재료 조금 사서 집에서 요리하면 온 가족이 풍족하게 먹을 수 있지 않느냐는 것이 평소 그녀의 지론이었다. 하기야 어디까지나 경제적인 측면에서의 생각이지, 먹고 싶은 것이 설마 없기야 하겠는가?

언젠가 좋아하는 음식이 뭐냐고 물었더니 그래도 선택한다면 낙지, 순대 정도를 꼽았다. 그래서 산낙지를 사주고자 낙지 메뉴가 있는 식당을 선택한 것이다. 그런데 가는 날이 장날이라 그날따라 낙지가 없었다. 부산에서 운송해 오는데 멀기도 하고 이곳에서는 수지가 맞지 않아 생물이 떨어졌다고 한다. 결국 대타로 먹은 것이 곰장어였다. 맛있으면 더 주문할 생각으로 일단 1인 분을 먹어 보기로 했다.

둘이 석쇠 한 판에 구워먹으니 끝이었다. 평소 친구들이나 직장에서 단체로 가면 물주가 누구인지 배려하지도 않고 아무나 추가 주문을 해버리는데, 그날은 서로 눈치를 보며 더 주문하지도 않았다. 주인에게 속보이기도 하고 맹숭맹숭하여 그냥 도망치듯이 식당을 나왔던 기억이 난다.

계절은 벌써 한 해가 바뀌는 12월에 와 있다. 그러던 지난 11일, 출근 후 일정을 확인하니 탁상 달력에 기념일이 표시되어 있었다. 올봄에 허무하게 보냈던 25주년 결혼기념일을 생각하며 서두와 같은 메시지를 보낸 것이다. 그날 집에 가서 "당신 메시지 받고 감동 먹었지?"라고 물었더니, 그녀 왈, "뭐라구? 감동 같은 소리하고 있네. 평소에 잘해 주지, 이기주의 인간아, 당신은 항상 시한폭탄이야. 언제 어디서 터질지 모르는 폭탄 같은 발언만 하고."

말은 늘 그렇게 하지만 악의가 없는 걸 보니 꽤 만족했었나 보다. 평소 잘해 준다고 생각은 하지만 가끔 의견충돌이 생긴다. 그럴 때면 잘해 준다고 생각한 것이 말짱 나가리다. 수년 전 "당신이 나와 애들을 위해 헌신했듯이 이제부터는 당신이 먼저(you frist)이고, 당신을 위해 살아가겠노라."고 결심하지 않았던가. 다만 실천이 잘 안 될 뿐이지, 당신을 사랑하는 마음이야 변함이 있겠나? 그런 의미에서 이번엔 문자 메시지 한 구절로 큰 빚을 갚은 것 같다.

지금까지 '물질보다 마음이 중요하다'는 말을 수없이 들어왔지만 그 뜻이 이번처럼 가슴 깊이 느껴진 적이 없었다. 암튼 연말이다. 새해에는 또 다른 감동할 만한 메시지를 찾아봐야지.

2009. 12. 21

# 칭찬에 속은
# 줄도 모르고

커피 이야기를 하려고 한다.

커피를 기호식품이라 하여 국민 대부분이 애용하는데 나는 별로 즐기지 않는다. 커피의 유통·소비에 있어서는 나 같은 사람을 좋아하진 않겠지만, 외국산 수입을 덜 한다는 점에서 나도 애국자다? 그럼 담배는 안 피거나 덜 피는 사람이 애국자인가. 그건 아닌 것 같다. 커피와는 달리 애연가는 세금 많이 낸다는 이유로 애국자라고 자칭한다. 크게 틀린 말은 아닌 것 같다.

직장에서도 누가 커피를 권하면 고마움으로 마시지만 달라고 해서 먹는 경우는 많지 않다. 집에서도 마찬가지다. 휴일에도 그녀에게 커피를 타달라고 요구하지 않는다. 타 주면 먹을 정도다. 여성들은 휴일 아침이면 침대에서 빈둥거리다가 늦게 일어나 커피 한 잔 마셔야 제정신으로 돌아와 하루가 시작된다고 한다(남자들은 담배?). 여자라고 다 그렇지는 않겠지만 참으로 느긋한 여유다. 이쯤 되면 행복한 고민이다.

얼마 전 그녀가 가사에 지쳐 있을 때, 커피 한 잔 타줄 기회가 생겼다. 밥과 라면만 할 줄 아는 내게 있어선 모험이다. 본인이 탄다기에 극구 만류하고 내가 타기로 했다. 물론 내 것까지 두 잔을. 포트에 정수기 물 두 잔 분량을 넣고 스위치 누르니 30초쯤에 부글부글 끓기 시작한다. 그녀는 커피와 설탕 각 1스푼, 난 커피만 한 스푼짜리 블랙이다. 물이 끓는 동안 선반의 잔을 꺼내고 커피와 설탕을 넣고 나니 이미 물은 끓어 있다. 끓는 속도가 나의 서투른 솜씨로 준비하는 시간보다 빠르다. 서툰 손놀림으로 잔을 꺼내다 깨기라도 하면 그동안 쌓은 나의 내공이고 뭐고 말짱 도루묵이다. 그러면 좀 더 오랫동안 차를 탈 기회가 없어질지도 모르니까.

아무튼 물을 붓고 티스푼으로 대략 5번 정도 휘저으면 완료다. 소요 시간이 빠르면 2분 늦어도 3분이면 땡이다. 안 하던 짓을 하니 괘씸한 건지 기특한 건지 모르겠으나 어쨌든 커피가 맛있다고 했다. 물, 커피, 설탕의 배합량, 그리고 물의 온도, 찻잔의 재질과 모양 등이 맛을 좌우한다고 보겠다. 그리고 약간의 +알파가 있다면 그것은 커피 제조자의 정성, 누구와 마시는가, 인테리어 등등이다. 주위의 분위기에 영향은 조금 있겠지만, 커피 자체의 맛은 변함이 없는 것이다.

'칭찬은 고래도 춤추게 한다'고 했던가. 내가 타 주는 커피가 맛있다는 유혹에 넘어가 휴일이면 가끔 커피를 서비스를 하곤 한다. 그녀가 정말 힘들어할 때 내가 도와줬으니 고마웠을 것이다. 근데 나중에 생각하니 내가 여기에 속았던 것 같다. 그런데 기분이 나쁘지가 않다. 바리스타도 아닌 내가 커피를 탄다고 해도 그냥 커피 맛일 뿐이지 더 맛있을 수는 없는 것이다.

역으로 생각하면 내가 무심했다. 평소 그녀가 무심코 타 주는 차 한 잔의 고마움을 나는 별로 표현할 줄 몰랐으니까. 어디 커피뿐이겠는가? 알고 나니 내 모든 것이 부족했고 미안한 생각이 든다. 이제 깨달았다. 나이 먹으면서 철이 조금 들어가는 것을. 그렇다면 계속 속아 줘야겠다. 내가 타 주는 커피가 당연히 더 맛있다는 말을. 역으로, 내가 속아 주고 있다는 것을 알아차릴 때까지.

이젠 그녀가 속을 차례다.

2011. 08. 18

# 할머니와
메주콩

──────── 참 오랜만에 맡아보는 향이다. 이건 전설에 가깝다. 올여름, 마지막 씨앗을 뿌린다는 망종 무렵에 가랑비가 조금 내렸다. 살면서 처음으로 서리태를 심었다. 지난 5월 말, 며칠간 조석으로 시간을 내어 삽으로 골을 만들었다. 그런데 5월 들어 너무 가물어 파종 시기를 놓쳤다. 파종 후에도 보름 정도 비가 오지 않았는데 그나마 싹이 트면 다행이라 생각하면서 하늘에 맡겼다. 농협 종묘 판매장에도 서리태 씨앗이 동이 나서 농협 마트에서 식용으로 파는 서리태 1kg들이 2봉지와 흰콩 1봉지를 샀다. 싹이 틀지도 의심스러웠다. 그러나 그것은 우려였다. 한 달 가까이 지나가 보았더니 줄기는 가늘지만 싹이 제법 잘 올라와 있었다.

말 그대로 주말농장이라 휴일마다 가 보았는데 웬 잡초가 그리도 많이 올라왔는지 콩인지 풀인지 구분이 잘 안 되었다. 콩이 조금 더

자라면 괜찮겠지 하고 풀을 대충 뽑았는데 2주 후 다시 가 보았더니 콩과 풀이 같이 자라고 있었다. 되는대로 먹겠다는 생각을 하며 포기할까 했지만 뿌린 씨앗이 아까웠다. 그보다는 오가며 나의 행동을 지켜보던 이웃 사람들로 하여금 "내 그럴 줄 알았어, 직장 다니면서 지가 농사를 어떻게 지겠어?"라는 핀잔과 원성은 피해야겠다는 생각으로 정말 땀을 엄청나게 흘리며 꼬박 이틀간 풀을 매었다. 얼마나 힘들었으면 "콩밭 메는 아낙네야~♫"라는 노래가 만들어진 이유를 알 것 같았다. 그다음 2주에 한 번 정도 차를 타고 지나치면서 슬쩍 보았더니 섶이 제법 잘 자라고 있었다. 그제야 안심했다. 상순을 2~3회 정도 쳐 준다는 말을 듣고 어느 날 아침 순을 쳐내는 작업을 했다. 한 시간 동안 쉬지 않고 낫을 휘두르고 보니 검객이 된 듯했다. 가을이 되어 잎이 떨어지고 보니 정말 옹골지게 잘 열렸다. 첫 농사치고는 풍작이었다.

11월 어느 늦가을, 천막을 깔고 고무 대야를 엎어 놓고 주변에서 작대기를 구해 소리 나게 두드리며 콩마댕이를 함으로써 마지막 수확에 들어갔다. 흰콩 두말 16kg, 쥐눈이콩 5kg, 그리고 서리태 50kg가량의 야무진 수확이었다. 비료, 농약을 전혀 사용하지 않은 무공해 친환경 작물이 되었다. 서리태는 애들과 친척들에게 일정량을 나눠 주고, 나머지는 이웃에서 경쟁적으로 사려고 해서 일부 팔았다. 흰콩도 팔라고 해서 8kg 1말은 팔고 남은 것으로 오늘 메주를 쑨 것이다. 장 담그는 날과 메주 쑤는 날은 예전에 날을 받아서 행하였다고 하는데 오늘은 바람도 자고 맑은 초겨울이라 아주 좋은 날씨였다.

아침에 콩을 불렸다가 저녁에 큰 솥 2개에다 압력 밥솥까지 동원하여 메주를 쑤었다. 콩이 끓으면서부터 구수한 향이 온 방에 가득했다. 냄새를 맡는 순간 옛 추억이 떠오르면서 갑자기 할머니 생각이 났다. 메주는 추억이고 정서며 역사였다. 이것이 바로 오늘 이 글을 쓰는 동기가 된 것이다.

잘 익은 콩을 큰 고무 대야에다 쏟아 붓고 방망이로 찧는다. 각진 플라스틱 통에 베보자기를 깔고 다진 후 끄집어내어 모양을 만든 후 베란다에 곱게 세워 놓았다. 크기 나름이지만 다섯 덩어리나 되었다.

어린 시절 메주를 쑤어 큰 됫박에 담아 주면 우리들은 그것을 밟았다. 장난기 어리게 지금의 스카이 콩콩처럼 방정맞게 밟는 것이었다. 잘 익은 메주를 한 움큼씩 먹어 가면서 달구어진 안방에서 뛰놀던 기억이 아직도 생생하다. 그날은 장난을 치고 놀아도 구들장 꺼진다고 나무라지도 않고 할머니는 좋아했었다. 벌써 50년 가까이 흘렀지만 할머니의 정만큼은 잊히지 않는다. 할머니 없이는 메주를 쑨다는 걸 상상할 수조차 없었는데 집사람이 정말 대견하다는 생각이 들었다. 지금까지는 메주를 시장에서 사서 담가 먹었지만 직접 농사를 짓고 메주까지 만들어보기는 처음이어서 더욱 감회가 새로웠다. 동지도 며칠 안 남아 낮이 길어지면 새봄도 빨리 올 것이다. 장을 담그는 따뜻한 내년 봄이 벌써부터 기다려진다.

2011. 12. 19

그 후 속초 기상 관측 이래 최저 기온(-15.2도)이라는 2016년 1월 24일(일요일) 메주를 또다시 쑤었다. 그리고 삼짇날이라고 하는 음력 3월 3일(2016.04.09. 토요일) 장모님과 함께 장을 담갔다.

22)

2016.04.09. 3월 3일. 토요일 장모님과 함께 만든 메주

# 명품과
# 30년

오늘 결혼 30주년이 되었다. 인터넷 검색해 보니 진주 혼식이라고 한다.

나이는 숫자에 불과하다면 대중가요 제목처럼 결코 '잃어버린 30년'은 아니다. 매년 새해가 되면 가족의 생일과 각종 기념일, 제사일 등을 탁상 달력에 표시해 두고 잊지 않으려고 노력해 왔다. 그러나 막상 그날이 오면 별로 기억날 만하게 잘해 준 적도 없고 그럭저럭 지내 왔는데, 이번엔 좀 뭔가 의미를 부여하고 싶었다. 서울에 있는 애들은 기념일을 대부분 잊고 있기에 문자 메시지를 보내서 일부러 알렸다. 그리고는 뭐했으면 좋겠냐고 물어봤다. 커플 반지? 여행? 명품 가방? 등등의 얘기가 나왔지만 어느 하나 만만한 것이 없었다.

여자들은 평소 반지, 목걸이 등은 외출할 때 지니고 다닌다. 진짜 명품 가방은 비싸서 못 사고, 그나마 짜가든 짝퉁이든 수준에 맞게 메고 다니는 것이다. 누가 값을 물어보는 이도 없고, 진짜 명품이라 해도 알아주는 사람도 없을 것이다. 아는 사람은 다 안다구요? 누구 말처럼 명품 들고 다니면 밥이 나오나, 떡이 나오나. 무엇보다 사람이 명품이라야 되지 않겠는가?

생각 끝에 가방으로 결정하고 애들에게 전화를 걸어 지원모금을 요청했다. 애들은 기꺼이 받아들여 인터넷으로 구매하겠다고 했다. 엄마가 평소에 봐 놓은 것이 있단다. 근데 그러고 나서 곰곰이 생각해 보니 썩 마음에 내키지 않는다. 며칠 전 큰애가 쓰던 가방을 엄마에게 준 터라 집사람에겐 이미 그럴듯한 명품 가방(?)이 있기 때문이다. 상당히 비싼 축에 드는 5~6백만 원짜리 명품을 얘기하는 것이 아니다. 고작 4~50만 원을 주어도 그럴듯한 가방들이 많이 있다. 그러나 다시 생각해 보니 그것마저 거품이었다. 그래서 결국 결정한 것이 지난주 서울에 갔을 때 준비한 김치냉장고였다. 이웃집을 가 봐도 김치냉장고가 1개 있는 집은 드물다고 한다. 우리 것은 이미 12년이 넘었고 구형이라 새 김치냉장고가 꼭 필요한 상황이다.

또한 사려 깊은 그녀가 새 화장품을 TV 홈쇼핑으로 신청하면서 그것을 30주면 기념품으로 알겠단다. 그럼 난 뭐야? 여자가 남자에게 주는 것은 없나? 하여간 그렇게 하루를 보냈다. 뭐니 뭐니 해도 money가 아니고, 마음이 중요하지 뭐. 원효대사가 깨달았다는 '일체유심조'다. 하여튼 결혼 후 30년까지 잘 살아올 수 있었던 건 분명 그녀 덕분이다. 이름하여 명품과 30년! 그동안 부족한 나를 선택해 주어 고맙고, 또한 사랑한다, 여보.

당신이 바로 명품이야♡

2014. 03. 12

—
## Vision
—

세상에는 두 가지의 꿈이 있다
자면서 꾸는 꿈과 미래의 희망이 그것이다
좋은 꿈을 꾸면 좋은 일들이 생겼다
어쨌거나 그 꿈이 현실로 다가와
신기하게 맞아떨어지는 과정을 그대로 썼다
해몽을 잘한 건지…
따라서 미래 희망의 꿈도
이처럼 이루어졌으면 하는 바람이다


'희망에 대하여'는 초교 시절부터 꿈과 좌절의 갈등 속에
나에게 희망이란 것이 있기나 한지
또한 희망이란 단어가
무엇인지 고뇌했던 과정을 다루었다
나의 분신이고 삶의 일부로써
끊임없는 욕망과 희망에 대하여 생각을 정리해 봤다
또래 친구들보다 어려웠던
어린 시절을 경험했기에 이 글이 가능했다


'vision'은 인생의 비밀로 남겨 두려다가
꿈을 글로 써 놓고 이루고자 노력한다면
성공 가능성이 높다는 생각으로
또한 꿈을 포기하고 좌절하는 사람들에게
작게나마 희망과 용기를 갖고
도전했으면 하는 생각으로 공개한다

# 새천년
## 새봄

'새 천 년 새 여름'이라는 말은 어울리지 않는다.

이제 '새 천 년 ○○'이라고 써먹을 수 있는 계절은 새봄밖에 없다. 얼었던 산하가 녹고 겨우내 봄을 꿈꿔 왔던 새싹들이 봇물 터지듯 힘차게 솟아날 채비를 하고 있다. 높은 산에는 아직 눈이 쌓여 있지만 얼음장 밑으로부터 봄이 스며든다.

엊그제 3.1절 기념축사에서 DJ 대통령은 IMF를 극복했다고 말씀하셨다. 가진 자들의 주식 투자 등으로 부익부, 빈익빈의 상대적인 부의 격차를 가져왔을지 모르나 그것은 매스컴에 보도되는 소수의 사람들이다. 아니라면 자신보다 소득이 낮다고 생각하는 여러 사람으로부터 위안을 얻고자 하기 때문일 것이다. 우리 국민의 부유층 20%가 서민 80%의 경제생활을 주도한다고 했을 때 그야말로 저소득층의 사기가 많이 떨어져 있다고 본다. 그럼 나는 중산층인가 하층민인가. 상류층은 아닌 게 분명하다면 그럼 중하층민인가. 2000년 현재 4인 가족인 우리 집의 주 수입원은 24년 공직 연봉 2,800만 원을 받는 나다. 물론 아내도 알뜰한 가사노동으로 번다고 봐야 하는지만, 1달러 1,200원대라면 우리 가정의 1인당 GNP는 5,800불 수준에 이른다. 1인당 GNP 1만 불 운운하니 하는 말이다. 만 불이 되자면 나의 연봉은 4,800만 원이라야 한다.

대한민국의 공무원으로서 평범한 가정이라고 한다면 24년 경력이면 연봉이 거의 1만 불에 가까워져야 남부럽지 않은 보통 가정이라고 본다. 그렇지만 14년 전인 1986년에도 4인 가정의 연봉이 정확히 430만 원, 1990년엔 960만 원이었다. 그나마 다행이라고 생각한다. 나보다 훨씬 수입이 적은 샐러리맨이 얼마나 많은가 생각하니 말이다. 그렇다면 우리나라는 아직도 개발도상국인가. 아니면 선진국의 문턱에 와 있는가. 88올림픽 이후 경제 급성장으로 우리나라는 아시아의 4마리용으로 등장했으나, 1990년 중반에 들어 급격히 쇠퇴하면서 김칫국을 너무 빨리 마셔 뱀으로 물러났다는 세계 언론의 혹평을 들어야 했다. 그리고 1998년, IMF가 터지면서 비로소 국민들은 그 말을 실감했다.

선진국의 문턱에 들어서자면 국민 1인당 GNP 10,000불을 넘는 것이 가장 어려운 고비라고 했다. 하지만 내 마음은 3만 불이다. 이 각박한 세상을 살아가자면 긍정적이며 낙천적으로 살아가는 것이 건강하고 보다 가치 있게 사는 비결이라고 생각한다. 특히 공직자라면 국민에게 피해를 주는 일은 더욱 없어야 할 것이다.

이제 4월 제16대 총선이 다가옴에 따라 이합집산의 정치판을 국민의 시각에서 바라본다면 어느 고위 정치인이 말했듯이 과거 조선 시대의 당파싸움이 아닌가 싶다. 하지만 열심히 일하는 사람이 더 많다는 건 확신할 수 있다. 1·2차 산업에 종사하는 사람들의 노고에 정말 박수를 보낸다. 국회의원이 누가 당선되든 별로 기대하지 않는다. 그야말로 먹고살기에 바쁜 탓에 정치에는 큰 관심이 없다고나 할까. 그나마 IMF를 극복했다는 자부심이 우리에겐 큰 희망이다. 맡은 바 각 분야에서 열심히 일하는 국민 의식이야말로 국가 발전의 원동력이라고 본다. 오늘이 3월 5일 경칩이다. 제목은 새봄인데 얘기하다 보니 전혀 다른 '정치의 봄'으로 흘러가버렸다. 요즘 세상이 하도 잘 빗나가서인가? 정치·경제는 쥐뿔도 모르지만 그렇다고 먹고 사는 문제를 빼놓을 수 없지 않은가.

아무튼 정치·경제 등의 어려운 이야기는 잠시 접어두기로 하고 다시 나긋나긋한 봄으로 돌아가 보자. 사실 지금이 봄을 느끼기에는 적격이다. 새싹이 돋아나 대지가 녹색 물결로 물드는 4월이기 때문이다. 3월은 감각으로 느끼는 마음의 봄이요, 희망의 봄이다. 봄은 포근한 아침 햇살이 얼굴을 간지럽혀 잠에서 깨어나게 하고, 휴일 오후가 되면 따사로운 햇살로 인하여 직장인들을 춘곤에 빠뜨리기도 한다. 또한 봄은 밖으로 뛰쳐나오려고 하는 여인들(창밖의 여자?)의 마음과도 같다. 봄은 여인들의 옷차림에서부터 온다고 했던가? 또한 멋진 봄옷을 미리 사 두고 그 옷을 입기 위하여 봄이 빨리 오기를 기다린다고 한다. 물론 유명백화점에서는 봄옷 유행 광고가 한창이다. 남자들도 봄을 탄다. 이제 검은색 계통의 두꺼운 옷을 하나둘씩 벗어딘지고 어느새 화사한 옷차림으로 세인의 시선을 유혹한다. 누군가에게 잘 보이고 싶어 하는 여인의 욕망이야말로 젊음이며, 본능이다. 존재의 이유? 아무튼 감성 있는 여성들로 하여금 세상이 더욱 밝고 아름답게 꾸며지는 듯하다.

산천 대지는 봄의 준비가 한창이다. 봄은 역시 여인의 계절인가 보다. 시간은 세월을 기다리지 않듯이 봄 역시 좋은 사람만 기다리지 않는다. 특정인을 기다리지도 않으며 모두에게 공평하다. 그렇다면 봄은 이미 사람들의 마음속에 와 있는 것인가. 버들가지가 피어나고 개구리도 오랜 겨울잠에서 깨어나고 있다. 남쪽에선 동백꽃이나 매화꽃 소식이 들려오고 있으며, 이곳에는 개나리나 진달래 꽃망울이 하루가 다르게 움트고 있다.

봄의 神(페르세포네)이여, 어서 오라! 그러면 우리는 두 팔 벌려 따사로운 봄을 맞이할 준비를 하자. 그리고 마음을 열자. 정치의 봄이든, 한해 농사일이 시작되는 영농의 봄이든, 건설업이 활기차게 시작되는 건설 경기의 봄이든, 또한 새 학기가 시작되는 학업의 봄이든. 겨우내 움츠렸던 마음을 열고 서두에서 말한 것처럼 상큼한 새봄을 맞이하자. 2000년 3월은 1000년 후에야 다시 써먹을 수 있는 '새천년 새봄'이기 때문에…

2000. 03. 05. 경칩

# 뚱뚱띵띵

────────── 어떤 놈이 나의 왼쪽 가슴을 창으로 찔렀다. 내가 멧돼지로 보였나 보다. 쓰러져 피를 흘리면서도 그놈을 후려칠 기회만 노리다가 드디어 그놈이 내 가까이 왔다. 얼마나 세게 후려쳤는지 잠이 팔딱 깼다. 옆구리를 만져 봤다. 괜찮았다.

그야말로 죽다 살아난 어제의 꿈이었다. 복권이라도 살까 하다가 평소 1,000원짜리도 겨우 당첨되는 확률을 상기하곤 이내 포기하고 여느 때처럼 하루를 보냈다.

그러던 중 그놈의 꿈이 꽤씸한 생각이 들어 "뭐 자다가 떡이라도 생길 일 없나?"하고 은근히 기대감에 부풀었지만 아무 일도 생기지 않았다. 저녁 7시경 퇴근하려 하는데 어떤 친구가 소주를 한잔 사달라고 전화가 왔다. 안 그러면 지가 산다나? 뭐지, 설마 이 친구 놈이 바로 꿈속에서 나를 창으로 찌른 놈인가. 이런저런 생각 속에 약속을 잡고 30분 후에 약속 장소에 갔더니 삼겹살을 놓고 세 놈이 먼저 시작하고 있었다. 늦게 온 죄로 '후래삼배'라는 犬 같은 주법을 따르다 보니 금방 취기가 올랐다. 자정이 넘어 들어간 걸 보면 몇 군데서 더 걸친 것 같은데 기억이 없다.

알람 시계가 어김없이 5시 30분에 울린다. 어제 그 정신없는 시간에도 시계는 무의식적으로 맞춰 놓았나 보다. 자는 척하고 있으니 우리 그녀가 친절하게도 알람을 꺼 준다. 그 소리를 무시한 채 침대에서 그냥 개기며 자다 깨다를 반복하다 보니 아침 6시 30분이 되었다. 큰일이다 싶어 벌떡 일어나 예전에 안 하던 이쁜 짓을 하러 오늘도 낙산사로 향했다. 8월 29일이면 100일 기도한 지 한 달인데 술을 먹었다고 예외로 둘 순 없다. 별수 없이 자전거를 타고 쌩쌩 달리다 보니 술이 슬슬 깨기 시작했다.

아침 시간은 주마등 같이 흘러 7시 35분이 되었다. 요즘 7시 40분까지 등교하는 고3 놈이 시간에 쫓겨 밥도 못 먹고, 머리도 못 말리고 총총걸음으로 나서면서 차 태워 달라고 보채기에 군청 주차장까지 같이 뛰어가서 2분을 초과하긴 했지만 어떻게든 학교에 등교시켰다. 술은 취했어도 할 일은 다 했으니 우리 그녀에게 바가지 긁힐 일은 없으리라. 그보다 아내에게 바가지 긁히는 남자는 오래 못산다는 신문 보도도 있으니 남편 기 살리는 수밖에.

오늘 하루는 딱 간밤에 꾼 개꿈처럼 흘러간 기분이다. 꿈을 꾸려면

'엔들리스 드림'같이 샤프한 꿈을 꾸거나 아니면 뚱뚱하거나 띵띵한 꿈을 꿔야 하거늘, 개 풀 뜯어 먹는 어제의 꿈을 꾸고는 이렇게 주정이나 하고 있으니… 뭐, 해몽은 자유니까.

2002. 08. 27

# —
# 1월의
# 언어

──────── 1월은 희망(vision)의 달이다.

福, 행운, 소망, 꿈, 기도, 건강, 돈, 부자, 복조리, 토정비결 등은 모두 1월을 상징하는 언어들이다. 그중에는 福이 가장 최고의 대우를 받는다. 그래서 새해 첫인사는 너나 할 것 없이 "새해 복 많이 받으십시오."로 시작되어 서로의 복을 빌어 준다. 다만, 윗사람에게 복 많이 받으라는 말은 조금 실례되는 말이 아닌가 싶다. 그렇다면 우리나라 사람들만 복을 좋아할까? 사실 우리와 가까운 일본과 중국도 새해가 되면 福을 바란다는 점에서 조금도 우리와 다를 바가 없다. 영어권 나라에서도 새해가 되면 "happy new year!"라고 새해 인사를 나눈다. 역시 내 인생의 행복을 바라는 건 사람이라면 누구나 바라는 일일 것이다.

새해 첫날부터 복 많이 받으라는 인사도 부족하여 설날이 되면 또

다시 세배를 하면서 복에 관한 덕담을 주고받는다. 세배는 원래 절을 3번 하는 것이 아닌가? 그럼 복도 3배로 받을 텐데. 올해는 드물게 설 연휴가 1월에 해당되어 복에 관한 얘기를 주절주절해 보았다.

헤밍웨이는 '노인과 바다'에서 "희망을 버리는 것은 죄악이다."라고 했다. 아침에 나보다 10살 아래인 동료가 평소에 나를 연구라도 했는지 나보고 이제 꼭 10년이 남았다고 한다. 내가 대답했다. "뭐? 나 그때까지 싫어, 놀러 다닐 거야. '오륙도' 되라고?"라고 했더니, "앞으로 주 5일 근무하고 편한 부서도 많아요."라고 한다. 그래, 그렇다면 뭐하고 놀지? 쎄쎄쎄, 짝짜꿍이나 할까? 그래도 내가 고생하고 있다고 짜 맞추는 건가 싶어, "난 아니야!" 라고 하며 스스로 최면을 걸어 부정한다. 모르지, 10년이라는 세월이 얼마나 빨리 오려는지… 누구 말처럼 이제 인생 40대의 80km에서 100km로 달려야 할 때가 곧 다가올지 모른다.

자신에게 이렇게 최면을 걸면 어떨까. 남들이 들으면 야박하고, 이기주의에 욕심쟁이라고 놀릴지 모르지만 솔직하게 "잘 먹고 잘살자! 또는 웃자!"로 새해 구호를 정하는 것 말이다. 군대 생활 중에도(28사 81연대 11중대) 10시 점호 후 취침 구호는 '웃자!'였다. "웃자, 취침!"하고 모포를 뒤집어썼지만 그렇게 웃을 일도 없더구먼… ㅎㅎ

대학교수가 뽑은 2003년의 4자 성어가 '우왕좌왕'이라면 올해는 경제성장, 만사형통, 서민안정 등으로 4자 성어를 정할 수 있는 한해가 되었으면 좋겠다. 문득 10여 년 전 어느 새해가 떠오른다. 이웃 친구들과 같이 모여 밥을 먹다 보니 자연히 부부동반이 되어 약주도 한잔 하면서 각자 새해 소망을 얘기하자고 했다. 무슨 얘기를 했는지 기억이 나지는 않지만 나는 아마 가장 평범한 "온 가정 건강하고 그저 하는 일 잘되기 바란다."고 얘기했을 것이다. 그때 친구가 말한 새해 소망 중에 분명히 기억하는 것은 이것이었다.

"올해는 'S2곱하기'를 많이 하자!" 그때는 요즘 말로 뒤집어졌지만 지금 생각하니 그렇게 웃을 일만은 아니고 살아오면서 그 말이 꽤 긍정적으로 작용했다고 평가한다. 꼭 그런 것은 아니겠지만 곱하기가 많으면 행복도 비례하지 않을까? 이것도 '1월의 언어'에 추가.

20km 거리에 가까이 살면서 10년간 못 만났던 그 친구를 만나서 그때의 이야기를 하고 싶다. 정작 그렇게 말한 본인은 그 이야기를 기억할지 모르지만.

1월은 희망(vision)의 달이라고 했다. 또한 1월은 각종 계획이 많다 보니 계획에서 계획으로 끝나지 않을까 내게 은근한 정신적 압박감을 심어 준다. "너 이놈 비전, 열심히 잘해!"라고 말하는 듯하다. 아무튼 이래나 저래나 행복이 우선이다. S2곱하기를 하든지, 나누기를 하든지 간에.

2004.01.07

# 야명조

———————— 1973년 중학교 졸업식 때 교장 선생님이 당부한 말씀이 한 가지 있었다. 그것은 야명조라는 밤에 우는 새 이야기였다. 이 새는 히말라야에 사는 새인데 태양이 강한 낮에는 집을 짓지 않고 즐거운 하루를 만끽하다가 밤만 되면 찬바람과 추위에 떨며 밤새 운다고 한다. 그리고 다음날이 되면 전날 울었던 일을 까맣게 잊고 또 기분 좋게 일광욕을 즐긴다. 그렇게 하루하루를 되풀이하다 결국은 멸종되고 말았다는 것이다. 게으르게 살지 말라는 교훈을 남긴 이 이야기는 바로 지금의 나를 두고 하신 가르침이 아닐까 생각한다. 그래서 당시의 말을 떠올리며 마음을 조금 다잡아 보기로 했다.

"낮에 다른 새들은 열심히 일하여 집을 짓지만, 어떤 새는 내일로 이루고 허송세월을 보내다가, 밤이 되면 집을 못 지은 것을 후회하며 운다. 그런 새를 이름하여 '야명조(夜鳴鳥)'라고 한다. 내일은 꼭 집을 지으리라 마음먹지만 하루하루 지나면서 행하지 않아 또다시 야명조가 되어버리는 신세… 그러니 너희들은 절대 야명조가 되지 말아라."

대충 이런 훈시였다.

예전이나 지금이나 운동, 공부 등 마음만 앞서고 실천이 쉽지 않다. 하루하루 미루다 보니 벌써 가을이 와 있었다. 남들과 반대로 "살이나 쪄 보자, 살이 찌나 안 찌나 보자."라는 무책임한 생각으로 달리기도 안 하고, 그저 여건이 주어지는 대로 생활해 보았다. 아무리 봐도 죄 안 진 곳(개콘 출산드라!)이 별로 없었는데 최근 2kg이 불었다. 20년 가까이 몸무게 변동이 없었는데… 어쩔 수 없이 또 다른 계획으로 나를 채워 보련다. 야명조가 되지 않기 위해서.

2005.08.25

# 인생
## 성공 단십백

———————— 1월 25일 광화문에 있는 교보문고 주최로 북 세미나를 갖는다 하여 벤치마킹 겸 직원들이 단체로 참석했다. 올해 들어 첫 번째 서울 나들이다. 교보문고에 들렀더니 100여 명이 넘는 사람들이 책을 고르거나 읽거나 사고 있었고 모두들 즐거워 보였다. 작년에 두꺼운 책을 한 권 사서 3개월째 완독하지 못하고 있는 나와는 너무나도 다른 모습들이어서 순간 창피해졌다. 치졸하게나마 변명하자면 나이를 먹을수록 머릿속에 생각만 많아져서 작가들의 그 방대한 철학과 사상이 들어갈 공간이 부족하게 여겨진다. 그렇다고 예전에는 독서광이었던 것도 아니지만.

아무튼 알고 보니 세미나 장소가 그곳이 아니어서 '경희궁의 아침'으로 다시 이동을 했다. 동료가 운전을 맡았는데 혼잡한 교통이 익숙하지가 않아 결국 차를 다른 데 주차하고 택시를 이용하기로 했다.

구청에서 운영하는 공영주차장이었는데도 10분에 500원으로 주차비가 만만치 않았다. 그야말로 시간이 곧 돈인 것이다.

요즘 손님이 줄었다고 한탄하는 택시 기사의 말을 들으며 목적지에 도착했다. '주식회사 장성군'의 저자 양병무 님의 주최로 세미나가 시작되었다. 그곳에서 '인생성공 단십백'이라는 말을 들었다. 한평생 살면서 한 명의 훌륭한 스승과 열 명의 진정한 친구, 백 권의 좋은 책을 기억할 수 있다면 성공한 삶이라고 한다. 그래서 오늘부터 그 백 권에 도전해 볼까 생각 중이다. 단 한 분의 스승님은 너무 어려워서 엄두를 못 내고, 친구들은 너무 많아서 진정한 열 명을 선택하기가 쉽지 않다.

어찌 됐건 처음 참석한 북 세미나에서 인생을 살아가는 데 필요한 나름의 이정표를 얻었다고 생각한다. 저녁에는 백 권의 좋은 책을 한 번 선별해 볼까. 지금까지 읽은 책만 해도 100권은 넘겠는데…

2006. 01. 15

## 一
## 날아오르는
## 꿈

——————— 누님이 새집으로 이사를 했는데 멋있는 붙박이 장롱도 새로 들여 놓았다. 그중 외계인 같이 생긴 힘이 엄청난 물체가 다른 사람들을 접근 못 하게 방을 보호하고 있었다. 그러다가 순간 이동으로 위치가 바뀌어 어느 절의 높은 누각으로 헤엄치듯이 날아올랐다.

낙산사 의상대가 50m 높이 올라 있는 듯했다. 드물지만 날아오르는 꿈을 꾸고 나면 좋은 일이 생기곤 했다. 팔을 황새처럼 크게 날갯짓을 하여 날아오르긴 했지만 엄청 힘들었다. 누군가가 어떤 옷을 내 허리춤에 거추장스럽게 매달아 놓았기 때문이다. 그런데 내가 엄청 유명한 인물로 대접을 받고 그 절의 큰 스님이 나를 보좌했다. 스님과 어떤 음식을 나누어 먹는 도중 잠에서 깨어났다. 생생한 꿈에 대하여 리바이벌한 뒤 다시 잠들었다.

출근 후 무슨 일이 벌어질까 봐 겁도 나고 궁금한 하루였다. 오후에 잠깐 운전할 일이 있었다. 포월 농공단지 뒤 경매 위치 확인(악취가 심해 포기)과 군행리 고치물 주차장 조성 요구 민원 현장 확인을 하면서 엄청 또 엄청 조심하며 운전했다. 다행히 아무 일도 일어나지 않아 안도하며 퇴근했다. 집사람에게도 꿈 이야기는 하지 않았다.

저녁 식사 후 방 정리를 했다. 애들 두 놈 다 복학했기에 방이 어수선하고 적적하여 나는 시키지도 않은 애들 방 정리를 대충이나마 하고 있었다. 그런데 그것도 시간이 꽤 걸렸다. 내가 애들 방에 있는 동안 집사람도 TV를 보면서 안방의 옷장, 화장대, 약장 등을 정리를 하고 있었다. 모아둔 각종 공과금 및 카드 영수증을 수북하게 쌓아 놓고 한 장 한 장 확인하고 찢어버리고 꼭 필요한 것만 챙기는 등 함께 대대적으로 정리를 했다.

그러다 예전에 갖고 다니다 새것으로 바꾸면서 방치했던 지갑을 발견했다. 혹시 감춰둔 비상금(?)이라도 들어있나 펴 보았더니 그 속에 부적만 한 개가 들어 있었다. 집사람이 '지난 부적은 태워야 된다'고 해서 싱크대에 가서 완전히 태워버렸고 지갑도 버렸다. 그 부적을 펴 보니 솔잎개비를 얹혀 놓은 듯이 불규칙하게 탑을 쌓아 놓은 모양이었다. 한마디로 사람의 형체였다. 약간 흠칫하면서 아차! 하는 생각이 머리를 스쳤다. 꿈에 등장했던 로보트 같은 이상한 무생물체를 떠올렸다. 그리고 부적은 "옴마…사다야…!@#$%." 범어로 된 글과 그림이었다. 연관이 있는지 없는지는 모르지만 어쩐지 방 정리를 마

치고 나니 마음이 홀가분함을 느꼈다. 해몽을 여기다 꿰어 맞춰도 되
는가? 그러나 훨훨 날아 높은 곳에 오르는 꿈을 또 한번 꾸고 싶다.

2007.03.06

# 꽝

지난주 이곳 양양에서도 로또 당첨자가 나와 세간에 화젯거리가 되었다. 큰 욕심 없이 조용하게 살던 사람들도 마음이 흔들리고 로또에 관심을 갖기 시작했다. 몇 군데 복권 판매점에는 평일에도 사람들이 많이 드나드는 진풍경이 벌어졌다. 나라고 예외는 없었다.

직장에 구내식당이 있지만 동료들과 시장경제를 생각하여 시내에서 점심을 먹을 때가 많다. 식사 후 사무실로 돌아오노라면 모 복권 가게 앞을 지나치게 된다. 유혹을 뿌리칠 수가 없어 한 사람이 사면 따라 살 수밖에 없다. 때로는 인심 좋게 밥값 낸 동료와 동행자에게 복권을 한 장씩 사 주기도 한다. 결과는 늘 뻔하지만 1주일을 기다리는 재미가 쏠쏠하다.

로또 이야기가 나왔으니 금전에 관한 이야기를 하고자 한다. '지갑 속의 비밀'이라고나 할까?

2005년 설날 장모님이 애들에게 세뱃돈을 주면서 "아범도 하나 갖고 있게." 라며 만 원짜리 새것 한 장을 내게 주시는 것이었다. 물론 집사람에게도 한 장 주었다. 돈이 얼마가 됐건 따뜻한 배려에 그저 감사했다. 왜냐하면 결혼 후 20여 년을 살아오면서 애들과 어르신들에게 세뱃돈이나 용돈을 드리기만 했지 받은 적은 없기 때문이다.

아무튼 뜻밖의 돈이라 무척 귀하게 여겨졌고 또 그만큼 행복(?)했기에 지갑의 한 귀퉁이에 넣고 부적처럼 지니고 다녔었다. 그 후 돼지해인 올해를 맞이하였다. 오랜만에 돼지꿈을 꾸어 내게도 정말 기회가 왔다고 생각되어 로또를 사기로 마음먹었다. 요즘은 대부분 카드를 이용하는 탓에 지갑이 얇아졌지만 그날따라 지갑이 비어 있었다. 궁하면 통한다는 식으로 대뜸 그 세뱃돈이 생각났다. 역시나 손톱으로 빡빡 4 등분 하여 접어 넣은 그 만 원짜리 한 장이 지갑 속에 숨어 있었다. 이번 돼지꿈이 틀림없이 복권에 당첨될 징조라고 생각하며 그 돈으로 로또 두 장을 샀다. 가게 주인이 돈을 꺼내는 내 모습을 보면서 무슨 돈을 그렇게 할머니처럼 꼭꼭 접어 갖고 다니느냐면서 미소를 지었다. 내 허점을 바로 찌르는 바람에 도둑질하다 들킨 것 같아 기분이 좀 그랬지만, 속으로만 '이 돈의 출처와 유래를 당신이 알아?'라고 생각했을 뿐 내색하지 않았다. 그래서 '글쎄요?…'라고 미소로 답하고 가게를 나섰다.

한 주 동안 기대하며 지내다가 월요일 아침 신문으로 숫자를 맞추어 보았다. 그러나 기대와는 달리 보기 좋게 '꽝!'이었다. 그 꽝이 얼마나 우스꽝스러운 해프닝인가. '보기 좋다'는 뜻은 그래도 3개의 숫자는 맞춰서 5천 원 본전은 건질 수 있었기 때문이다. 기대가 크면 실망 또한 크다는데, 또다시 맘 잡고 본심대로 생활해야겠다. 그런데 만 원짜리 福돈을 또 어디서 구하지? 이제 내년 설부터는 아예 세뱃돈을 달라고 손을 내밀어야겠다. 나이 50이 넘어 세뱃돈 받아 보니 기분이 감개무량이다. 애들마냥.'

2007. 05. 06

# 一
## 찬란한
## 구슬

──────────── 결론부터 말하자면 아주 기분 좋은 꿈이었다. 꿈은 반대라고 하는데. 꿈이 깨어 다시 비몽사몽 하다가 되새겨 보아도 아주 명쾌하고 선명한 꿈이었다. 반대고 뭐고 생각할 여지없이 일단 "참 좋은 꿈이로구나."라는 것을 느낄 수 있었다. 어떤 꿈인데 그렇게 호들갑이야? 그 질문의 대답은 이러했다.

알 수 없는 분이 내게 상자 한 박스를 주고 금방 사라졌다. 재질은 나무로 만든 고급 궤짝이었다. 판도라의 상자인가? 호기심을 즐기며 사알-짝 열어 보았는데 눈을 뜰 수 없을 정도로 찬란했다. 붉은 방울토마토 같이 타원형 모양으로 생긴 이름을 알 수 없는 보석이었다. 겉은 반짝반짝 빛나면서 속은 투명한 붉은 수정 같았다. 꿈을 다시 되새기면서 아침에 일어나니 기분이 매우 상쾌했다. 그러고 보니 월요일인 오늘은 속초 법원에서 경매가 있는 날이었다. 월요일이라 무척 바빴으나 참가 여부를 따질 여지가 없었다. 당연히 참가해야 했다. 어제까지 주말 연휴라서 보증금(10%)도 준비 안 된 터라 더욱 바빴다.

결과는 뻔했다. 이번엔 안 된 것이 뻔한 게 아니고 되는 것이 뻔했다는 말이다. 수년 전부터 생각은 있었으나 실행에 옮기지 못했었다. 예전에 경매에 첫 도전한 경험이 있었으나 상대방이 나보다 두 배 가까이 쓰는 바람에 실패한 경험이 있기에 더욱 조심스러웠다. 이번 건은 한 번 유찰되어 30%나 떨어진 물건으로 지난번 실패를 경험 삼아 10%를 더 써넣고 기다렸다. 그래도 20% 덕을 본다. 이상하게 복권 당첨마냥 긴장되었다. 법원 집행관은 이윽고 딱 한 사람의 이름을 부르며 단독 낙찰을 선언했다. 내 이름이었다. 그런데 기쁜 것도 잠시일 뿐, 너무 허무했다. 이번엔 상대자가 없다니… 아니지, 지금 이럴 때가 아니잖아. 곧 정신을 차리고 평정을 되찾았다. 경매 경험 두 번 만에 도전하여 성공했다. 꿈 덕분에 어차피 낙찰될 것이었다면 적은 금액을 써도 됐을 텐데…하는 아쉬움이 남았다. 어쨌거나 잘된 일이다. 면적이 넓진 않지만 주말농장 하기엔 부족함이 없겠다.

그 후 지인들에게 경매 이야기를 하였더니 "내 것이 되려면 좀 비싸게 사야 되네…"라고 격려해 주었다. 그 후 두 달이 지났지만 그 아롱 찬란한 붉은빛 보석이 머리에서 지워지지 않아 이처럼 이야깃거리가 되었다.

2007.05.07

# 동네잔치

──────── 돌아가신 아버지께서 무슨 잔치를 베풀어 동네 사람들을 초청해 음식을 접대했다. 큰 경사도 아닌데 왜 그렇게 돈을 써가며 그러시냐고 내가 투정을 부리듯 말했다. 그랬더니 아버지께서는 "남들이 다 아는데 그냥 있을 수가 없고 해서 잔치를 한다."고 했다. 그리고 일어나니 꿈이었다.

얼마 전 초면인 어떤 분이 내게 전화로 공매 의사를 알려 왔다. 최근 경매 낙찰이 되어 또 다른 투자는 생각지도 않았기에 그걸 왜 나에게 알려주는지 의심스런 생각이 들어 시큰둥한 말투로 그냥 알았다고 했다. 그런데 며칠 후 그분이 내게 다시 한 번 기회를 준다며 또다시 공매를 권했다. 시간이 지날수록 점점 호기심이 났다. 내 인생에 있어 주어진 기회인가? 위기인가?

가끔 어떤 모임을 갖게 되면 공통된 주제로 담화를 나누게 된다. "인생에 세 번의 돈 버는 기회가 온다는데 나는 언제인가? 지나갔는가? 아직 오지 않았는가."라고 스스로에게 물어보거나 남들에게 이야기하는 것이다. 이번에는 그분의 제안을 받아들이느냐 아니냐가 나의 화두였다. 지난번 낙찰에 이어 이번에도 하늘이 내게 준 기회인가? 시간이 다가올수록 집착이 사라졌고 지리적 요건으로 보아도 이건 내 것이 되어야한다는 생각이 굳혀졌다. 낙찰이 안 되어도 할 수 없지만 우선 저지르고 보자는 생각으로 며칠 전 '온비드'에 가입하여 공매에 참가할 수 있는 조건을 만들었다. 온비드는 인터넷 공매 사이트로 이번 기회로 처음 그 이름을 들어 보았다. 법원 경매는 3회에 걸쳐 회차 별로 가격이 30%씩 떨어지는 것과 달리, 공매는 매회 10%씩 떨어진다. 이번이 마지막 회인 제6차 공고였으므로 50% 정도 떨어진 상태였기에 놓치면 안 되었다.

초조해 하는 나에게 인터넷 입찰로만 참가하며 공매가 무엇인지도 모르는 분이 많아 참가자가 많지 않을 것이라며, 높은 금액을 쓰지 않아도 될 것이라고 그분이 귀띔해 주었다. 문화 복지 회관에서 9~10일 혁신리더 교육 중이라 10일 점심시간을 이용해 프로그램이 깔려 있는 집으로 달려와서 인터넷 응찰에 참가했다.

12일 개찰 결과, 이번에도 경쟁자 없이 단독 낙찰이었다. 이번은 경매가보다 2% 더 썼기에 지난 것과 상쇄하여 전반적으로 만족스런 결과였다. 대금 납부 기간은 60일씩이나 주어져서 여유 만만했다.

한 달 후 자금 계획을 수립할 때까지 '룰루랄라'다. 소개해 준 그분과의 연관성을 생각해 보고 지난번 꿈이 헛꿈이 아님을 실감했다. 동네 잔치 꿈으로 앞일을 예견해 주신 아버지 감사합니다.

2007. 07. 12

# 희망에
# 대하여

국교 전후의 희망!

그땐 아예 희망이란 단어조차 알지 못했으니까 희망 즉, 꿈에 대하여 생각해본 적이 없었다고 봐야겠다. 그런 것에 대하여 신경 쓸 필요조차 없는 철부지였으니까. 희망이 있었다면 그것은 본능적인 욕구 충족 이었으리라. 가령 맛있는 것을 실컷 먹고, 남보다 좋은 옷과 좋은 신발을 신는 것, 같은 또래와 싸워 이겨 대장 노름하는 것이 고작이었으니까. 국교까지만 해도 미래에 대한 꿈과 이상을 생각해 본 적이 없었던 것 같다. 그때는 미래를 내다보는 시야를 땅으로 표현한다면 '한 평(坪)' 정도가 어울릴 것이다. 나뿐만이 아니라 친구들 대부분이 그랬으리라 생각된다. 그야말로 의식주가 말이 아니었던 시절이었기에…

하지만 오늘날 어린이의 경우는 전혀 다르다. 아무리 가난해도 그날 저녁에 먹을 끼니를 걱정하는 가정은 거의 없을 거라 생각한다.

요즘 유치원 어린이에게 "장래에 무엇이 되고 싶냐?"고 묻는다면 서슴지 않고 대통령, 장군(star), 과학자, 의사, 파일럿 등의 멋진 직업을 이야기한다.

물론 부모로부터 물려받은 편안한 의식주에 부족함 없는 생활을 누리다 보니 열등감 없이 큰 꿈을 꾸는 것이 어쩌면 당연한 것인지 모른다.

과거를 돌아보면 지금 30대 후반 선배님들의 국민학교 생활은 내가 경험한 것 이상으로 훨씬 더 어렵지 않았을까 예상해 본다. 내가 다녔을 시절만 해도 하루 결석은 있을 수 없는 일이었으며 다들 마지못해 학교를 나가곤 했다. 당연히 공부는 남의 일이었고 등·하굣길(왕복 8km)에 친구들과 장난을 치며 놀려대거나 대자연에 흩어져 있는 각종 먹을거리인 뽐, 버지랑, 뽕호두, 산딸기, 벗찌 등을 찾으러 다니는 것이 주 일과였다. 조금 철이 들었던 5학년에 올라가자 선생님은 중학교 진학 대상자와 그렇지 못한 학생을 책상 다른 줄에 앉혀 차별 수업을 하기 시작했다. 나를 비롯한 미진학생(남학생 30%, 여학생 90% 정도)들은 어린 마음에 가난과 열등감이 불거져 충격이 컸다. 가난은 곧 분노였다. 슬픔의 분노…

내 스스로 우리 집의 가정 형편을 너무 잘 알고 있었기에 진학 문제에 대하여는 부모님과 한마디의 타협도 필요 없이 스스로 포기할 수밖에 없었다. 그 이야기를 부모님께는 전혀 여쭈어보지도 못했던 것이다. 졸업을 앞두고 적성검사를 했는데 여러 문항 중에 장래 직업란이 있었다. 그때 무어라고 썼는지는 잘 기억이 나지 않지만 교육가, 군인, 정의를 지키는 제왕이 되겠노라고 생각한 것 같다.

아무튼 졸업 후 어쩔 수 없이 아버지의 농사일을 도와드렸다. 농사일이 얼마나 하기 싫고 힘든 일인지는 국교 4학년 때부터 이미 깨닫고 있는 터였다. 일이 바쁠 때는 말없이 결석했지만 그것이 학교에 가기 싫은 이유가 되기도 했다. 그때만 해도 리어카나 경운기 같은 것은 생각지도 못했고, 4학년이 되자 그 유명한 지게를 어른들께서 만들어 주셨다. 그것은 추수할 때나 나무할 때나 그야말로 소 갈 데 말 갈 데 다 가는 어떤 수단으로든 사용할 수 있는 만능 도구였다. 그렇지만 그것이 싫어 힘겨울 땐 울기도 했고 장래엔 지게만은 지지 않으리라고 결심했다.

졸업 후 이듬해였다. 나와는 달리 따스한 봄날 같은 한가로운 생활을 보내고 있는 동네 친구들이 찾아왔다. 그들은 앞마당에서 일하시는 아버지께 자기들은 중학교에 가기로 했다고 자랑하면서 나도 같이 학교에 보내줄 것을 요청했다. 아버지는 속이 상하셨는지 여러 말씀을 하지는 않으셨지만 나를 학교에 보내지 않겠다는 말씀을 단호히 하셨다. 그때의 슬픔과 좌절감은 이루 말할 수 없었다.

그런데 그날 밤, 나의 중학교 입학 여부를 놓고 부모님이 다투셨고 결국 완고한 아버지의 고집을 어머니가 꺾으셨다. 꺾었다기보다는 나를 향한 어머니의 사랑이 조금 더 컸다는 게 맞을 것이다. 어머니는 우선 저지르고 보자는 식이었고, 아버지는 그렇게 하면 식구가 굶어 죽는다고 응수했다. 나는 그렇게 1년 동안 농사일을 도우면서 보냈고, 다음 해 남이 장에 가니 나도 따라나서듯 자연스럽게 중학교에 입학하게 되었다.

어릴 때는 기타소리를 무척 좋아했다. 집 근처에는 마을에서 유일한 상점이 하나 있었는데 그곳을 지나칠 때마다 청년들의 기타 소리에 매혹되었고 나중에 꼭 기타를 사리라고 마음먹었다. 그러던 중 손양 이모님 댁에 들렀다가 우연히 낡은 기타를 발견했고 이모님께선 서슴지 않고 가져가라고 했다. 소리가 겨우 날 정도로 낡은 기타였지만 명색이 기타니까 날아갈 듯이 기뻤다. 그날부터 기타 교본을 사서 기초부터 배워 나갔고 클래식의 오른손, 왼손 포지션과 기법을 익힐 수 있었다. 시간이 흐르자 웬만한 장단을 맞추는 게 가능해졌고 대중가요도 흉내 낼 수 있었다. 그때 한창 유행하던 고고, 비트, 슬로우록 연주법을 배웠다. 당시 기타를 친다고 하는 사람이라면 기본 연주곡이었던 '목포의 눈물'을 완주했고 그 외에도 옛 노래 전주곡인 애수의 소야곡, 고향 만 리, 해 뜨는 집, 로망스 등을 익혔다. 기타 코드가 조금 더 능숙해지자 난이도 높은 '울며 헤진 부산항'의 전주곡도 연주할 수 있게 되었다. 그래서 진학을 못 한다면 기타리스트가 한번 되어 보자고 생각했고 그것은 당시의 유일한 내 꿈이었다.

다시 중학교 시절로 돌아와서, 나는 원일전리에서 상광정리까지 왕복 20km를 걸어서 통학했다. 산길과 비포장도로를 걷다 보니 심신이 고되었지만 부모님의 뜻을 생각해서 열심히 공부하기로 했다. 학교가 생긴 지 2년 남짓이라 한 반에 40여 명의 학생이 있었지만 석차는 늘 3위권에 들었다. 졸업할 때 이인석 교장 선생님께서 3회 졸업생으로서 3이라는 글자가 좋다고 앞으로 행운이 있을 것이라는 훈시를 하셨다. 어릴 때부터 동네 어르신들로부터 머리 좋다는 칭찬을 많이 들어 왔고 그들로 하여금 희망과 용기를 얻은 것이 내게 큰 도움이 된 것 같다. 그리고 국교 3학년 때 어떤 사주학자(그냥 '이름 짓는 사람'이라고 불렀다)가 우리 집에 오더니 우리들 이름이 잘못되었다고 하면서 내 이름을 문기호(일어날 起, 해 돋을 晧)로 지어주었다. 그는 이름을 지어주며 정말 훌륭한 사람이 될 것이라고 했다. 이것 또한 나 자신에게 용기와 힘이 되었고 누군가의 기대를 저버리지 않기 위한 원동력이 되었다. 어머니의 뛰어난 기억력은 이미 마을에서 정평이 나 있었던 터라 아무래도 어머니의 두뇌를 조금 더 물려받은 듯하다.

이러저러한 일들로 나는 중학 시절부터 서두에 말했던 내 희망의 본질이 무엇이며 어떻게 해야겠다는 굳은 마음을 갖게 되었다. 추우나 더우나 새벽밥을 먹었고 늦어도 아침 6시 30분 이전에는 집을 나서야 했고, 뛰다시피 걸어도 두 시간 가까이 걸렸다. 그러다 보니 새벽밥을 하시는 어머니의 노고는 이루 말할 수 없이 고마웠다. 그야말로 지각을 밥 먹듯이 했으며, 오히려 선생님들이 우리의 사정을 이해해야만 했다. 자전거도 없었고, 그것을 탈 만한 도로 조건도 아니었다. 등하교 시간이 공부의 반을 차지하게 되었다. 수업이 끝나고 1~2시간 태권도 과외까지 마치고 평지 비포장도로 6km에 이어 다시

4km 넘는 가파른 산등성을 넘다 보니 집에 도착하면 밤 9시가 훌쩍 넘어 있었다. 집에 전깃불은커녕 유리등조차 쓰기 어려운 사기 등잔뿐이었고 그 흔한 책상이나 책꽂이조차 없었다. 낮은 책상이 있었지만 서랍으로 막혀 있어 앉으면 무릎이 들어가지 않는 그야말로 원수 같은 책상이었다. 그것마저 없었으면 다른 어떤 책상이라도 만들어 주셨을지도 모르는데 말이다. 친구들 집에는 그나마 걸상과 책상 정도는 갖춰져 있었기에 그들을 부러워했고 책상 하나 못 만들어주는 아버지를 못마땅하게 여겼다.

결국 손수 책꽂이를 만들려고 뒤뜰에 숨겨둔 송판을 톱으로 잘랐다. 곧 아버지에게 발각되어 그것마저 가사에 쓸 목재라고 쓰지 못하게 했다. 그 후 몇 년이 지나도록 그 목재는 방치되어 있었으며 중학교를 졸업할 때까지 책꽂이를 사 주지 않았다. 그때 마구 판재를 다루었다면 지금의 내 직업은 목공이 되었을 것이다.

그렇게 중3이 되어 사회와 미래에 대하여 조금씩 생각이 깊어지는 사춘기 생활로 접어들었다. 중1·2 학년까지 적성검사 때 직업란에 법률가나 정치가라고 써넣은 것 같다. 그것이 뭐하는 직업인지도 몰랐지만 뭔가 그럴듯한 직업을 가지고 싶었던 모양이다.

3학년이 되자 또 하나의 시련이 내게 주어졌다. 말할 것도 없이 고교 진학 문제였다. 국교 때와 같이 진학을 포기해야만 할 입장인 걸 알기에 마지못해 공무원이라고 써넣고 잊어버리기로 했다. 그날 하굣길에 친구들과 장래의 희망을 뭘 썼는지 서로 털어놓았는데 나보고 "고교 진학도 못 하면서 어떻게 공무원을 하겠니?"라고 야유조로 말하던 어느 친구의 지적은 아직도 잊히지 않는다. 그때 막연하게 공무원이라고 적은 것은 1차 산업(농업)이 아닌 월급 생활자 또는 어떤 직업이든 세상에 나가 벌어먹을 수 있는 직업을 말하는 것이었다.

장거리 도보 통학이라 에피소드도 많았다. 산을 넘으면서 호기심으로 담배도 피워 보았지만 내 체질에는 맞지 않았다. 그때 배운 친구들은 아직도 끊지 못하고 있다. 또 하나 잊히지 않는 것은 하굣길의 산간임도 오르막길에서 두 친구가 "미래에 누가 더 잘사는가 보자!"고 한바탕 심한 몸싸움을 벌인 일이었다. 그때 난 장래희망 같은 건 아무한테나 함부로 말하는 게 아니구나, 깨달았다. 그들에게 내 꿈을 함부로 말하지는 않았지만, 그 일로 싸우는 친구들보다는 더 잘살겠다고 굳게 마음먹었던 기억이 난다.

왕복 20km를 걸어서 통학하면서 인생의 많은 어려움과 부딪혔지만 오히려 그 덕에 결연한 의지를 품은 채 성장할 수 있었다. 비가 오나 눈이 오나 4km 정도의 가파른 산(질매재)을 넘어야 했으며, 명지리 맨 윗집에 오가는 객을 위해 만들어진 가게에서 어떤 군인 아저씨가 사주는 찐뻥이 막걸리 반잔을 마시고 정신없이 취하기도 했다. 가끔은 같이 산을 넘는 고향 어르신과 선배들이 과자를 사 주는 등 우리에게 특별한 관심을 아끼지 않았다. 그러나 방과 후 태권도 보충수업이 끝나고 나면 대부분 날이 어두워졌고, 허기에 찬 우리들은 빵이나 건빵을 사 먹었다. 빵은 둥근 단팥빵 10원짜리와 두루마리 카스테라빵(그렇게 불렀다) 20원짜리가 있었고, 건빵은 10원이었다. 어떤 친우들은(모두 6명, 여자 1명 포함) 빵을 선택했고 몇몇은 질보다 양을 생각하여 주로 건빵을 선택했다. 빵을 선택할 때 남들이 20원짜리면 난 10원짜리를 택했다. 돈이 없어서 정말 그럴 수밖에 없는 현실이 죽도록 싫었고 세상에 대한 원망과 분노가 가슴속에서 떠나지 않았다. 그마저도 돈이 없을 때는 공동으로 외상을 했다. 외상은 소도 잡아먹는다고 했지만 가게 아주머니는 우리를 잘 이해해 주었다.

그걸 먹는 재미에 숨을 헐떡이며 산등성을 힘든 줄 모르고 오르기는 했지만 절반쯤 올랐을 때 봉지는 이미 바닥나고 말았다. 마른 건빵을 먹으면서 산길을 빨리 걷는다는 것이 생각처럼 쉽지가 않았다. 때론 입천장이 벗겨졌다. 말이야 걷는 길이지 오래전에 삼판차(GMC: 제무시라 불렀다)가 겨우 다녔던 경사가 급한 언덕배기다. 학교에 사물함이 없었던 그때는 무거운 책가방을 피할 수 없었다. 헐레벌떡 질매재 정상에 도착하면 젖은 땀을 식히며 다들 약속이나 한 듯이 그 자리에 큰대자로 한참씩이나 퍼졌다.

그곳 정상에는 유일하게 잔디가 자라고 있었다. 누군가는 사방을 경계하며 비밀 아지트에 숨겨 놓은 담배를 찾아 벋쳐 문다. 누워서 별이 빛나는 밤하늘을 향해 한숨을 토해낸다. 밤이라 보는 이도 없다.

한 번도 실컷 먹어 본 적이 없지만 그때의 빵 맛은 무척이나 좋았다. 지금 빵이나 과자 같은 군것질 습관을 버리지 못하는 것은 그 영향도 없지 않다. 10원짜리 빵 하나를 사 먹지 못해 그렇게 된 것이다. 눈물 젖은 빵을 먹어 보지 않은 사람과는 인생을 논하지 말라고 했던가? 그래서 무슨 수를 써서라도 가난만은 면해야겠다고 뼈저리게 다짐했다. 건강은 물론이고… 죽기보다 더 어려운 정신적 아픔을 보아 왔기에.

죽음보다 큰 아픔이란 내가 어릴 때 얘기다. 우리 집엔 우환이 참 많았다.

일곱 살짜리 막내 동생이 몇 달 동안 앓아누워 취학통지서가 나왔는데도 입학할 수 없었다. 병명조차 모르는 상태에서 어느 누가 개의 간이 약이라는 소리를 들었는지 이웃에서 새빨간 개간까지 얻어와 생으로 썰어 먹여 보고, 붉은 실지렁이를 잡아다 뽀얀 즙을 내먹고, 침도 놓는 등 온갖 처방을 놓았지만 그럼에도 고치지 못했다. 등창이 생겼고 입술이 말라 부르텄다. 잦은 경련으로 몸이 뒤틀리면 식구 중 누군가 빨리 달려와서 팔다리를 주물러야 했다. 겨우 풀어지면 식은 땀을 흘리며 탈진한다. 막내 동생은 초교입학도 못해보고 3년 동안 앓다가 마지막 몇 개월을 울 힘조차 없이 고통에 신음하다가 결국 명을 다했다. 외출했다가 돌아오니 어머니는 정신이 나간 듯 방안에 앉은 채 멀리 밖을 응시하며 내게 사실을 알렸다. 그렇지만 그날 동생을 산에 묻으러 갈 때 어린 나를 데리고 가지는 말았어야 했다. 어찌하다가 산에는 아버지와 큰아버지, 나 이렇게 셋이 동행했다. 흰 천에 말아 소쿠리가 달린 지게에 얹혀 큰아버지가 지고 갔고, 일명 '안깨망지'라고 불리는 양지바른 산 중턱에 땅을 파고 묻는 과정을 하나하나 지켜보아야만 했다. 이후 추석이 되면 나는 '연애골'의 조부모님 산소에 성묘하러 갔다가 돌아오면서 동생 묘 부근을 지나칠 때 말없이 사과 하나를 멀리 던져주고 오곤 했다. 매번 눈시울이 붉어졌다.

　그 외 다른 사건 등 우리 가정은 정상이 아니었다. 우환이란 뜻도 몰랐지만 이웃사람들이 우리 집에 놀러 오면 매사 하는 소리가 있었다. "집에는 그저 우환이 없어야 한다."였다. 부모님은 온갖 수심에 차 있는 듯했고 평소 웃는 모습은 좀처럼 찾아보기 어려웠다. 그래서 어쩌다가 부모님의 웃는 모습을 바라볼 때면 유일한 즐거움이 되기도 했다. 그 영향으로 우리 집은 양양에서 무당을 데려와 굿도 많이 했다. 우리 가정 형편을 알고 무당이 일부러 찾아왔는지도 모른다. 화난 아버지가 떡시루를 둘러 엎는 것도 보았다. 하지만 그것도 우리 집 업보였다. 할머니께서는 터 제사 등을 지낼 때 산신에게 소원 성취를 비는 솜씨가 꽤 수준급이었다. 무당이 아니라도 아마 어려움을 많이 겪어 오셨으니 바라는 것에도 한이 맺혔으리라. 그 정성 덕분에 지금 이렇게나마 살고 있는지 모르지만 어쨌든 우리 집의 과거는 떠올리고 싶지 않을 정도로 암울했다.

　부모님은 중학교 졸업 후 고교 진학을 할 수 없는 나로 인해 누구보다 뼈저리게 가슴 아파했다. 부모님이 내게 바라는 직업관이라든가 미래에 대한 용기나 희망 등에 대하여 단 한 번도 말씀해주시지 않는 것이 야속했다. 그렇지만 고교 진학을 못 시킬 바에야 얘기를 꺼내는 건 아무런 의미가 없었다. 그럭저럭 1년 동안 또다시 농사일을 도우며 지냈다. 주말이 되면 객지에서 고교에 다니는 친우들이 교복을 자랑삼아 입고 나타났고 나는 그들이 너무 싫었다. 아니 부러웠다. 때문에 될 수 있는 한 그들과 어울리기를 꺼렸고, 선배들이 권장하는 4H 가입도 포기했다. 어른들은 4H가 불륜에 빠져드는 나쁜 단체라고 생각했다. 부모님은 나의 이와 같은 태도를 눈치채고부터는 농사일을 강요하여 시키지는 않았지만, 나 또한 부모님의 미안함을 생각하여 우울한 기분을 내색하지 않고 스스로 열심히 일을 도왔다.

아버지의 경우 인생에서 학교를 우선순위로 두지 않았고 소 몇 마리와 논밭까지 팔아치워도 먹고 살길이 없다며 완고한 입장을 취했다. 틀린 말은 아니었다. 기계화 영농이 전혀 발달하지 못했던 그때 소는 영농의 수단으로써, 또한 부의 가치로써 재산 목록 1호였으니까. 소는 평소 2마리 키웠고 새끼를 낳으면 키우다가 중소가 되면 팔았다. 하지만 어머니는 그 반대였다. 무엇이든지 부딪히면 해결할 수 있다는 것이 어머니의 주장이었고 나에 대한 희망과 기대, 그리고 위대한 사랑을 쏟으셨다. 그것은 어머님이 겪어 온 숱한 고난과 뼈저린 삶에 집착해 오신 의지와 경험이었던 것이다.

그렇게 그럭저럭 다시 1년을 놀다가 이웃의 격려로 또다시 고교 시험을 보게 되었다. 강릉농공고였다. 사실 1년간 책 한 권 읽지 않고 시험에 합격한 것은 신이 도운 것이라고 생각했다. 아버지는 자식 원이나 풀어 주자며 시험을 쳐 보라고 허락했지만 다행인지 불행인지 덜컥 합격해버린 것이다. 7개의 학과가 있었지만 전혀 무엇인지 모르고 토목과를 선택했다. 내 한문 수준으로는 대략 흙과 나무에 관한 것이려니 했고, 아예 아무것도 몰랐기에 시험에 그냥 떨어졌으면 하는 바람이 있기도 했다. 그러나 암만 그래도 거기에는 무언가 떨쳐버릴 수 없는 간절함이 있었다. 그래서 그냥 운명에 맡겨버렸던 것이다. 나중에 알고 보니 아버지는 농사일을 부려 먹으려고 내가 시험에 떨어지기를 원했던 것 같다. 하지만 보기 좋게 합격했다. 나는 이때 처음으로 종교에 대한 생각을 갖게 되었다. 하느님도 부처님도 미신도 아니지만 나의 인생에 있어 그 어떤 神이 나를 도와주고 있다고 생각했다.

고교 1년은 아무 생각 없이 친구들과 어울려 지내다가 2학년이 되자 학교 성적이 좋았음에도 불구하고, "공부를 왜 해야 하나?"하는 회의에 젖어들어 많은 고민을 해야 했다. 그럴수록 내 가슴에는 한시 바삐 이것을 극복하고 수단 방법을 가리지 않고 취업을 해야겠다는 생각이 차올랐다. 그것이 내 자신을 위하고 부모님의 은혜에 보답하는 길이라고 생각했다. 그때부터 이런 생각이 들었다.
'공부 잘하는 것은 아무 소용이 없다. 다만 취업을 위해서만 필요한 수단이다.'
그렇지만 입학 후 첫 시험에서 2등을 차지했고 3학년 2학기 취업하기까지 반에서 5위권을 유지한 것은 스스로도 이해가 가지 않았다.

술은 친구들도 그랬듯이 중학 때부터 명절 때 어르신들이 주시는 것을 멋모르고 마셔 보았고, 고교 시절에는 우정과 의리에 취해서 마셔 보았다. 그리고 남들은 하숙을 했지만 나는 3년간 자취를 했다. 시골행 버스가 없던 시절, 원일전리에서 하광정리 국도까지 15km를 세 말들이 쌀자루 그대로 멜빵을 걸어 등에 짊어지고 다녔다. 강릉까지 7번 국도는 비포장 길에 완행버스였다. 입학 직후 어느 일요일 날 어머님이 포남동 자취방에 들러 반찬을 해 주고 가셨는데 어머니의 뒷모습을 보고 얼마나 섭섭했는지 모른다. 어머니의 정성과 보살핌에 눈물이 났고 그처럼 진한 애정과 사랑을 느껴본 적이 없었다.

내 인생에서 고교 생활이 가장 추억에 남지만 사회생활을 하면서도 잊히지 않는 미담이 있다. 공부에 싫증이 났던 2학년 무렵, 입암동 자취방에 친구들이 모여서 열띤 토론을 벌였다. 주제는 '공부를 하는 근본적 이유는 무엇인가?'였다. 우리 몇몇(한빈, 익환, 용수, 봉섭, 남인)은 가난에 찌들어 살아온 탓인지 공통적으로 "보다 잘살기 위한 수단이다."라고 말했고 거의 같은 생각들이었다. 따지고 보면 공부를 하는 이유는 보다 높은 이상과 멋진 생활, 권력과 부귀 등 인간의 끝없는 욕구를 충족하기 위해서였고 그것은 결국 경제적인 뒷받침 없이는 이뤄지지 않는다고 생각했다. 쉽게 말해서 '잘 먹고 잘살기 위한 것'이라고 생각했으나, 규대만은 우리와 달랐다.

그는 먹고살기 위한 경제적 수단을 떠나서, 어떤 고차원적인 이상을 생각했다. 역시 우리보다 생각이 한 수 위였다. 아마 그는 우리가 미처 생각하지 못한 이상을 터득했는지도 모른다. 별명이 철학자였으니 그럴만하기도 했다. 하지만 지금 생각해도 경제적 뒷받침이 없는 삶은 만족할 수 없으며, 존재할 수도 없다는 생각이 지배적이다. 그때보다 더 어른이 된 지금도 공부하는 목적에 관해서는 그의 남다른 주장에 동의할 수 없는 입장인 것이다.

그 후로 나는 어려운 생활환경 속에서 공부 그 자체보다는 졸업 후의 사회 직업에 대하여 더욱 관심을 갖게 되었고, 부모님의 보답과 경제적 뒷받침을 위하여 결국은 고3 때 공무원 시험에 합격하게 되었다. 그것이 사회 첫발이었다. 1976년 8월 21일, 내 나이 방년 20세였다.

그 후로 벌어진 '78년~'81년 33개월(1,000일) 군대 이야기는 여기서 생략한다. 대부분 현 직업에 만족하지 못하고 살아가겠지만 앞으로의 이상적인 삶을 위하여 오늘의 부족함을 채워 나가는 것이 인생의 목적이라고 생각한다. 인간의 욕망은 한이 없지만 보다 높은 꿈과 서두에서 얘기한 '희망'이 있기 때문에 오늘도 생존 경쟁 속에 치열하게, 그리고 열정적으로 나는 존재한다.

1985년 5월 씀

—

# vision


## 1. 나는 누구인가?


- 文相勳 : 1957년 戰後 어려운 시기에 아버지 文永福(1919.11.02)과 어머니 朴文龍(1921.12.19.)으로부터 태어나(남평 문씨 시조 文多省의 46代 손) 1984년 결혼, 2005년 현재 大3 딸, 大1 아들과 행복한 가정을 이루고자, 스스로 노력하고 긍정적인 생각으로 아래와 같은 패러다임으로 살고 있는 인간이다.

- 닉네임 : 비전 또는 risevision (솟는 희망, 2002년 양양 국제공항 개항과 더불어 명명)

- 가 훈 : 건강 · 지혜 · 근면 · 신의 · 웃음 ('99.01.01 제정)
  건강한 身心과 지혜로 열심히 일하고 신의를 생활화하면 웃음을 찾고 행복해질 수 있다.

- 좌우명 : 知行合一 (05. 1월 제정)

  알고도 행하지 않음은 안다고 할 수 없고, 실천함으로써 지행이

  일치함을 역설한 양명학에서 얻음.
- 취미생활 : 독서, 여행, 등산, 달리기, 역학 공부, 세상 사는 이

  야기 쓰기 : (아날로그 시대=16절지의 여유, 디지털 시대=A4 칼

  럼 ⇒犬談)
- 생활습관 : 건강하고 재미있게 살자, 웃자


- 존경하는 사람
- 기본 : 부모님, 문다성(남평 문씨 시조), 단군왕검(건국시조)
- 국내 : 세종대왕, 장영희(서강대 교수), 도올 김용옥(우리 시대의 철학

  가). 낭월 박주현(명리학자), 이외수(작가), 최일남(칼럼니스트)
- 외국 : 노자, 콘돌리자 라이스(미 국무장관), 김용(무협작가), 브루투

  스(시저 암살자), 구처기(징기스칸의 정신적 지도자)
- 싫어하는 사람 : 아부하는 인간, 임기응변이 뛰어난 사람, 의리

  없는 사람, 배신자


- 감명 깊었던 책 : 플루타르크 영웅전, 그리스 · 로마 신화, 군협

  지, 의천도룡기 등 사조 삼부곡, 1만 년 동안의 화두
- 좋아하는 단어 : 上善若水(노자), 誓海漁龍動盟山草木知(이순신), 花香

  千里行人德萬年薰(설원), 貧者還富富還貧(김삿갓), 흘휴시복(정섭), 광이

  불요(도덕경 58장) 등

## 2. 어떻게 살 것인가?

• 50대 (5급 정년, 인덕을 쌓는다=권불 10년)

– 인덕을 쌓고, 삶의 여유를 갖고, 열심히 생활하면서 남은 공직
  잘 마무리 짓고,

– 건강은 달리기, 여행, 등산 등 취미 생활로 지킨다.

– 50대 후반(퇴직 전)에 살아온 이야기책 한 권 펴내 지인들에게 나
  눠 준다(출판기념회?).

– 그동안 아내에게 받은 사랑과 정성을 보답하고, 아내를 위한 패
  턴으로 생활한다(you first).

• 60대 (정말 재미있고 보람 있게 산다)

– 사회적인 지인(노블리스 오블리제)답게 생활하며 월 2회 미래의 양
  양신문 자유 칼럼을 쓴다.

– 건강은 50대 하던 운동과 취미 생활을 지속하면서 채소, 과일,
  약초, 잡곡 등 유기농으로 해결.

– 역학 공부 계속하면서(철학관 운영?) 세상 사람들에게 희망과 도움
  을 주고 제2의 인생을 산다.

• 70대 (제2의 인생을 지속하면서 행복하게 산다)

– 평균 수명이 늘어난 21세기는 '인생은 70부터'라는 말이 시대의
  흐름에 어울릴 것이다.

– 이때부터 더욱 사람답게 살도록 노력한다. (짐승처럼 살아온 적은 없

지만…)

– 흐르는 강물처럼, 순리대로, 인간적으로… 그리고 모든 것을 사
  랑하며, 감사하며…


• 80대 이후 : 즐겁게 살면서 생전에 베푼 만큼 복을 받고 천수를
  누린다(하늘에 맡긴다).


2005. 02. 01. 작성


"생생하게 상상하고, 간절히 바라고, 굳게 믿고, 열정을 다해 행동
하면, 무엇이든지 이루어진다."

(안효열 코치)

어릴 적 방황했던 시절이 있었다. 또래와 비교
했을 때 남들보다 못 살았고, 중·고교를 제때 진학하지 못해 열등감
과 좌절의 아쉬움이 컸다. 그래도 돈을 벌어 오직 부모님을 돕고자
일찍 취업을 선택하면서 비교적 순탄하게 살아왔다고 자부한다.

　국교 6학년 때 교과서 이외의 책을 처음 읽었는데 그 책은 여름방
학 때 이웃에서 빌린 '플루타르크 영웅전'이었다. 나는 알렉산더, 시
저, 브루투스 등 명장들의 이야기에 매료되었고, 그 주인공들보다
영웅전을 쓴 '플루타르크'에게 더욱 존경심을 느꼈다. 그 후 독서는
잠시 중단하다가 1981년 군 복무를 마친 후부터 다시 접할 수 있었
다. 글을 쓰자면 다양한 직업 등 많은 체험이 필요하다고 생각되었
다. 그 시절 어떤 영화를 감상하면서 영향을 받아서인지 고작 생각한
것이 한 달 정도 감옥 체험을 하거나, 탄광촌이나 집창촌 같은 곳을
답사하면서 우리 사회의 그늘진 이야기들을 써 보고 싶었다. 그렇지
만 일부러 죄를 짓고 교도소에 들어갈 수는 없지 않은가?

　동기야 어찌 됐든 지금까지 한 직장에서 40년 가까이 생활하면서
부끄럽지 않게 열심히 살아왔고, 퇴직 후에도 재미있고 보람되게 살
고자 스스로 노력해 왔다. 좌우명 '지행합일'과 노자의 '상선약수'와

같은 생활 철학으로… 심신이 지치고 위기라고 생각될 때마다 이 책 속의 살아온 이야기 몇 대목을 읽는다. 초심을 잃지 않기 위해서다. 다시 읽을 때면 기쁨과 분노가 교차하지만 읽고 나면 또 다른 힘과 용기를 얻는다. 스스로 최면에 걸려든 것처럼.

글을 써 놓고 보니 전반적으로 나의 분신에서 벗어나지 못한 느낌이다. 몇 년 전 우연히 명리학에 입문하고부터 나의 사주를 연구 중에 있는데, 글의 내용이나 성격 면에서 일치하는 부분이 많은 것을 깨닫고 흠칫했다. 戊申일주에 '식상용인격'으로 이글을 쓸 수 있는 것은 食傷의 영향, 신비하고 새로운 것을 추구하는 偏印, 승진이 늦어 때로는 '×××들'이라고 욕을 할지언정 부정수단이나 편법은 내 자신에게 절대로 용서가 안 되는 正官의 영향이 아닌가 생각되기 때문이다.

아무튼 도서출간에 이르기까지 내게 글을 쓸 수 있도록 사이버 공간을 마련해 준 동아닷컴의 '40대 이상 사랑방'님들에게 감사드린다. 그리고 40년간 함께한 양양군청의 직장 선후배님들은 물론, 본인을 믿고 선택해주신 인문학적 지덕을 겸비한 김진하 양양군수님, 또한 형편없는 본인의 원고를 선뜻 받아준 '도서출판 책과 나무'의 양옥매 사장님께도 무한한 감사를 드린다.

아울러, 희로애락을 늘 같이하면서 나를 깨우쳐 주고, 늘 이야깃거리를 제공해 준 사랑하는 아내 김순희에게 비로소 고맙다는 말을 전하며, 이 책 제1호를 선물한다.

2016년 5월